中公文庫

淋しき越山会の女王

精選ルポルタージュ集

児 玉 隆 也

中央公論新社

目次

I
淋しき越山会の女王 8
チッソだけが、なぜ 49
II
『同期の桜』成立考 94
学徒出陣後三十年 124
III
司王国——飢餓時代のメルヘン 160
鐘の鳴る丘——二十五年めの戦災孤児 218

遺族の村——靖国法案と遺族たち　234

Ⅳ

ガン病棟の九十九日　274

田中角栄研究を書いて死んでいった夫　児玉正子　340

児玉隆也との最後の日曜日——『ガン病棟の九十九日』について　吉行淳之介　393

中公文庫版あとがき——ルポルタージュが生まれる場所　児玉也一　400

児玉隆也略年譜　403

淋しき越山会の女王　精選ルポルタージュ集

I

淋しき越山会の女王

東京都千代田区平河町の「砂防会館」は、建物自体これといった特徴はない。だが、一階入口に示された入居者の表示を見ると、光と影の交錯しあう梁山泊《りょうざんぱく》。巷間《こうかん》伝えられる金権政治の、中枢機能がフロアーを占めている。

二階に中曽根派の「新政同志会」、三階に田中派、四階に中曽根康弘の個人事務所。その三階のエレベーターを降りると総理番記者の控室で、彼らといえども、この先の廊下を奥に進むことは容易でない。右手の「七日会」は、総裁派閥田中派の本陣、向いの部屋には「田中事務所」とある。そこから奥は、廊下そのものが二カ所で遮蔽《しゃへい》され、まず一枚目のドアの内側は田中角栄の領袖《りょうしゅう》、陣笠とりまぜて一堂に会する大部屋である。

縦に長い部屋に二列に並んだテーブルは、端から端までおよそ十数メートルはあろう。テーブルをはさんで並んだ四列の椅子は、田中角栄を総理・総裁に戴《いただ》く議員たちの尻を乗せて、クッションの柔らかさに定評があり、上座に位置する田中の声が、下座の端まで届くには、相当の声量を必要とする。さて、廊下をさらに進んでつき当る二枚めの扉の向うは〝奥の院〟である。めったなことでは足を踏み入れることができない。部屋は三つに分れている。最初は「越山会」事務所で、開けると衝立《ついたて》が目隠しをし、内側に七個の机がある。七個のうちの六個は互いに向いあい、窓を背にした一卓はその六個を見渡している。

ここを通りぬけると応接室、奥にはさらに一部屋があり、個室となっている。あるじの個室と部屋をつなぐ、木製褐色のドアを隔てて、金と権がある。権の行使者は個室の主・田中角栄、金の管理人を佐藤昭《あき》という。

昭和三年生れ。男名前のようだが、女である。彼女は、窓を背にした机に坐り、自治省への報告だけで年間約二十億の政治献金（「越山会」を主体とした田中派の総額・四十七年度）を、主人である田中角栄の指示を仰ぐとはいえ、かなりの裁量で動かせ、入る金、出る金の全貌《ぜんぼう》を知る人間としては、おそらく彼女をおいて他にはいない。彼女は、権力の周辺に群がる人間たちから〝佐藤ママ〟または〝ママ〟と呼ばれており、田中角栄の権力と表裏一体の存在である。

私が佐藤昭という女性の存在を耳にしたのは、四年ほどまえのことだった。当時、田中角栄は佐藤内閣の通産大臣で、彼女は「越山会」の一女事務員というほどの認識であった。もちろん、いわゆる〝田中金権政治〟という言葉はまだ誕生していない。私のそれからのフォローを、小説風に記述すれば、取材活動自体がモチーフにもなるだろうが、ここで書こうとしている主題は、田中角栄における家政的国政の体質を知るに、彼女が一つの典型を示している、という事実である。

戦後の政界史で、女性がある種の淀君《よどぎみ》的役割を演じた例は多い。〝陽性な淀君〟としては、吉田茂における麻生和子がいた。ついで、二十年間益谷秀次の女秘書として高名だった辻トシ子があげられる。だが、〝佐藤ママ〟の場合は、政治記者を含めた政界通の間で、名こそ知られてはいるが、いざ話題にしようとすると、よく知っている人間はとたんに寡黙になり、ある種の奇妙な怯《おび》えをのぞかせるのが常だった。書く、となるとなおさらで、書くまえに書けないとあきらめさせてしまう得体のしれぬタブーを匂わせていた。それは彼女自身の意志や演出によるものではなく、田中角栄という政治家がつくり上げ身を置いている、特異な環境に拠るものと思われる。本来ならば一介の女事務員にすぎない彼女が、二重のドアの内側にあって、〝角栄の懐刀〟と小声でささやかれ、面と向っては〝佐藤ママ〟と猫のように身をすり寄せられる権勢の持ち主にまで形づくられた過程と、〝奥の院〟を必要とする田中角栄の側面をレポートする。

彼女は、昭和三年、新潟県柏崎《かしわざき》市の生れである。生家は間口一間半の小店で、屋号のとおりの〝よろず屋〟だった。大家族で、彼女は二男四女の末っ子である。だが、次兄は彼女が一歳のときに、父は五歳のとき、長兄は十一歳……と、病人と葬式のたえ間のない環境に育っている。家には最後に母と彼女の二人しか残らず、その母も彼女が十六歳のとき、喉頭《こうとう》結核で声が出ぬままに死んだ。近所の人びとは大家族の悲惨な崩壊を「子供のころ、よろず屋の前を通ると病気がうつるといわれた」ということばで覚えている。最後の肉親だった母親の葬式は淋しいものだったようで、当時を知る人の話では、「今でこそ昭ちゃんが実力者になったから親戚《しんせき》の人も昭さん、昭さんというが、葬式のときにはとにかく家にあるものは何でも持っていこうというほどのあしらいだった」そうだ。

彼女は、葬式が終ると人の気配の絶えてしまった家を売り、下宿屋に移る。そのころ彼女は名門の高等女学校（現・柏崎常盤《ときわ》高校）に在学中だった。彼女は母の寵愛《ちょうあい》を受けて甘えんぼうだったらしいが、葬式の回数を重ね、同年輩の子供たちが自分の家の前を口と鼻を覆って足早に通るにつれて、強くならざるをえなかったようだ。そして落ち目になった時に、親身になってくれる人がいない現実をいやというほど知って、十六歳で孤児になった。だが性格は内向せず、派手で目立つ生徒だったそうで、彼女の現在を知る数少ない級友たちは、幼児体験と性格から考えて「変容を認めざるをえない」ととらえている。

彼女は終戦の年の三月に卒業し、翌年十八歳で一回めの結婚をした。ただし、戸籍上の婚姻届けは、昭和二十二年九月になっている。彼女の最初の夫を、仮にYとしておく。Yは元陸軍少尉で、やはり幼時に孤児となり柏崎で育った人物だった。彼は同じ境遇の彼女と大恋愛をし「昭子にささげる恋歌」を書き送る。彼女もまた、終戦後の混乱期の中で頼るべき肉親のないつらさが恋歌に傾斜させたのだろう、同窓生の中で一番早い結婚をした。

彼女――Y・昭が、田中角栄を知ったのは、この夫を通じてのことである。

そのころ田中角栄は二十七歳、戦後第一回の衆議院選挙に進歩党から立ち、告示の前日、彼女の住んでいる柏崎の小学校で演説をした。他の候補者たちが、泥だらけのゴム長靴に詰襟《つめえり》、復員服、よれよれの背広姿であったのに、東京からやってきた土建会社社長は、モーニングに威儀を正して登壇し〝異彩〟をはなっていた。彼女の夫のYは、柏崎警察署長から田中を紹介され、力になってやってくれといわれた。そのときYは「すばらしく人を魅了する男だ。土方と話をする時の彼は、オッ、どうだッ、うまくいってるか、と車座になり、座談の名手だった。私は一目で彼に惚《ほ》れて」田中の強力な支援者になり、演説会では田中の名代を務めたりした。Yは、同じ柏崎で「ぶらぶらしていた古着屋の昂《こう》ちゃん」こと本間昂一を手伝わせ、田中に紹介した。〝古着屋の昂ちゃん〟はそれが縁で、現在「越山会」の新潟における〝国家老〟となって権勢を得、彼をセンセイと呼ぶ人種さえ多い。その本間に、「本間クン（または〝本ちゃん〟）、これやって」と命じる三十年後の佐藤ママはそのころ、夫を手伝って田中の選挙用のハガキ書きなどをする十八歳の妻だった。

田中は次点で落選した。田中が功なって後に書いた『私の履歴書』によると、選挙をひかえた進歩党は、宇垣一成と町田忠治が総裁を争い、どちらか早く三百万円をつくった方を総裁にするという結論になっていた。大麻唯男は当時「田中土建」の顧問をしており、総裁には町田を推していたため、田中に献金を頼み、田中は応じている。

ふりかえってみれば、田中はこの時すでに権力・金・献金という図式を身をもって知ったわけだ。そして彼はさらに大麻から立候補を勧められて「いくらくらい金が必要ですか」と訊《き》くと「十五万円出して、黙って一カ月おみこしに乗っていなさい。きっと当選する」といわれて、政界を志した。

雪深い山国の馬喰《ばくろう》の子に生れ、門閥も学閥ももたず、天才的な頭脳の回転の早さと努力だけを財産に十五歳で上京した田中が、総裁選に献金するだけの財を二十代で握るためには、当然、政治と企業とのかかわりあいを体験で知っていたと想像されるが、献金を受ける側に立とうと踏み切った点で、この選挙は田中の原酒《モルト》的体験といえるだろう。以後、自民党総裁に昇りつめるまでの二十数年は、その発酵期間でもある。

選挙が終った翌二十二年、Yは、東京で一旗挙げよう、と思った。彼はいきなり妻の昭子（と彼は呼んでいた）に向って「おい、明日上京するぞ、用意しろ」といった。彼女は何もいわず「ハイ」の一言で従う「可愛い娘《こ》だった」。上京した夫婦は、田中の手助けで飯田町の「田中土建」と道をへだてた所に、甚句《じんく》で有名な故郷の象徴の山の名を借りて小さな電気工事の店を開いた。夫婦の住まいは、田中土建の寮である。その年、田中は前回の落選に懲り、長岡と柏崎に支店を創設し、一挙に百人の社員を常駐させて選挙対策に動員した結果、初の当選をした。

一方、Y夫婦には長男が生れ、田中が名づけ親をつとめた。田中は次の選挙でも当選し、二十九歳で法務政務次官の椅子を得た。

そのニュースを聞いて、田中が一度目の当選をした直後に彼を取材した新聞記者は、田中の予言を思い出した。

「オレは二十代で政務次官、三十代で大臣、四十代で幹事長、五十代で総理になる」

彼は、いまになってみれば、その通りになった田中の設計図に舌を巻いている。

ところで、書くべきは佐藤昭だった。Y夫婦は、田中土建がいったん倒産したあとの二、三年を何とか持ちこたえたが、会社を閉じる破目になった。夫のYは、明快な理由をあげて取材を拒否した上で数度めに会ってくれた。Yは、陽性な激しさの持ち主で、人を短時間で魅《ひ》きつける点では、田中角栄と同質の土俗性を感じさせた。彼は、まずいった。「昭子がそんなに権勢をもっているとは信じられない。もし本当だとすれば、あの娘《こ》をそうさせた罪の九九パーセントはぼくの責任なんだ。もし会社をつぶさなかったら、あの娘はぼくと別れなかったろう。田中角栄とは、ほんの行きずりの人生で終ったはずだ」

彼が会社をつぶした理由は「ある精神的ショックで働く意欲を失ったあげくのこと」という。彼は、「自分でアホウになっていることを知っていながら、一時的にアホウになった」。その間の彼女の経済的苦労は「あれぐらい耐えたら言うべきことばはない」ほどであったそうだ。彼女は、学生相手のマージャン屋をした時期もある。夫婦の戸籍上の結婚生活は六年である。昭子に「(きざにいえば)このままではお前を不幸にする。別れよう」

といった。彼女は「しばらく別居をしましょう」と答えた。「あなたが立直るまで」

そのころ彼は、別の女性と出会っていた。彼女はよくできた性格の苦労人で、彼は「ぼくが一方的に好きになり、彼女を必要とした。彼女にも昭子にも責任はない」という状態にあった。時間がたって、偶然の機会に二人は顔を合わせた。まだ妻だった昭子は夫が「一方的に好いていた」女性に向って「主人がお世話になります」と挨拶をした。激しい気性の夫に、どんなに殴られてもじっとうつむいてこらえているのが常だったあの娘《こ》が、この時ばかりは涙を流しており、Yは「あれは昭子の精いっぱいの口惜《くや》し涙だったんだ」とおしはかっている。彼は「オレが居ない間に引っ越せよ。そうしないとまたおまえを殴るかもしれんぞ」と命じた。いま五十歳になる彼は、当時の自分を考えるといやになる――と、夜道を歩きながら語った。「ぼくのいない留守に居なくなってしまったあの娘が哀れでならない。もし新派悲劇のように、踏まれても蹴《け》られてもすがりついてきたなら、ぼくは別れられなかったろう。あの娘はそれのできない女だった」

彼女は、都電の線路がすぐそばを走る雑司《ぞうし》ヶ谷《や》の住まいから、六歳の子を残して家を出、正式に離婚した。二十五歳だった。

彼女は、大井町の、窓を開けると銭湯の煙突の煙が流れこむ安アパートに、六畳一間を借りた。彼女は、ホステスになった。

新橋のガード下にあったキャバレー「S」は、当時ビール大ビンをつきだしセットで二百五十円、追加ビール二百円という現金制度の店で、どうかすると店内に小便の匂いがした。いまは、火事で焼けてない。指名料は二百円で、うち百五十円がホステスの取り分である。彼女らの日給は五百円から八百円が平均だった。店はバケツ一杯分の小亀の甲羅に、白ペンキで「キャバレー・S」と書き、銀座八丁に放して宣伝をしたりするという奇抜さだった。当時のボーイで、今は池袋のスナックの社長になっているMによると「名前は安手だが客種《きやくだね》はよかった。自民党の若い議員や、あとで代議士になった秘書たちは、国会から近いし、銀座のクラブは何となく肌に合わないが現金はいつも持っているという連中で、中小企業の社長たちと双璧《そうへき》の客だった」という店である。

「女の子にはまだ今のように職業がなかった時代でね、いろんな前歴の素人が集まって来た。ちゃんとした亭主持ちも、生活のためにやって来た。彼女たちは〝S大学〟の文化祭、入学式と称してはセーラー服を着せられたり、ネグリジェを着せられたりして、一生懸命働いていた。いじらしかったよ。客の食べ残したおつまみや焼鳥を紙に包んでアパートに持って帰るんだ」

そういう店で彼女は、源氏名を「亜希」といったり「美奈子」といったりしたそうだ。

客の一人に、政治献金でも有名な某大企業のうだつの上がらぬ社員がいた。Tとしておく。彼はマネージャーから「こんどTちゃん好みの素人っぽい娘が入ったよ」と紹介され、ダンスをしてみるとあまり上手ではなかった。彼女は常連になったTに、時おり「いま、田中が帰ったばかりよ」といったりした。Tは「田中」が「田中角栄」という代議士であることを知らなかったし、知ったとしてもそれ以上の興味はない。

そのうちに彼は、彼女のアパートを訪ねるようになった。彼女の部屋には、夏祭りの浴衣《ゆかた》を着た男の子の写真が飾ってあった。六カ月ほどたって、Tの言によると「野合的結婚」をし、彼女のアパートに住んだ。戸籍では二十九年八月になっている。結婚式は、田中土建の近くにある「大神宮」で挙げ、彼女の親代りを、自民党副幹事長・田中角栄がつとめた。田中の妻は列席していない。夫のTは、この日はじめて田中角栄に会ったが「ヒゲをはやして、やたら扇子を使う人」という印象しかなかった。

彼女は結婚後もホステスの仕事を続けた。金に関してはきちょう面な性格で、家計簿は一円の端数もきちんとつける。酒好きの彼が、あるとき彼女の財布から二、三枚抜いたが、たちまち露見してとっちめられた。彼女はときどき「何か、やりたい。小さなタクシー会社でもやってみたい」といった。そういう性格の反面、彼女は一日に一度、必ず亡母の位《い》牌《はい》に手を合わせ、同じアパートの夫婦喧嘩《げんか》をかばってやる優しさを併《あわ》せもっていた。

夫のTは、前夫のYとは話し方もものの腰も対照的で、超大企業にあって、出世コースにはほど遠い典型的なサラリーマンである。

彼女は家にあっても「田中が、田中が」と呼び捨てにしていた。彼女が、しばらく関係の途絶えていた田中と再会し、後の〝奥の院〟に至るきっかけに、三種類の説がある。

(1) 前夫のYによると、キャバレーへの出勤途中、虎の門でばったり出会ったらしい。

(2) 故郷柏崎の知人の話によると、母の形見の帯を洋服に仕立ててホステスをしている彼女と再会した田中が「可哀そうなしっかり者」と見込んだ。

(3) 別の知人によると、ある日某所で火事があり、火事場でバッタリ再会した。

いずれにしても、彼女が二度目の夫と知り合う前に、田中代議士は既に客であり〝親代り〟だった。

結婚から三年めの八月、夫婦にあるできごとがあった。その少し前、Tの記憶では年月もきっかけも忘れたが、突然彼女から「私、あの人の秘書になる」といわれた。彼女のハンドバッグの中の名刺は「××番・美奈子」から「自民党副幹事長田中角栄秘書・T昭」に変った。当時、田中の秘書には、田中土建の部長だった疋田という人物がいて、実権のほどは、彼が死んだときの香典が、当時の金にして七百万円集まったといわれるほどである。彼女が〝奥の院〟への階段を昇りはじめるのは、その疋田秘書の死後だという人もいる。

「たしかにオメガだったけど……」。一見、大会社の部長めいた風采《ふうさい》の合間から、もう人生の先が見えてしまった下積みの諦《あきら》めをのぞかせて、Tはいった。「オメガといっても、香港《ホンコン》オメガということもありますよね」
彼は、勤めの変った妻から買ってもらった品を思いだして、ちょっと苦笑した。彼は彼女がいくらの給料をもらっているかも知らなかった。聞いても答えないだろうし、まあ生活はこのとおりできている。ただ彼の驚きは、帰宅した妻がこともなげに「今日×会社の社長室秘書課長が来た」「今日△会社の重役が来た」と聞かせることだった。×社は彼の勤める会社で、巨大な機構の最下層にいる彼にとって、社長室秘書課長は〝雲の上の人〟である。その雲上人《うんじょうびと》が、自分の妻に頭をさげることの奇妙さが、理解の限度をこえていた。
あい変らず平社員の彼と妻の距離が、段々遠のきはじめたころだった。昭和三十二年、田中角栄は、予言どおり三十代で郵政大臣に就任し、世間の話題になっていた。すると彼女は突然大井町に家と土地を買った。土地は、夫婦でありながら「T昭」、つまり、妻の名義で購入された。
〈家屋〉木造瓦葺《かわらぶき》平家建。参九㎡・六六
〈宅地〉壱壱八㎡・壱四
売買価格は約三百万円。「城南信用金庫」が融資をしている。「城南信用金庫」は、田中土建の取引銀行である。

この土地は、国電大井町から川崎に向って右側、線路の土手の際にあり、いまはアパートが立ち並んでいる。彼は、妻が家の裏の空地にアパートを建てるために呼んだ不動産屋や建築屋とのテキパキとした交渉ぶりを眺めながら〈あいつのささやかな夢が実りはじめた……〉と思った。だが、妻の描いた「何かやりたい」という〝ささやかな夢〟が、のちに、かくも巨大な姿となって実ろうとは、いまだに信じられない。「私だけでなく、ひょっとしたら昭子自身がいまの自分に驚いているかもしれないし、なるべくしてなったと思っているかもしれないし、どっちにしろ昭はもう私には無縁の雲上人です」と、低く語った。

詳述は避けるが、安息を求めて結婚したはずのおとなしいTが、ある時期を境に酒を飲んでは荒れるようになった。彼女は殴られて顔が膨《は》れあがり、議員会館に通えぬ日があった。二人は離婚した。結婚から八年目である。いま、別れたTは理由を口ごもる。

「これという原因はありません。私の父が定年後に商売をするので昭から金を借りたが、彼女に利息が払えなかったり、私が彼女の流産の日にマージャンをしていたりした負い目。それ以上に、いつまでたっても出世の見込みのない私の世界と、私には気の遠くなるような肩書きの人と対等につきあえ、私よりもはるかに収入の多い彼女に対するひけ目などがしだいに重なってのことです」

離婚の日、彼女は、最初の結婚で夫と別れたときに味わわねばならなかった情景を、そっくり立場をかえて夫にいっている。

「私が居ない間に出ていってちょうだい」

彼女は、出ていく夫が当座の独身生活に必要な湯呑み類とサイドボードを買い整えてくれていた。別れの言葉は、「まあ、あまりお酒をのまないで体に気をつけなさいよ」であった。彼は別れてから、妻以外へのある心残りが絶ち切れず、一と月ぶりに家を訪ねた。夕方になって帰ってきた妻は「何しに来たのッ」と表情をこわばらせた。彼は夕食もせずに帰った。

それから十三年になる。最近、あの結婚式に出てくれた友人たちと会う機会があった。友人たちは「おい、彼女と別れていなければお前はいま出世していたかもしれんな。なにしろ、親代りのあの男が総理大臣になったんだからなあ」といった。Tは「私は定年まであと十年だというのに子会社にまわされて、いまだに主任にもなれないんですよ。会社に通うとき、電車の窓から昭と暮したあの大井町の家の屋根がいやおうなしに見えるんです」といいながら、「じゃあこれで」と席を立った。

彼はその後再婚した妻に、前妻が田中総理の秘書であることを話していない。

一方、彼女の友人の話では、昭和二十九年から三十七年までの彼女のアルバムから、Tの写真は全て剝《は》がされているという。

それにしても、ごく単純な疑問を抱かざるを得ない。権勢者の秘書というだけで、階段を駆け上るように急速に、一人の女の財産が増える不思議さである。

まずTと別れて七カ月後に、彼女は田中が郵政大臣になった年に買った大井町四丁目（当時倉田町）の土地と家を売り、都心の一等地に土地を求めているのだ。この年彼女は三十四歳、歳費秘書としてははじめて国会便覧に記載され、田中が池田内閣の大蔵大臣に就任するのと軌を一にして、秘書の彼女は新しく土地とマンションを買っている。

以下、登記台帳をもとに列記する。

〈宅地〉八拾七坪九合六勺
〈所在〉新宿区市谷左内町弐弐番
〈月日〉昭和参七年五月拾日

〈月日〉昭和参八年拾月弐六日
〈所在〉新宿区市谷左内町弐弐番地
〈居宅〉鉄筋コンクリート造陸屋根地下壱階付四階建
地階　壱五六・〇〇㎡
一階　壱五九・〇〇㎡

二階　壱五五・七〇㎡
三階　壱五五・七〇㎡
四階　壱四八・五〇㎡

この土地と建物の〝戸籍〟の符票をたどると、田中角栄に常につきまとう二つの会社が登場する。まず土地だが、購入してから一年半後に「国際不動産」に転売した。「国際不動産」はいうまでもなく小佐野賢治の会社である。土地は半年後にさらに大阪の「東洋不動産」へと目まぐるしく動いている。

次に地下一階地上四階のマンション（三十八年一月建築）は、登記後十カ月で「室町産業」に合併、すぐに「国際不動産」「東洋不動産」を経て「三和銀行」の所有になっている。「室町産業」は周知のとおり、田中彰治事件で表ざたになった国有地問題で、田中角栄あるところ常に名の出る会社として知られ、佐藤昭も取締役に名を連ねていた。

昭和三十八年は田中が第三次池田内閣の大蔵大臣に留任し、彼女も前年に続いて歳費秘書として登録されているが、この年のもう一つの買いものに山中湖の別荘（土地百五十三坪）がある。ところで、土地を買った時の歳費秘書の給与は、月額三万二千七百円、別荘の時は三万八千五百円にすぎない。にもかかわらず、土地とマンションと別荘がもてるという仕組みは、手品である。別荘は、県有地を「富士急」が借り受けて借地分譲したもので、三十八年十一月、二十年間の契約、三十九年六月建築となっている。別荘のある「あざみ丘五番地」は、現在借地権の委譲をすると、五百万円前後になる。彼女はこの別荘に時おり二台の車をつらねてマージャンに出かける。四十九年度の参議院選挙中には、山梨地方区から立候補した中村太郎の選挙カーや、東京ナンバーの黒塗りの車がご挨拶に伺候して、別荘人種の目をひいた。

田中の大蔵大臣在任期間中に、彼女はさらに大きな買いものをした。赤坂八丁目、東宮御所から少し入った高級住宅地である。

〈月日〉昭和参八年壱弐月弐〇日受付
〈宅地〉四壱弐㎡五九

わずか六年前までは、大井町の六畳一間のアパートに住み、母の形見の帯を仕立てなおした洋服を着たホステスであった彼女が、「田中角栄秘書」になっただけで、超一等地の土地と別荘を持つ身分になった。マダム・デビにはほど遠いとしても、現代の寓話《ぐうわ》である。

彼女は購入時の家を、その後建てかえた。田中が幹事長に就任した四十三年のことである。鉄筋コンクリート造陸屋根二階建、延べ面積二百四十七・六八平方メートル、約八十坪。施工業者は田中土建。なおこの土地の評価額を調べてみた。彼女の土地は国土庁の標準地のサンプルにされていないので、附近の「住友不動産」（青山一丁目在）に査定してもらうと「坪二百万が現実価格です」とのことだった。従って、彼女の財産はこの土地だけで約二億五千万円ということになる。

率直にいって、いやになった。何通もの登記台帳とつき合って、私はずいぶん下種《げす》な計算ばかりしている。こういう時には「アメリカなら」を考えると〝解毒剤〟になる、と思いなおして――もう一つの資料。

八十坪の家を新築した四十四年度の彼女の税務署へ申告した年間収入は、「財政調査会」からの給与百八十五万円、「政治経済調査会」からの給与三十五万円、埼玉県入間《いるま》に持っていた資産（これは追跡しきれなかった）の譲渡所得二百五十九万円、他の収入四十六万六千円、合計五百二十五万六千円である。「財政調査会」「政治経済調査会」は、共に「越山会」同様、田中への政治献金を汲《く》みあげる団体である。

こうして彼女は、すでに「室町産業」取締役に名を連ねることによって、田中角栄の地縁または血縁、あるいは秘書団等の側近による金の流通機構に組み入れられているのだが、彼女はもう一つの会社にも名を連ね、代表取締役になった。赤坂の土地・建物登記台帳を見ると、四十五年五月（同年一月、田中は幹事長留任）から四十七年四月までの間に何度か根抵当権の設定をしている。四十六年に二度（この年参議院選、田中は幹事長・通産大臣）、四十七年に二度（この年衆議院選）。限度額は一億五千万円である。最初の根抵当権設定の債務者は、港区赤坂八丁目「パール産業株式会社」とあり、根抵当権者は、新潟県長岡市大手通「株式会社大光相互銀行」。

この「パール産業」の住所は、じつは佐藤の自宅である。銀行は田中の選挙区、長岡に本店がある。自宅に会社を置くという方法は、例の「新星企業」(代表取締役・山田泰司秘書)が、最初田中角栄の私邸を〝本社〟にしたのと同じ方法である。佐藤が自宅に設立した「パール産業」は、昭和四十年十二月二十一日設立、田中角栄が予言どおり「四十代で幹事長」になった年でもある。田中は翌年、〝黒い霧事件〟で幹事長を辞任するのだが、パール産業の設立目的は、(1)ガス、石炭、金銀銅の採掘と販売、(2)砂利採集、砕石及び販売、(3)土地造成、不動産の売買、(4)土木建築の設計施工請負、(5)前各号に附帯する一切の行為及びこれに関連する財産の取得または出資行為、とあり、〝黒い霧〟で名が出た田中の関連会社「新星企業」「室町産業」等と同じである。翌年の四十一年は、「室町産業」が柏崎の原発用地や信濃川河川敷《かせんしき》買収事件等に常に関係していたことが問題になり、役員に名を連ねていた四人の秘書が突然辞任した年で、佐藤もその一人だった。だが「パール産業」の方は、「室町産業」と同工異曲の〝密命会社〟の感があるが、表面には現われず、彼女はそのまま代表取締役を続け四十七年五月末、総裁公選の直前に一旦辞任し、その後にまた代表に復帰、現在は名を消すという複雑な足跡を残している。さて、彼女の土地買いは、前述の赤坂八丁目で終るわけではない。

彼女の家と道をへだてた向い側三百四十・四九平方メートル（約百坪余り）時価二億円の土地が、実質上は彼女の持ちもので、知人に「お向いの土地も買ったのよ」と証明している。ただ名義は、四十四年十二月に「室町産業」が前所有者から買い、田中が総理の座に就いた二ヵ月後に「パール産業株式会社」に転売という形をとっている。ここで奇妙なのは、この時点では「パール産業」は既に総裁公選の一ヵ月前に彼女の自宅から千代田区西神田に移転しているにもかかわらず、彼女の住所で登記され、一と月後に〝錯誤登記〟されていることである。柏崎の原発用地問題の時にも、十五万坪の土地が〝錯誤〟という奇怪な登記のされ方をしているが「パール産業」の場合の〝錯誤〟の意味は、私の取材能力をこえている。もちろん、単純な錯誤かもしれない。

ただ、現在同社の代表取締役になっている田代信博に会おうと、再三取材を申しこんだが、約束の時間に不在であったり、早くいえば、〝逃げられた〟感触が残っている。彼は小さな経理事務所の主人で、事務員は彼を「大先生」と呼んでいた。

また「パール産業」は、都庁の建設業者登録の大臣登録、都知事登録名簿にも記載されていない。念のために建設省建設業課も調べたが同様である。その疑問を、都庁建設課に訊くと、「不動産の施工、請負を業としている会社はすべて登録されることになっている。登録されていない場合は、もぐりの業者又は税金のがれのための会社であると考えられる。もう一つは、業務目的に土木建築の設計、施工となっていても、それを行う技術者がいない場合だが、そういった例はめったにない」とのことだった。

〝田中ファミリー〟の一員になった彼女の名が、国会便覧から消え、〝奥の院〟への道を歩きはじめて、十年を越えた。十年前といえば田中は大蔵大臣で、将来の総理の座を狙う人物の一人と目されていた。彼女は議員会館から「砂防会館」に移り、しだいに何枚もの扉の内側、つまり田中の個室の至近距離に近づく。そして「越山会」の財布を預けられる。彼女の、「財布を預かっている」という機能には、何重もの附加価値がつきはじめ、次第に〝権力〟の様相を示しはじめる。

七、八年前のことだった。彼女の最初の夫のYは、某政界人から問われたことがある。

「あんた、角さんと関係あるのか?」

「多少は、ね」

「じゃあ、佐藤という秘書を知ってるか?」

「うん、多少、知ってるよ」

すると某は、Y、佐藤、田中の〝原酒時代〟の因縁を知らないので、佐藤昭なる秘書がいかに絶大な権力をもっているかを語った。Yはそれを聞くと、昔の妻に何年ぶりかの電話をかけた。

「お前が偉いんじゃない。田中が偉いんだ。どうも今のお前の口のきき方は生意気だ。人さまがお前に頭を下げるのは、お前に対してではない。田中にだ。金にだ。それを識《し》らないで、夢そんな気持に思い上ると、おまえはオレと暮していたころよりももっと不幸になるぞ」

彼女は率直だったそうだ。責められるべきは周囲かもしれない。

〝佐藤ママ〟の権力は、あくまで疑似権力にすぎないのだが、周囲の人間は、彼女にとり入ることで田中の金と権の配分に与《あず》かろうとするあまり、真性権力に仕立てあげてしまう。また、田中角栄自身が、それを助長させているともいえる。歴代の総理は、官邸、私邸、議員会館、時にはひそかに、〝別宅〟と、何種類もの時間を費やす場所をもっていたが、田中ほど事務所（砂防会館）にいる時間の長い総理はないだろう。時間が長く、しかも第三者はエレベーターをおりた扉の前で足どめされるとなると、ここは完全な〝奥の院〟である。佐藤は〝いつも総理と金といっしょにいる人〟という存在として、自分から権力を求めるエネルギーを発揮せずとも、坐して待てば、権力という衣裳《いしょう》を来客が持参してくる。彼女の〝権力〟を示すエピソードは多い。

▼T（元閣僚）も、佐藤の前では直立不動だよ。いや佐藤ママがTを嫌ったので、彼は田中から疎まれている。……という噂《うわさ》。ただしこれは、Tが総裁公選のときに田中が期待するほどの働きをしなかったからだというのが〝真相〟のようで、それが佐藤昭に結びつ

けて噂されるほど〝権力〟をもっていると解釈するのが妥当だろう。▼田中派の閣僚クラスのOは、佐藤を批判したことが知られて、彼女に疎まれているそうだ。▼郷里の知人が上京し、越山会事務所に佐藤を訪ねた。世間話のついでに、新潟出身の代議士の消息を訊くと、彼女は「いま呼ぶわよ」と電話をした。するとその代議士は議会が開かれている最中だというのに、すっとんで来、知人は佐藤の電話一本の威力に驚いた。▼佐藤の機嫌をそこねると、田中におっぽり出されるぞ。優秀なF秘書がやめたのもそれが原因だ。▼〝佐藤番〟ってことばを知っているか？　I・O・K・Y・S・U……連中は佐藤昭の〝お小姓〟だ。

彼女の権勢をスケッチする材料は、いずれも断片的な風聞としてしか聞えてこない。誰もが、「あの人ならよく知っている」という人物に会うと、貝のように口を閉ざす。そこで、風聞が集約された場面を、昭和四十九年七月の参議院選挙に設定し、風聞ではなく断定として書いておく。以下は私が取材した何人かの新人候補者の場合を総合した上で、一つの実在するケースとして設定した〝ドンカミロ的エピソード〟である。

知名度の高い、いわゆるタレント候補の領域に入る花岡咲男（または咲子）が立候補をすることになった。花岡には党から若手代議士の身元引請人兼世話人が派遣されてきた。花岡は本当は田中派ではなかった。

最初から田中派の場合、たとえば山東昭子は、渡部恒三に連れられて行った。山東は

「佐藤ママにご挨拶すると、ママは『よく決心して下さってありがとう。がんばってね。私の名前も、あなたと語呂が似てるし、同じ〝昭〟の字ですもの』と、とっても親しみやすく話してくださって……」という対面をした。「選挙中も、戦術や票の動きが不安で、ママにお電話すると『選挙なんてそんなものよ。クヨクヨしないでやんなくちゃ』って慰めてくださる。他の代議士《センセイ》や秘書のみなさんが〝佐藤ママ、佐藤ママ〟って親しみを寄せるの、わかりますわ。変に女っぽくしないし、実力はずっと総理についておられるし、大したものですよね」と感嘆した。

さて、田中派でない花岡に、党がつけてくれた引請人は、まだ佐藤ママに直接引合わせてくれるだけの力がなかった。周囲の人間は「早いとこ佐藤ママに挨拶しておかないとまずい」という。すると、現在田中金権政治を批判して閣外に去った実力者派閥の若手のホープで、清新な政治家と目されているX代議士が、「わが派から出たのでは金がとれないし、あなたをかかえきれないので佐藤ママに紹介しよう」といってくれた。花岡は、表向きには反田中で大衆の喝采《かっさい》を浴びていたはずのXのアレンジで、佐藤ママと会えて挨拶をした。

場所は、花岡Aの場合は料亭でマージャンパイをかきまぜながら、花岡Bの場合はゴルフ場で、花岡Cの場合は自宅でと、それぞれに違っていた。彼女は「よく立候補を決心してくださいました。ありがとう」といった。新人の花岡A・B・Cには、それが総理の声のように響いた。

しばらくして、花岡は砂防会館に呼ばれ、例の廊下の二枚めの扉の内側に入った。佐藤ママの机の脇の応接セットで待っていると、奥に通じる褐色のドアが開き、これもアンチ田中派のはずの金野足根《かねのたりねえ》候補が頬を紅潮させて出て来、彼は紫色の風呂敷包みをしっかりと抱いていた。やがて花岡は、佐藤から「花岡さん、どうぞ」と呼ばれて内側に入る。部屋には総理とママの二人だけがいた。そして激励のことばと共に〝紫の風呂敷包み〟を渡された。

いざ、自由社会を守りなん、〝紫〟の包みを紐帯《ちゅうたい》として。

渡す人、傍らに立会う人、恐懼《きょうく》して受け取る人の、七夕《たなばた》がすぎた。

花岡は当選し、佐藤ママの赤坂の自宅へお礼に行った。応接間から見える庭には、犬が遊んでいた。花岡はのちに、某閣僚が冗談めかして「佐藤さん、そのうち参議院全国区に出なさいよ。あなたが出ると全国の代議士が全員応援するよ」といったと聞いて〈むべなるかな!〉と思った。

別の若手議員は、あるとき佐藤からいわれている。「××さん、○○庁の政務次官にどう?」。もちろん、権勢がいかに強かろうと、彼女に人事を動かす力はなく、田中もそんな差出口を許す人間ではない。ただこのエピソードは、冗談だとしてもそういう性質のことばをいってのける彼女の性格と、いわれた側をその気にさせてしまう雰囲気《ふんいき》が、彼女の周辺にあることを物語っている。

彼女は、そういう存在である。マージャンをするときは、麴町《こうじまち》の料亭Sを愛用し、豪快なうち方をする。決してオリないと定評がある。彼女の相手は他の派閥の、しかも表面では田中金権政治を批判している刷新派の若手であったり、腰ぎんちゃくであったり、〝庶民総理〟誕生の時に宣伝これつとめた政治評論家であったりする。

いったい、何が佐藤昭という〝奥の院〟を生んだのだろう。それを考えるとき、実は私自身の記憶の中で、田中角栄の忘れられないことばがある。

その日は「三島事件」の日であったので、昭和四十五年十一月二十五日の夜ということになる。私はあるいきさつを経て、田中角栄に約二時間会った。彼は上京して住みこんだガラス問屋の商品を、配達の途中で壊して途方にくれた十代の日の想い出や、古い歌謡曲を二曲披露したりしたが、総裁の座を目の前にした心境を問うと、はっきり答えた。

「大臣なんて、なろうと思えば誰にでもなれる。だが、総理総裁は、なろうと思ってなれるものではない。天の運というものがある。すべての準備をととのえて、公選の前日に市に撥《は》ねられる、ということもある」

彼は、その総理の座を〝天の運〟と〝すべての準備〟の上で掌中にした。私の印象に残るひとことは、それから二、三のやりとりのあとで、彼が語ったことばである。

「財布は、身内の人間に握らせるに限る」

二十億の政治献金の財布を握る佐藤昭は、彼にとってまさしく〝身内〟そのものなのだろう。身内は、血縁であったり、地縁であったり、もっと異なる次元を意味する場合もあるだろう。

田中角栄の側近集団には、〝身内〟佐藤昭を頂点とした二つの系譜があり、それが彼に近代政治の印象からほど遠い、土俗的なやりきれなさを与えている。もちろん、彼にかぎらず他の政治家たちも同じ雛型《ひながた》を守っているのだが、田中の特徴は、表と奥と二重構造の使いわけにある。大ざっぱにいって、官邸に六人、私邸に四人、砂防会館に六人、他に書生が数人、と、のべ二十人を越す秘書官、私設秘書の側近集団がいる。政策立案に携わる公的なスタッフは別として、問題は「越山会」における二重構造である。

表面的には、新潟三区の選挙と越山会の総括者本間昂一、東京私邸の山田泰司、遠藤昭司という地縁組は、表の顔として人に会う。たとえば、地元紙『柏新時報』昭和四十九年九月十三日版の一面記事。

「18日公共事業の陳情

山田秘書が来柏受理

田中総理東京事務所の山田泰司秘書が十二日来柏し本地方関係の公共事業についての陳

情を受けることになった。これは新年度予算編成を前にして毎年一回行っているもので、田中先生にかわって地元関係民代表の要望や実情をきき、来年度予算に極力生かすようにしたいという配慮からで、昭和二十二年代議士当選以来恒例として行っているものである」

以下、分刻みのスケジュールが紹介されており、山田秘書は江戸《えど》表《おもて》家老的なお国入り光景を演じて大変なものらしい。

一方に、柏崎でもほとんど知られていない佐藤昭の存在がある。彼女は柏崎に帰っても、親戚の経営する鯨波《くじらなみ》の旅館「N屋」に泊り、孤児になった時、後見人的役割をつとめた親戚の文房具店T家に立ち寄る程度である。それも最近は、「県会議員が挨拶に来たりでうるさいから」、別荘で夏を過すことにしているという。そんなわけで、彼女は地元の人々の耳目には常に陰の存在で「東京でえらい出世をしたそうだが、何をしているのかね」程度の認識のされ方である。つまり〝奥の院〟たるゆえんである。

田中の地縁政治は、権の維持分担を山田、本間、遠藤等のふるさと組に、金の維持管理を佐藤によって行わしめるという二重構造をもっている。佐藤の下の古藤という秘書も新潟県人で、一時小さな証券会社に勤めていた。そのころの古藤の同僚が佐藤と株の取引きをしており、彼が売買に失敗して自殺したことから、種々の臆測が飛んだことがある。

柏崎の〝古着屋の昂ちゃん〟は国もとの総責任者、〝遠藤スポーツ店の昭《しょう》ちゃん〟は私邸の陳情さばき、〃よろず屋の昭《あき》ちゃん〃は奥の院、という構造こそ、田中の風土を顕《あら》わしている。

そして、最初はただ一人の奥の院であった佐藤昭自身が、いまは田中の核の中に更にもう一つ、血縁でつながった〃佐藤ファミリー〃をつくりあげているのである。

「室町産業」の役員には、彼女の母の実家筋から竹田正義を、「パール産業」の役員にはいとこの夫、佐藤良司を、さらに親戚の人物を「越山会」東京事務所に、と配している。他に、柏崎の原発用地の買収をめぐって動いた木村博保という「越山会」大幹部の県議がいる。彼は十五万六千坪の土地を極秘買収し、木村→室町産業→木村→東京電力と、過去に何度か問題にされたケースと同じパターンで転売した問題の人物だが、これをめぐって怪文書事件が起った。その時、木村と共に書類送検された前県議に、柏崎市鯨波で土建業「佐藤組」社長をつとめる佐藤幸作がいる。彼もまた佐藤昭の親戚である。

両親や兄姉たちを次々に失い、柳町通りと呼ばれる当時の町はずれのよろず屋で、最後の肉親の母の葬式を出したとき、一人残った彼女は厄介者扱いをされた、と聞いた。三十年後のいま、彼女は血縁の新たな中枢となり、はるかに年長の親戚の人びとから、敬語を使って語られるようになった。私は田中角栄の濃密な県人会的政治は、何に起因するのかと興味をもった。理由は二つだろう。一は、彼を生んだ越後《えちご》の風土。二は、その風土の中での彼自身の幼児体験と実人生に拠ると思われる。

越後は怪物を醸造する土地である。創価学会初代会長牧口常三郎は柏崎、北一輝は佐渡、良寛は出雲崎《いずもざき》、河井継之助《つぐのすけ》は長岡の産で、いずれも〝ここ一歩〟の手前で挫折《ざせつ》した系譜の人びとである。

刈羽《かりわ》郡二田《ふただ》村（現西山町）の出身で、生活圏としては柏崎に所属する田中角栄は、その系譜の中で、はじめて頂上に〝のぼりつめた〟人物であるかもしれない。

柏崎は、人口約八万人の都市である。私は他の中都市にくらべて商店の多さと、スーパーが一軒も進出していないことに驚いた。柏崎の気風は、人よりも先に出ることをしない代りに、人にも先に出させないという伝統的な共同体意識があり、それが商店街ひとつにも現われているのだそうだ。そういう集団の中から、田中角栄という気の遠くなるような歩幅で先に歩く人物が出た。共同体意識は彼をうまく利用しようとし、田中もまたそれを巧みに利用して、田中にひき上げられて中央に出、表の間と奥の院の二重構造を作っている。

柏崎の旦那衆は、代々「かみさんに財布を預ければ安心だ」と思い、妻は妻で、あまり外に出たがらず家の中でがっちり守るという、性来の〝奥の院構造〟をもっているともいう。とすれば、佐藤昭は、女として二度の結婚には失敗したが、「越山会」という〝所〟を得て、みごとに土俗性を発揮したともいえるのだろうか。

田中角栄の郷里の人材登用法は、先にのべたように、一方で秘密部分をつくり一方で地元とのつながりを開放的に、積極的にして見せることによって、秘密部分の防波堤を構築しているようだ。後者は〝背広に下駄ばきで、誰とでも会って気さくに写真をとってくれる角さん〟のイメージに結晶し、前者は、「名は聞くが実態を知らない佐藤昭」の翳《かげ》りとなって現われる。


次に、田中個人の実人生である。

田中角栄の不幸は、ひとくちにいって生理と、真の友人をもたぬことである。

もの心ついたころ、第一次大戦の景気が終り、新潟県下に小作争議が頻発《ひんぱつ》する中で彼は周知の生活環境に育ち、不幸にも稀代《きたい》の秀才であった。小学校を出た秀才を待っていたものは、柏崎の土木事務所の給仕生活であり、家に帰っては牛馬を引いて峠を越え、競馬場を巡って歩く父と、七人の子に飯をくわせるのが精一杯の母である。彼は十五歳で上京し、頼みとする大河内邸に門前払いをくわされ、その日から徒手空拳で〝生きるために生き〟てきた。門閥なし、学閥なし。生きるために働き、夜学の教室で、昼間の労働の眠気をさますために針のようにとがった鉛筆の芯《しん》を指の腹につきたてる。その芯はいまだに摘出されないで、彼の左の親指の腹に青黒い痣《あざ》となって残っている。彼は、〝出世〟のもっとも近似値を金に求め、産をなすために突進した。彼は、建築技術も人生も人の心をも独学し独学者の条理は、好きなもの必要なものはやる、嫌いなもの、必要でないものはやらない、に尽きる。

そのころ、福田赳夫は、三木武夫は、大平正芳は、中曽根康弘は何をしていたか。

田中は彼らのように旧制高校の弊衣破帽のダンディズムにも、カントの原書にも無縁の人生である。いかに生くべきかの抽象的世界に遊ぶ余裕はなかった。彼らが抽象の陶酔に身を浸しているとき、彼らが、実人生の手段として「高文」をパスして官僚になったとき、田中は、官僚に頭をさげて注文をもらう〝土建屋〟であった。

彼らは、抽象の世界で結ばれた友人を全国に持ったが、田中は自分だけが友であり、力であり、心以外のものは、いや、時として人の心までも金で買うことができるという世界に、いやおうなしに駆りたてられた。そして、敗戦の年、官僚福田の寄るべき大樹が倒れたとき、彼は二十代で、日本で五十位にランクされる土建会社を率い、総裁選に献金するだけの資力を握っていた。

はじめての立候補のとき、演壇に上った彼のチョビひげと場違いなモーニング姿は、そういう人生の象徴である。

政治家になってからの田中は、おそらく彼ほど努力をした人間はいないだろうし、彼ほど人とのつながりを大切にする人間はいない。料理屋に行ったとき、彼が大切にするのは、百万円の着物を着た芸者（も愛したが）よりも下足番の老人であり、板前、仲居、運転手への心づけである。冠婚葬祭に、彼ほどこまやかな気配りをする人間はいない。河上丈太郎の葬儀のとき、雨中に立ちつくして棺を見送った政敵田中に、社会党員たちは「参った」ものだ。

にもかかわらず、田中は、友人をもてなかった。彼に二人の親友がいる。だが入内島金一（室町産業代表）は、徒弟奉公の時代に同じ大八車を押し合った友であり、中西正光は警視庁課長ではあったが、田中土建の仕事の協力者としての友だった。小佐野賢治ともなれば、商売と政治の利権がとりもつ、利害得失の駆引きの中での〝刎頸《ふんけい》の友〟にすぎない。

田中には、無償の行為を基にした〝抽象世界の友〟がいない。三木、福田、大平、中曽根にはそれがある。おそらく、財界にざっと二、三十人の、弊衣破帽の友がいるだろう。田中には、その友のないことが、強さでもあり弱さでもある。政治献金打切りと、福田、三木の絶縁状に対していった「結構ですな。どうぞおやりなさい」は、彼の強さと、福田や三木の〝抽象〟に対する、彼一流の嘲笑《ちょうしょう》と自信だろう。

田中は、自分の生きように共存している強烈な自信とコンプレックスに悩まされてきた。独学の人、待ったなしの人生を歩いた人間は、自分との同質、自分のエピゴーネンを好まない。

だから、異質の、飼い慣らされて訓練豊かな行政経験を授かった人間の力を彼ほど正確に評価し、利用する人間はいない。党人、といわれる彼ほど、自民党の乏しい政策立案能力を官僚でカバーする人間はいない。彼が戦後のあきあきとした官僚出身総理の治政に歯止めとして登場したとき、世人は、彼こそもっとも〝官僚的党人〟であったことを、うかつにも気がつかなかった。

彼のもう一つの不幸は現在も軽い「バセドウ氏病」とつきあっている、生理である。生理が心理をつくる。男性には十万人に一人といわれるこの病気の特色は、瞬発力、集中力、吸収力に現われる。「人の話を聞かない」と評される彼の欠点は、聞かないのではなく聞けないのである。この生理は彼が天性授かった驚くべき頭の回転速度と、概念にとらわれない資質を増幅させた。彼は、福田や三木の〝かくあるべき〟にとらわれない、〝こうある。これをどうするか〟と考える現場処理の天才である。彼はもっとも日本的政治家と評されるが、彼ほど〝ニコポン〟にほど遠い政治家はいない。「これからのリーダーに必要な資質」を問われて、彼は答えている。

⑴会議のマネージメントができること。⑵SSTを操縦できないまでも、その仕組みぐらいは理解できること。⑶党内だけでなく、国民多数の支持を得られること。

だが、皮肉なことに、彼はいま三番めの資質を失っている。国際的な経済のうねりと、彼自身の体質とで。彼は、彼の生理的条件反射で、相手に「要件をまず示せ、時候の挨拶に始まって……は必要ない」と要求する。それは、彼が徒手空拳のまま権力の頂上に駆け足でのぼりつめた過程で得た、時は金、の哲学もあずかっているのだろう。

だが、この体質は、多数の日本人にはなじまない。田中の目玉商品であり、同時に彼の支持率を低めた「日本列島改造論」は、ハードウエアーの部分だけが目立ち、その底に恥ずかし気に流れている彼のセンチメントがかき消された。

彼のセンチメントとは、田中自身の幼児体験、いいかえれば、土俗に根ざしている。越後の人間は東京に出稼《でかせ》ぎに来ずとも長岡で収入を得、老人は山から降りて、里に茶のみ仲間も医者もいる社会をつくろうという彼の感性は、幼い日のツギハギだらけのモンペに刺子《さし こ》の半纏《はんてん》をまとった越後の母への、精神的回帰ともいえる。

彼は、吉田茂のいう「刑務所と娑婆《しゃば》の間に壁がある。壁の上にはガラスの破片がある。そこを走りぬけて、内側に落ちる奴、外側に落ちる奴、それが政治というものだ」を、身をもって知った人間である。彼は、身を置く場所によっては、宮本顕治にも、松下幸之助にも、池田大作にもなり得た人間であると思われるが、「自由民主党総裁」に身を置かしめた。宮本、松下、池田からは、金を引き算するとカリスマが残る。

田中角栄のカリスマは、金を最大公約数とし、最小公倍数に、彼の実人生上の神話がある。だがよそ目には彼の神話はいま色褪《あ》せたと見えても、彼には独学者の自負が残っている。彼は、世の中が悪い政治が悪いという前に、オレが歩んだ人生のように、爪から血を流すような努力をお前たちはしてきたか、という思いからぬけきれない。

芥川竜之介に、『レーニン』（原題『レニン第三』）という短い詩がある。

誰よりも民衆を愛した君は
誰よりも民衆を軽蔑《けいべつ》した君だ。

田中角栄の内心に、この二行に表徴されて、しかし公言をはばかる苛立《いらだ》ちは、ないか。

そういう田中の人生観にとって、佐藤昭は、安息の場所であったのだろう。地縁がある。シノニムな人生の軌道がある。

田中にとって、学校につながるものはない。三木や福田の同窓会は、彼にとっては唯一つ、県人会である。佐藤昭には同窓会があるとはいえ、病人の絶えない家の前を足早に通られた故郷であり、旧制高女の同窓生のうちで一番早く結婚したことを、ある種の陰湿さをもって語られる。いま、たまに同窓会があると、彼女は「田中角栄」と表書きされた金一封を寄附する裁量を預かる身にはなったが、東京の奥の院に居て、権勢の裏側でささやかれる遠き故郷の声に気づかぬほど鈍《どん》ではない。

田中が彼女を必要とし、彼女もまた田中の力になり得る相互扶助の力学をもっと拡大すると、ひとえに、じわじわと追いつめられているとはいえ、まだ厳として命脈を保っている自民党の体質にある。

自民党という政治集団は、まず身中に敵を抱く巨大なアメーバだった。自民党議員たちは、元来、党よりも地域の旦那衆的ボス支配によって票を集めていた。一つの選挙区に同居する〝身内〟を、まず倒すことが先決である。彼らは外敵、社・共・公・民に対するよりも、一見不合理に見える地域ローカリゼーションにエネルギーを向けた。票を食う巨大なアメーバは、いかに口先で派閥解消を唱えようとも、アメーバの本性で、分解してもすぐに新しい核を求めて群がる。自民党は、その体質に依存して来、いまもあり、これからも、赤信号に変る直前とはいえ、賽《さい》の河原《かわら》の石積みのような野党の統一戦線の乱れの隙に、まだ横断歩道を渡ることができる。

自民党アメーバたちは、その横断歩道を渡るために寄るべき核を求める。核の培養菌は金である。彼ら陣笠代議士の歳費は、月額二十万円しか手もとに残らない。

一方、地元の〝旦那であること〟を維持するためには、月額最低百五十万から二百万円を必要とする。その差額を、彼らは派閥のボスに求める。ボスは彼らに票の培養菌を与える代償として、総裁公選における一票を求める。

彼女は、その主たる〝菌〟の、密室の管理者である。彼女は、自民党の機構の中に、咲くべくして咲いたあだ花である。鬼っ子であるかもしれない。あだ花を開花させたのは、自民党そのものと、見返りをコスト高にした田中角栄であり、白い手袋をはめたかに見える三木、福田でもある。三木、福田、大平、中曽根の口さきの清潔さほど、彼らの手は清潔ではあるまい。君よ、田中の〝金〟をその手で握った記憶はないか。

ただ田中ほど〝世の中〟をよく知る政治家はなく、支える彼女もまた幼時から〝世の中〟を体験で知っている故に、二人のものさしは、人生を計るにも、風土を計るにも、同じ長さをもっていたのだろう。

佐藤昭という閉ざされた扉の奥に住む四十六歳の女性は、政治の〝ダーティ・ワーク〟の中で光彩を放っている。ダーティ・ワークはあくまで暗室の作業であって、外に光が洩れることはない。暗室に外からの光が射しこむと、彼女が預かる印画紙は田中角栄の影を露呈してしまう。福田にも三木にも、大平、中曽根にも、暗室はある。ただ、暗室の暗さの光度が、他よりも暗いということだろう。

彼女は、暗室を出て家に帰る。いまは一人だが、彼女の家には常に二人の女中がいた。〝佐藤ママ〟は、柏崎の〝よろず屋の昭ちゃん〟であったころ、素封家の幼な友達が女中に送り迎えされて幼稚園に通うとき、いっしょに誘われて通った。彼女はいま、幼時のころの惨めな自分を裏返し、大井町の六畳一間の安アパートを出てから十年余りで、女中と送迎車をもつ立場になった。

かつて佐藤邸に勤めた女中たちは、故郷に帰って嫁ぎ、稲刈りに忙しかった。彼女たちは率直であって、率直であるだけにその話をここには書き難《にく》い。

せめて「正月には、『田中』と書いた封筒に入ったお年玉をもらいました。ママは『これ、先生からですよ』とおっしゃいました。先生もママも、とてもいい方でした」という懐かしさにとどめておこう。

青春時代を抽象の世界に遊んだ人種は、時に弱みを見せることで、かえって人間性を感じさせるものだ。だが、現実一本槍の人生を歩んだ田中は、他人に弱みや孤独を訴えた瞬間に神話が崩壊する。まして使用人に於《お》てをやである。彼が、〝総理の孤独〟を打ち明けるただ一人の〝使用人〟があるとすれば、それは佐藤昭なのだろう。

最後に、読みようによっては、サクセス・ストーリーとも読める、陰の権勢者のめったに見せない一面を書いておかねばなるまい。

彼女は、昔歌った『月見草』の歌が好きだ。

故郷柏崎の、数少ない旧友に電話をかけてくる。

「ね、〝夕霧こめし草山に〟の次はどうだっけ？」旧友は電話口で歌うそうだ。「ほのかに咲きぬ黄なる花……」

彼女にはもう一つ好きな唄がある。

アカシヤの　雨にうたれて
このまま　死んでしまいたい

……
アカシヤの　雨に泣いてる
切ない胸は　わかるまい
……

旧友は、そういう一面を知っているだけに、何億という財産と阿諛追従《あゆついしょう》に囲まれた彼女を、決して幸せだとは思っていない。巨大な権力と、そこに群がる人種に利用されるだけ利用されて「昭ちゃんはかわいそうに」と思っている。反面、奥の院の居心地の良さがしみこんでしまって、疑似権力の衣裳を脱ぎ捨てるよりも、むしろ楽しんでいるようにみえる彼女に、心を痛めている。だが、直言する友人はほとんど絶無で、彼女は不幸である。彼女の不幸は、田中角栄にも通じる。

彼女はいま、時おり『月見草』の歌の世界にもどることはあるが、朝の九時半には黒塗りの車が迎えに来てすぐにまた、ダーティ・ワークを司《つかさど》る女にひき返さねばならない。彼女が、いつか必ずやってくる田中引退のあとで味わうにちがいない、イソップの童話を地で行く日を、予感しているかどうか、それは私の断定する所ではない。私に断定できることは、田中角栄の金庫番をつとめただけで、一人の女に億という財産がつくれた不思議さでしかない。

このレポートは、多分にセンチメントすぎる、と私自身が感じているのだが、修辞的文脈に流されたのには理由がある。私の集め得た資料の、すべてを書ける情況にないこと、そして、その情況を認容せざるを得なかった私自身の〝内なる日本的感性〟である。

最後に、私の感性とは無縁の事実を附記しておく。

取材の後半から原稿執筆の間に、「おやめになった方が身のためです」という、重苦しい一方的な〝助言〟が再三ならずあった。助言の主は、現職閣僚二人、政治評論家、その他数人の代議士である。

私の知るかぎりでは、〝助言〟は佐藤昭の意を受けたものではなさそうで、佐藤昭の意を勝手に先取りしたとみえる使者の個人プレイだった。実力者たちの、彼女の藩屏《はんぺい》とも見える行為は、はからずも彼女の地位を顕わし、「田中金権政治」の一面を暗示してくれたと、私は実感している。

（『文藝春秋』一九七四年十一月号）

チッソだけが、なぜ

六百日間の風雨に色褪《あ》せた「怨《おん》」のテントの片隅で、一輪のくちなしの花が猛暑に首をたれていた。

テントはいま、チッソ本社の前から取り除かれようとしている。調印は終った。患者と支援団体の目を避け、疎開していたチッソ社員たちは、本来の部屋にもどった安堵《あんど》感を漲《みなぎ》らせ、昼休みの談笑にふけっていた。だが、耳を澄ませば聞えるはずである。車椅子の患者が、差しだされるマイクの前で、硬直した指をかきむしり、雑巾のように身を捩《よじ》ってしぼりだす声が。「心のテントは、一生消えないのです」。チッソ本社と道路を距《へだ》てた向い側は、東京見物はとバスの発着所である。乗客たちは、観光のファーストシーンを「公害で有名なチッソ本社」にうなずき、バスは走りだすのである。

私は、その光景を取材しながら、この二カ月間に訪ね歩いた、単純な疑問を改めて反芻《はんすう》していた。

なぜ——。

なぜ、チッソだけが。

〈なぜ〉という二文字をドリルに「チッソ」という企業を掘りすすめると、「国家」という岩盤に触れた。その掘削の過程で、さまざまな人と感情に出会った。水俣《みなまた》の宿で女中が嘆く。「日本中どこで起っても水俣病の名ばつけるばってん、客が来ん」。チッソ水俣工場正門横で「差別政策粉砕」の坐りこみを続ける第一労組員は、「〃朝鮮組〃が元凶ばい」と吐き捨てた。彼らが、〃御用組合〃と呼ぶ第二組合は「全てを失うとも意欲は失うな」と大書していた。チッソがあるから特急が停る――といわれる駅を発《た》って、探しあてた北朝鮮興南《こうなん》の元日本窒素少年工員は、赤茶けた写真をとりだし、「こいつも死んだ、この男は山に埋めた」と、日窒コンツェルンの栄光と悲惨を語るのだった。東京に帰り、少年工たちが「天皇を見るよりも難かしかった」という日窒朝鮮工場群の総司令官に会うと「生々流転」と述懐するのだった。その生々流転を遡《さかのぼ》りながら、丸山真男のいう、「国家という方解石をひっぱたくと、企業であり村であり家である」を思いだした。方解石はどんなに砕いても、その一片は元の菱面体《りょうめんたい》結晶のままであるという。

さて。昭和四十八年三月の水俣病判決を頂点として、洪水のように伝えられた新聞やブラウン管の感情は、私に患者の怨を座標軸にした〃最大公約数の社会正義〃を伝えてはくれたが、反面の疑問も大きくした。チッソが敗訴し、加害者と被害者という力学が法的に裁断されたあとで、一枚の写真の記憶が残った。チッソの社長が〃患者さん〃（私は新聞報道にしばしば使われる患者さんが嫌いだ。なぜ〃患者〃という普通名詞ではいけないのか）の前で土下座をしている姿に〈なぜ？〉が残った。

有機水銀による公害はチッソだけではない。昭和電工は土下座をしたか。三井金属はカドミウムを土下座で詫《わ》びたか。カネミ油はＰＣＢを、四日市は、森永は、大日本製薬は……。チッソはなぜ公害企業の代名詞になってしまったのか。

私は〈なぜ〉を訊《き》いて歩いた。新聞社の社会部記者は「水俣という地域社会を足蹴《あしげ》にしたからだ」といった。

ではなぜ足蹴にするような体質になったのか。経済部記者は、十五期連続無配の経営状態を示した。ではなぜそういう経営状態になったのか。科学記者はチッソの石油化学への立遅れをいった。ではなぜ立遅れたのか。経営者は「発想の転換ができなかった」、政治家は「下手だよ」、運命論者は「運が悪かった」といった。それらの答えは、私にとって巨象の尾であり、脚であり、あるいは鼻だった。そこで当のチッソの社員に聞いた。彼はすいと答えた。「なぜ、ウチだけが」

加害者のなかにすら被害者意識があった。私はそういう当事者の〈なぜ〉も含めて、〝象〟をさわってみようと思った。あの土下座する社長の肩は、いったい何を背負ってきたのだろう。

そして取材を終えてみると、それははからずも一つの社史を綴《つづ》る作業になった。

チッソは、戦前の名を「日本窒素肥料株式会社」という。略して「日窒」と呼んだ。旧財閥に対して新興コンツェルンと称される巨大産業である。新興コンツェルンの企業系列には、鮎川義介の日産系、森矗昶《もりのぶてる》の昭電系、中野友礼の日曹《にっそう》系、大河内正敏の理研系がある。これらは旧財閥とくらべて、著しい特徴をもっていた。(1)中心人物が卓越したエネルギーの持ち主であったこと、(2)に金融資本に代る産業資本の動員活用、(3)に貪欲《どんよく》なまでの科学技術開発による芋づる式経営の展開である。その権化《ごんげ》ともいうべき日窒コンツェルンの総帥を、野口遵《のぐちしたがう》といった。野口は実業家として、個人目的が即企業目的に、企業目的が国家目的に串《くし》ざしされた、まことに幸せな生涯を送っている。戦後の社長であった吉岡喜一は、野口の生涯を三つに分けた。「実業界浪人時代」「日窒基礎確立時代」「朝鮮進出時代」である。因《ちな》みに吉岡は、組合と市民をまっ二つに割った労働争議史上名高い「水俣争議」当時の社長で、先に記した工場前の差別抗議坐りこみテントは、実は十年前のこの争議に端を発しチッソの〈なぜ〉の大きな要因をつくる。

いっぽう、「新日本窒素」発行の『当社の歴史』という小冊子は、技術面から分類している。第一期、石灰窒素法時代。第二期、合成アンモニア時代。第三期、朝鮮開発時代。第四期、終戦以後。この両者には、「朝鮮」がチッソにおける共通分母となり、次の短い社史と共に、チッソの〈なぜ〉を解く鍵《かぎ》があるようだった。

明治三十九年一月、南九州の一角に資本金二十万円をもって曽木《そぎ》電気株式会社が設立せられた。これが僅か二、三十年ののちに水俣、延岡に近代的化学工場を持つのみならず、従来何人《なんぴと》も企て及ばなかった北鮮山間の地に百六十万キロワットに及ぶ大発電所群を完成、興南およびその附近に世界的規模を誇る総合的大化学工場群を有する大会社日本窒素肥料株式会社の揺籃《ようらん》の姿であると誰が想像したであろうか。しかもその発展は全然他の会社との合併その他の手段によることなく当時の青年技師野口遵（初代日本窒素社長）とそれを援助する経営者、従業員の一体となった奮闘努力により独力で成しとげられたものであった。（中略）それはめざましい発展の歴史であった。しかし終戦により在外資産を全く喪失し内地残存の水俣工場も爆撃のため潰滅《かいめつ》に瀕《ひん》したがよく苦境に堪え直ちに同工場の復興に着手、旧姿を止《とど》めぬまでに面目を一新しいまや新日本窒素肥料株式会社の発足と共に再出発の基礎を確立したのである。

この社史は昭和二十五年のものである。「幸福な家庭はすべてよく似かよったものであるが、不幸な家庭はみなそれぞれに不幸である」という『アンナ・カレーニナ』の有名な冒頭の一行を借りれば、この社史は「幸せな家庭」のアルバムだった。その次の頁から始まる不幸は、その後チッソの手によって一行も書かれてはいない。

野口遵は、明治二十九年、東大電気工学科を卒業、十年間電気会社を転々とした後、鹿児島県曽木の滝近くに発電所をつくった。彼は余剰電力利用のためにカーバイド工場をつくろうとしたが、建設予定地の住民に反対された。それを聞いて名乗りをあげたのが熊本県水俣村であった。水俣の人々は「電線も電柱も寄附します。港も改築します。工場用地は普通価格よりも高くなったら、その分を村が負担します」と熱心に誘った。村は塩の産地であったが、専売制施行以後大打撃を受け経済状態は極めて悪かった。従って、水俣にとって工場は救世主のような存在であった。以後村は人口が増え鉄道が通り航路は開通し今日に至る。そしていま、こんな声が聞えるのである。「よそ者は出ていけ。海を返せ」

野口はドイツで発明された石灰窒素製造法のパテントを獲得したのを機に、社名を「日本窒素肥料株式会社」と改めた。特許は三井、古河という旧財閥を相手に熾烈《しれつ》な競争のうえ、資本金と同額の特許料を払うという離れ技を演じて野口の手におちた。野口は業界の話題児になったが、このときドイツ側から「特許権は野口に譲るが事業化資金は三井が融通すること」という条件をだされた。野口の交渉に対し、三井は「株の半数と重役の指名人選権」を要求した。アタマに来た野口はこのとき三十五歳、タンカをきって席を蹴り、人を介して三菱銀行頭取の豊川良平という人物に会った。二人は意気投合し、日窒と三菱の蜜月《みつげつ》は朝鮮進出まで続く。日窒はこの石灰窒素でさんざん苦労をし、さすがの野口もこれで終りかとささやかれた。だが硫安工場を建て製品化が始まったとき、欧州大戦が起り、化学肥料の輸入がと絶えた。野口はこの好機をとらえ、生産設備を大拡張し、増産につぐ増産で社運は一気に隆盛に転じた。配当は最高十割四分という数字で、社員は金時計に金鎖をちらつかせて歩いたといわれる。

やがて戦争が終り、水俣と並ぶ主力工場の「鏡」に、職工たちのストが起った。職工は工場爆破も辞さぬと強硬で、社員たちは家族を避難させ、工場に籠城《ろうじょう》した。野口は「絶対に応じるな。もし暴動化すれば軍の出動を依頼する」と命じた。だが町長の訴えを聞くとただちに、「町民に迷惑をかけては申し訳ない。職工の要求に応じてやれ」と決断し、争議は一挙に解決した。この争議はそれから四十五年後の水俣争議と酷似している。だが結末は前述のように異なり、往時を知る人はいうのである。「野口さんが生きていれば……」

鏡工場の設備と人材は、のちの「信越化学」になった。大戦後の野口はイタリアから「カザレー式アンモニア合成法」と呼ばれる画期的な特許をもちまえの行動力と反射神経の鋭さで入手した。そしてこの新工場を延岡に建てた。延岡工場は、敗戦後分家して新会社「旭化成」となった。さらに〝本家〟日窒に残った社員たちの中から、のちに〝七人のサムライ〟と呼ばれる課長クラスが「かつぎ屋のような」小さな会社をつくった。今日の「積水グループ」である。また野口の盟友久保田豊は「日本工営」を設立した。〈チッソだけが、なぜ〉の原因は、実はここにも遡らなければならない。チッソはいま「日本一の大邸宅が丸焼けになり、ニワトリ小屋だけが残った」といわれる。その〝大邸宅〟建築は、日本の軍閥興亡史と歩を一にし、チッソの歴史は朝鮮、満州、中国、南方への植民地政策をぬきには語れず、今日の〝ミナマタ〟の悲劇も、また語れない。

野口は「中国電力」を設立し「東洋工業」の経営に参加したのち、突如京城《けいじょう》に籍を移した。野口つまり日窒が朝鮮に最初の鍬《くわ》を入れたのは大正十四年である。以後野口は「朝鮮王」といわれ、松永安左ェ門をして「私はかれを、日本のセシル・ローズとたたえるにいささかのためらいもない」と書かせた。

北朝鮮の山脈は半島東部を縦に走り、日本海岸に迫っている。とくに北朝鮮の屋根蓋馬《がいま》高原には、古辞に「鴨緑江《おうりょくこう》の水が逆流するとも貢物は絶やさじ」と称される鴨緑江の大支流がある。この流れをせきとめ、雨期に水を貯え、流域を東に変えて一気に日本海に落すという構想を久保田豊、森田一雄がたてた。問題はこの電力をどう使うかという見通しにあった。ここに野口が登場し、「朝鮮が亡くなるときは日本も亡くなる」と腹をきめ、日窒の全額出資による「朝鮮水電」をつくる。だが思わぬ障害があった。水利権を既に三菱が得ている。野口は朝鮮総督府を動かし、それを手に入れた。難工事に難工事を重ねたあげく、赴戦江《ふせんこう》十六万キロワットの発電所を完成させたのは、それから四年後のことである。これをきっかけに、日窒は飛躍的に「国家」と結びついた。その一は軍であり二は国家資本である。当時旧財閥に対する抵抗が軍や新官僚を中心として起り、大陸に新しい国家意識を求めた。朝鮮にも軍人総督が輩出した。そこへ野口と新興コンツェルンの進出である。野口は宇垣一成と刎頸《ふんけい》の交わりをし、役人たちはことあるごとに野口から「例の件、総督にいっといたけど」といわれて腐ったのだそうだ。宇垣と野口の親密さは『宇垣一成日記』（みすず書房）を読むと随所に見られる。巻末の登場人物の索引欄に、野口は一介の実業家としては異様な回数で登場し、こう書かれている。

……如何《いか》にも国士的、事業に忠実なる心意気には余は深く感佩《かんぱい》したり。初夏以来此《この》国士的事業家を表彰すべく某方面へ働き掛《かけ》あるも内閣の更迭等ありて今に捗《はかど》らざるは遺憾也。（昭和十六年十一月一日）

野口は朝鮮進出がもとで三菱と訣別《けつべつ》した。三菱側では、野口のやることはどうも無茶すぎる、これ以上金は貸せないといった。野口は例の鼻っ柱の強さで、いままでの借金を全額返し、宇垣の世話で「興業銀行」「朝鮮銀行」と縁をもち、日窒は国家資本と結びついた。水俣病対策を誤ったチッソ社長系譜の一人・江頭豊は、生えぬきの興銀マンで、患者や漁民の「怨」の旗が興銀本社門前に翻ったのもその由縁である。

野口はすでに水俣・延岡で実験ずみの、電力を尖兵《せんぺい》としこの電力を消費するために芋づる式に化学工場を建てるというシーソーゲームで、興南の地に一大工場群を建設した。若い優秀な技師たちが、続々と海を渡った。その彼らが敗戦後、のちの水俣びとから〝朝鮮組〟と呼ばれ、対立の原因となろうとは、誰も想像しなかったことである。そしてまた彼らの野口への畏敬《いけい》と「始めに電力ありき」の信仰が、戦後の日窒の悲劇の一因になろうとは、予想もしなかった。野口＝日窒を支えていた発想は「電気は安い」であり、原料の「空気と水がこの地球にあるかぎり、野口は絶対につぶれない」という技術者としての信念であり、「野口の利益は国家の利益」という企業家の思想である。個人目的は企業目的に、企業目的は国家目的にと、まるで重ね重《じゅう》のように寸分の隙なく納まる。技術者は優遇され、若くして腕をふるえる醍醐味《だいごみ》を満喫し、日窒は活気と開発精神に満ちた技術王国を北朝鮮の原野に創造した。伝統は戦後も受けつがれ、宇井純は『公害の政治学』で「筆者が東大応化（応用化学）を卒業した一九五六年ごろは、技術者を大切にする工場として学生の間の評価は最高であり、クラスでもトップの成績の学生しか入れないという評判になっていた」と書いている。

以上のさまざまな発展のエネルギーがブーメランのように向きを変え、戦後は諸刃《もろは》の剣となってチッソの喉元《のどもと》にせまり、やがて水俣の怨をよぶ。

興南工場は、日本工業の精華と称される前代未聞の巨大な工場群だった。日窒が進出した昭和二年当時は、戸数わずか二、三十戸とも百数十戸ともいわれる海辺の寒村であったが、十八年後の昭和二十年には、人口十八万人の大都市になっており、水俣同様日窒の城下町だった。約六百万坪の敷地に、数えあげるとうんざりするほどの「日本一」の各種工場と、社宅や設備があった。なにしろ、学校、ゴルフ場、病院、警察、郵便局、役場はいうに及ばず、刑務所から火葬場まで、すべて日窒の手で建てられたという。一方発電事業はアメリカのＴＶＡ（テネシー河流域開発）が約二十年間を費やして開発した規模よりも、野口の日窒はＴＶＡよりも八年前、のべ十九年間でそれを上まわる開発をしている。ＴＶＡがアメリカの一大国家事業であり、片や一私企業という点をくらべると、驚嘆のほかはない。これらの土地は「名を出さないで」（という人がなんと多かったか）という前提で語ってくれた関係者によると、「憲兵と警官をひきつれて買った」そうだ。

日窒の発展は、国家総動員時代を背景に、軍需会社第一次指定を受けて加速度をつけ、「日窒の利益は国家の利益」を驀進《ばくしん》する。朝鮮産業の経営支配構造（一九四二年）資料で、内地産業資本の直接進出を見ると、三井系四パーセント、三菱系六パーセント、住友系二パーセント、旧財閥御三家を束にして一二パーセントであり、新興日窒系は、一社でなんと三六パーセントを占めている（『朝鮮産業の共栄圏参加体制』―『一九四三年度版 季刊朝鮮』東洋経済新報社）。

東大経済学部助教授・原朗は、みすず現代史資料『国家総動員』の編者だが、研究室を訪ねると、「赤本」といわれる資料を見せてくれた。表紙に「軍秘」「極秘」と朱印を捺《お》してあり、部数一連番号百部中第五十三号とある。それは「昭和十五年度生産力拡充実施計画」陸軍省整備局戦備課発行の、諸工場への発注一覧表であり、硫安の項を見ると、一位朝鮮窒素＝四十六万一千三百三十トンと圧倒的に多い。二位、昭電川崎十六万五百三十七トン。日窒水俣は、朝鮮の約二十分の一弱であった。日窒は日の丸を背負った管理統制会社の利点をフルに生かして成長した。国家から前金で受注し、造れば国家が売ってくれた。だがいま考えてみると、それは同時に〝販売不在〟の経営であり、技術至上主義に拍車をかける体質を育てていた。戦後分家した旭化成がここにいち早く気づき、事業本部制をとり入れ、いま〝本家〟チッソとのひとつの別れめとなっている。野口は彼自身の卓越した能力と国家によって一代の成功者となり、日窒は冠たるコンツェルンとなった。扇形の銀のふち取り、中央にルビーで日の丸をあしらった日窒社員バッジは、植民地の人々にとって、同時に日本帝国の象徴のようにも見えた。野口は芸者も好きだが仕事も好きだった。そんな野口に対するネガティブな評価として、「野口の通ったあとにはペンペン草も生えぬ」「鬼子母神《きしもじん》」「ケチ」という声があった。ある時、見かねて実弟の駿尾が忠告した。「兄さん少しは紳士税というものを払ってはどうか」。その答えがいかにも野口らしい。「お前は画家だから絵筆や絵具を持っている。その絵筆や絵具を誰かが出せといったら甘んじて差し出すか。武士が魂である刀を投げだす時は武士を廃業する時だ。事業家の魂は金だ、財力だ。事業家は財力をもって国家へのご奉公に活用すべきものだ。金額は大した高でなかろうとも、私心私情によっていわれなき金を出すなどということは、国家のためには邪剣である。世間がおれのことをどう評しようと、勝手というものだ」
野口遵が脳溢血《のういっけつ》で倒れたのは、昭和十五年の冬である。それからまる四年、野口は病いの床でなお「揚子江《ようすこう》にダムを、その電気で肥料工場を」と、電気と化学への執念を捨てきれなかったが、ついに「国家のために」働くことができなかった。そうと知った野口は側近を呼び、三千万とも五千万ともいわれる財産を全て寄附した。化学工業振興のための法人「野口研究所」の趣意書に、震える手で署名し終えると、筆をポトリと落したという。
また奨学金にと寄附した五百万円の贈呈式が総督室で行われた日、金の蒔絵《まきえ》の盆は、札の重みでメリメリとこわれ、総督はそれを平然と支えていた――という神話がある。日窒コンツェルン総帥野口遵の死は、昭和十九年一月、行年七十二であった。宇垣はその日の日記に書いた。

……セメテ時局の前途を見極はめて長途に就かしめ度《たき》気持がする。或《あるい》は前途混沌《こんとん》寧《むし》ろ死其時《そのとき》を得たのではないかとの気持もする。

戦後になって、経営者と労働者が、野口成功の三本柱に対立する評価をささげている。旭化成宮崎輝社長は、野口の個人的魅力と人使いのうまさを前提に、(1)は、日本製品が足りない時代で、今のようにＰＲもいらなかった。(2)は、労働組合がなかった。だから賃金を上げなくても、三年くらい平気だった。(3)は、野口さんはやはり金持だった。亡くなったときいまの金にして三百億か四百億の金があった（昭和三十九年の発言、大意。『野口遵は生きている』富士インターナショナルコンサルタント）。

いっぽう労働者はこう証言した。「〝日窒開拓精神〟のその三本の柱は何かといえば、一は差別であると。いわゆる外地においては異民族支配の下における差別、それから低賃金、権力支配、この三つが大きな柱となって……」（合化労連新日本窒素労働組合発行『水俣病裁判における水俣工場第一組合労働者の証言』）

その三本柱が水俣にもちこまれた――という工員たちの感情が、のちの水俣に満ち、チッソは水俣病問題以前に内側から揺れるのである。

日窒開拓者精神の「異民族支配の下における差別、低賃金、権力支配」の周辺を歩いてみる。これは時代を戦後に置き、興南を水俣に、〝異民族〟を学校出の〝朝鮮引揚げ組〟に置きかえると、チッソの〈なぜ〉の鋳型になる。

京城支社長・専務白石宗城は朝鮮赴任が決ったとき吉田茂の甥《おい》にあたる関係から、親戚《しんせき》の牧野伸顕に挨拶をしにいった。そのときの牧野伯爵のことば「白石君、朝鮮ではいい場所をみんな日本人が占めているそうじゃないか。自分の国をそんなにされて、腹の立たん人間がいるかね?」を、「あの時代にいったとは大変なこと」と今でも覚えている。『野口遵伝』が本棚に見える白石の部屋でその話をメモしながら、私は水俣を思いだした。〝水俣の田園調布〟陣内の一角も、チッソの社員寮で占められている。

鎌田正二は、興南工場で係長、石油化学五井《ごい》工場次長を最後に退職し、現在はチッソ子会社の千葉ファインケミカルと、「日窒の栄光を信じて青春を捧《ささ》げた人たちの集団」東京シンクサービスの社長だが、彼に『北鮮の日本人苦難記』(時事通信社)という労作がある。鎌田によると〝差別〟はたとえば社宅である。

日本人従業員の社宅は身分によって十クラスにわかれ、暖房はスチームで炊事には安い電気をふんだんに使えた。便所はもちろん水洗だった。朝鮮人従業員の社宅は一棟八戸の長屋で、水道も便所も共同、窓は高く小さく、部屋は暗かった。〝低賃金〟についていえば、日本人と朝鮮人の間には植民地的差別があり、興南金属工場の場合、実質賃金の一日平均は、日本人四円三十二銭、朝鮮人一円九十銭だった。〝権力支配〟の最たるものはこの時代の軍需工場に共通の労務政策だった。社員工員以外に、勤労報国隊、人夫、二千名の学徒、千名を越える少年囚、成人囚、女囚、三百五十名の英豪捕虜が働き、他に農村から強制的に連行されてきた産業報国隊の朝鮮人がいた。彼らはのちに徴用令施行と共に逃亡者があとをたたず、憲兵の手で留置場に入れられた。囚人は縄でつながれ、前後を鞭《むち》をもった看守に監視され、収容所と工場の間を往復した。工場では死亡事故があいつぎ、そのうちに勤労課の担当者は、遺族の哀号哀号《アイゴーアイゴー》の声にも慣れた。朝鮮民主主義法律協会の声明文を見ると、「長津江《ちょうしんこう》、水豊《すいほう》発電所の建設工事の時に日本帝国主義は数万枚の死亡通知を最初に用意しておいて……」とある。日窒興南工場群の末期の従業員数中、日本人の男子比率は次のとおりだった。興南肥料工場＝一七・八一パーセント、金属工場＝一八・九六パーセント、本宮《ほんぐう》工場＝一七・二五パーセント、竜興《りゅうこう》工場＝二五・三六パーセント、火薬工場＝二七・八一パーセント、製錬所＝九・四五パーセント。海軍の秘密燃料工場である竜興や火薬工場は日本人が比較的率が高いが、概して朝鮮人はこのように多かった。もと興南工場で働いた小ヶ倉理態は、「そういう朝鮮人たちに、毎朝皇居の方角に向って遥拝《ようはい》させました。彼らは心中どんな思いで頭を垂れていたことか……」と痛ましげに語った。

心臓部分には日本人労働者を、副次的部分には圧倒的多数の朝鮮人を置くという植民地政策の中で、更に技術至上主義の日窒に顕著な差別の二重構造があった。日本人従業員の「社員」対「工員」である。社員と工員はバッジの材質も違い、工員は階級によって袖章が変る。神戸に訪ねた元興南工場附属病院看護婦の三谷英子は、女子職員から恨まれて困ったと語る。女子職員は上っぱりしか支給されないのに、看護婦やタイピストは「技術者だから」衣類全般を支給され、その上内地の学校を出ていたのでさらに優遇されたのだそうだ。こうした考え方と構造は水俣に受けつがれ、昭和二十八年の「身分差別撤廃」争議の原因となった。参考までに、争議当時の日窒身分資格制度は次のとおりである。

社　員	
理　事	
参　事	1級
〃	2級
1等社員	1級
〃	2級
2等社員	1級
〃	2級
〃	3級
3等社員	1級
〃	2級
〃	3級
4等社員	1級
〃	2級

工　長		
3等	1級	待遇者
3等	2級	〃
3等	3級	〃
4等	1級	〃
4等	2級	〃

工　員
工員長
工員副長
上等工員
1等工員
2等工員

こういうさまざまの労働力をのみこんだ巨大な軍需工場の、日窒式階級の中で、幹部たちに末端労働者を〃消耗品〃として見る風潮はなかったか。

水俣病裁判の原告側証人・丁通明が述べている。「チッソの場合は（略）昔の歴史を聞いてもそういう話を先輩の人たちが、人間でできることなら人間にさせなさいと、極端に言うなら一銭五厘のはがきで何十人でも何百人でも寄ってくるじゃないかと」。（それは戦前だけかときかれて）「戦後なんです。塩ビ関係のですね」

「一銭五厘のはがき」の一人に、広瀬亮吉という少年工がいた。少年工の大部分は労務動員計画のために設けられた法令「技能者養成令」に従って、各軍需工場が職業紹介所を通じて集め、紹介所は学校を通じて〃供出〃を割当てた。広瀬は香川県大川郡の出である。

村の小学校の先生から、日窒という会社の大きさを聞かされ、「ならば貧乏な家も助かる」と思い渡鮮を決めた。十五歳である。村を出る日、両親は赤飯を炊き、少年はたすきをかけて畔道《あぜみち》を行った。土手では村人たちが日の丸を振り振り見送ってくれた。十五歳の広瀬は〈まるで出征兵士みたいやな〉と思い、雨にうたれた桜の下を行った。

戦後のフィルターを通すと変色して見えはするものの、たしかに「活気に満ちて明るく平和な」興南の八月十五日に近づくメモは、それなりにドラマだが紙数がない。戦場からいちばん遠いと信じていた日窒城下町の、六百万坪の各所で、正午の放送がかん高い奇妙な声を拡声器から流した。それを聞きながら、最高首脳の白石は、「〝戦《いくさ》をやめろ〟とうけたまわった」。少年工広瀬は、「チンはナンヤカヤといいよるけどようわからん」と思った。軍や道《どう》からは工場を爆破せよ、書類を焼けと強く命じてきたが、白石は第一次大戦直後のドイツで見聞した経験から、工場破壊に反対し、「どうしてもやるというのなら軍でやってもらいたい」と申し述べた。

共産主義者協議会と建国準備委員会が共同戦線を結び、ソ連軍司令官との会談の結果、人民委員会が結成され、ソ連国境以南の行政権、金融、財政、交通、通信、産業の権限を掌握した。事態はそのときから変った。八月二十六日深夜、ソ連兵と「赤色労働組合」幹部が工場に乗りこみ、工場長・大石武夫は「もはやこれまで」の心境で、接収書に署名した。そして大石は〈野口さん、あなたは幸せなくなり方をしましたね〉とつぶやき、壁にかかった野口遵の肖像画をはずした。

この日以後、輝ける日窒日本人従業員とその家族は、社宅を追放され、〃惨〃の一語に尽きる避難民状態におちいった。それから二十数年後の東京で、患者の坐りこみにチッソ社員たちが身のまわりの書類をかかえ、ひそかに部屋を移った光景に、当時の社員がいみじくもいった。「〃避難民〃をまさか二度味わおうとは」

追放された日本人従業員とその家族は、かつて彼らが建てた朝鮮人社宅につめこまれ、昨日に変る暮しにおちた。寒く、暗く、汲《く》みとり式の便所も水道も共同で、窓は獄のように高く小さい。だが「あなた方日本人が建てたものではないか」という朝鮮人のことばの前には、返すことばのあろうはずがない。死があり掠奪《りゃくだつ》があり凌辱《りょうじょく》があり、過ぎた今にして思えば一片の悲惨な笑いがあり、その極限の中で小ヶ倉は「国家を失ったときの日本人ほど無力なものはない」と感じ、看護婦の三谷は、「東大出のえらい人たちが死者の残飯を争って奪いあう光景に、いままで朝鮮人はこすくてどうしようもないと思っていましたが、人間は追いつめられるとみんな同じ」だと知った。

すべての人間が悲惨だったが、もっとも哀れなのは日窒少年工員であった。学徒動員で渡った小野恒彦（関西ペイント部長）、福島正之（共立物産社長）に取材を申しこむと、電話口の小野は、「あのボロボロの少年工たちを、日本窒素という会社は何の面倒を見たか」といった。会うと二人は「人間の底の底まで見た」といった。少年工は約二百名、その半数以上が死んでいる。鎌田の指摘によると第一に彼らは売って食う品物を持たなかった。内地から着のみ着のままで朝鮮の地にやってきた彼らよりも工員が、工員よりも社員が、人間の底に陥る時間をのばすことができた。第二に彼らは、自分で生きるように教育されていなかった。すべて号令によって生きてきた彼らは、終戦で号令のない状態に放りだされても「生きる」方角がどの方向なのか、誰もわからなかった。彼らはソ連兵営の炊事場に蝟集《いしゅう》して残飯を乞い、朝鮮人の家のゴミ箱を漁《あさ》るようになった。やがて彼らは、かつて日窒が朝鮮人囚人のために建てた囚人寮に拘禁された。私が四国の片田舎に訪ねあてた広瀬亮吉（手袋製造業）、大山貞雄（理髪業）、鹿児島の寺原弘（小間物商）は、わずかに知り得た少年工の生き残り組である。彼らは口をそろえていった。「みんなどこでどうしているだろう。会いたい」

チッソには、栄光を懐かしむさまざまな会がある。幹部たちの「遵風会」。社員や病院関係者の「興風会」。だが、少年工たちは、お互いの消息を知りあう手だては、なにひとつチッソから与えられていない。私がそれを知ったのは、西本梧作という老人からだった。彼はある寺の堂の地下室に机と仏壇を置き、一人っきりで北朝鮮で死んだ人たちの追悼をしている。彼は日窒少年工員が、「戦時死亡」の対象になると信じ、その立証と厚生省の認定を得るために余生を捧げている。以下は、一人の〝一銭五厘〟の聞き書きである。

　ぼくはそのとき十七歳でした。本宮刑務所には全部で百二十人の仲間が、ソ連兵と朝鮮保安隊の巡回する濠《ごう》と高い塀《へい》と格子に囲まれた中に閉じこめられました。食糧がなくなり、雑草も食べつくし、寒さが襲い、最初の死人は十一月二十日ごろでした。安藤といいました。枕もとで油を燃して灯明にし、仲間がお経をあげました。ぼくらは「もうちょっとしたら家へ帰れるのになあ」と泣きました。そのうちに次々と死に、泣くことをやめました。石炭を入れる叺《かます》をほどいて死体をくるみ、濠の外へ放りだすので、外の日本人がぼくらの存在を気づいたようでした。そして十人ずつくらいが交代で工場の使役に出るようになり、出たものだけが一杯の粥《かゆ》をもらいました。そのころ「病院へやられたら生きて帰れない」という噂《うわさ》が流れ、ぼくらは病気にだけはなるまいと必死でした。ぼくが日窒に入ったとき会社から「『こんなにいい会社だ、君も来い』という手紙を後輩に書いてくれんか」といわれて手紙を出したために、次の年に来た豊峰君という子がいました。彼が翠《みどり》ヶ丘《おか》のソ連軍病院で死んだから死体をひきとりに来いといわれ、行ってみると、小学校の倉庫に凍った裸の死体が山のように転がしてありました。死体はどれもこれもペターンとし、骸骨に直接皮をかぶせたようで、内臓もあばら骨もなく、喉から下腹部まで全部割ってあり、男と女の区別しかつきません。燃すべきもののないオンドルは氷の床に寝ているようでした。松村という子が窓の格子にしがみついて「寒いな、寒いな」と震えてい、ぼくは「こらっ！」とどなりました。翌朝、彼は死んでいました。「へえ？　きのうまで生きとったのにな」と部屋に行くと、松村の死体の周りに三十センチぐらいの幅で黄粉《きなこ》がびっしり敷きつめてありました。ぼくは「なんでこんなところに黄粉があるんな？」と不思議で、近寄ると薄暗い部屋のなかで、足もとの黄粉がいっせいに、ザワザワ、ズルーッと動きはじめました。思わず「ウアッ！　これな⁉」と叫び、よく見ると、虱《しらみ》でした。体温がなくなったため、虱がいっせいに両隣で寝ている人間の体温を求めて移動しているのです。にもかかわらず、両隣の人間は、逃げる気力も体力もなく、虚《うつ》ろな目でザワザワと押し寄せ這《は》い上ってくる虱の大群を見ているだけなのです。ぼくは〈ああ、こいつも今日か明日には死ぬな〉と思いました。みんなもそう思っています。しかし誰もそのことを、絶対に口には出しません。死ねば服と薄い布団を剝《は》いで、監視の隙間に塀を乗りこえ、メシに代えて一日を生きのびられるからです。だから口に出すと早いもの勝ちになるので、黙っている。そういう風にして次々と死にました。死ぬときは何と口走ると思います？　お父さん……違います。お母さん……違います。「メシ……米……タベタイ」です。同村の出の根ヶ山が、朝「水をくれんか」といい、「ああうまかった」と嬉しそうでした。夕方使役から帰り、彼の部屋に行くと居ません。「どこへ行った？」と聞くと「おう、山へ行った」という返事でした。「山」は、死なのです。

興南に鷹峰という山があった。日本人たちが、通称「三角山」と呼んだこの山に、二十年九月から翌年八月までの一年間に、三千四十二体の死体が埋められた。朝になると蓆《むしろ》に包んだ死体が丸太に下げられ、首や手足を出してゆらゆらと急な坂道を登った。母親が死んだ愛児を背負い、父親がスコップをかつぎ、あえぎながら登った。春になると雨で土が流され、死体があらわれた。紫色に変色した腕がふきのとうのようにつき出ており、首だけが地面に転がっていた。野犬か狐に食い荒された幼児の死体が散乱していた。赤ん坊を背に負い、胸に幼児を抱き、紐《ひも》でしっかりと結びつけた死体があった。

死の中で、ぼくらは引揚船が何日に入る――という噂だけを楽しみに生きていました。その日が来て船の影も見えないと知ると、かならず何人かが力尽きて死にました。ぼくらはとうとう二十一年五月十三日午前二時に、四人寮から脱走し、南へ逃げると決めました。体力のない十三人は、「おれたちを見捨てるのか」と格子にすがって泣きました。

李《り》王朝発生の地本宮の囚人寮から脱走をはかった少年工は五十四名であった。十五歳から十八歳である。少年たちは巡視の間隙《かんげき》をぬって裏門を乗り越え、五月とはいえ薄氷のはる北朝鮮の野や山を、出はじめた木の芽を食べ、ひた走りに走った。経過を省略すれば、それから十三日めに三十八度線にたどりつき、最後の川を渡った。彼らは南の岸へ着くやいなや、大の字になって眠った。広瀬はそのときの空の青さを「これこそ五月《さつき》晴れという空やな」と思った。目醒《めざ》めると、いま渡ってきた川の向う岸に向って「思いっきりアカンベエーをし」、それから米軍キャンプに向って歩きはじめた。彼は山口県仙崎《せんざき》の港に着いたとき、「日窒の人はここへ集まってくれ」といわれ、会社から五百円をもらった。ほぼ一年くらいたってたしか千円か二千円と「以後雇傭《こよう》関係なし」の通知を受けとった。

いま彼は、郷里で工場のサイレンを聞くと興南を思いだし、「あれだけの栄華を誇った会社が、ほんとに気の毒なことやな」と考え、それにしても〈なぜチッソだけが〉土下座をせねばならなかったかと不思議でならない。

広瀬の家を出、死んだ少年工根ヶ山の老父に会った。老父は痛めた野良着の足を引きずり、訥々《とつとつ》と語る。「国や先生が窒素へ行けというたら行かんわけにはなあ。死んだといわれても骨も爪もない。死に手形がないけんなあ。窒素へ行けというた紹介所へ行ったが、相手にせん。何年たってもゼニ一文もくれん。もうええ、孫子の代までどこへも出さん」

日窒興南工場の従業員は、昭和二十三年七月四日、引揚船宗谷丸の一千二百七十九名をもって内地引揚を完了した。日本で最も優秀といわれた日窒技術者と、それを支えていた組織と企業体質が〝トリ小屋〟に集中した。

興南は残り、一九四九年九月九日の、朝鮮民主主義人民共和国創立一周年祝典で金日成将軍は、「わが国は軍需生産可能で重工業の発達著し」と国民に報告した（陸戦史研究会編

『朝鮮戦争』原書房）。

彼らはおそらく二度と興南を見ることはあるまいと感じていた。だが昭和二十五年、彼らは朝鮮戦争で、延べ千五百トンの爆弾投下によって灰燼《かいじん》に帰した姿を、ニュース写真で見るのだった。一方、土着の水俣の従業員たちは、この先次々とチッソを襲う争議や水俣病の禍根が実はこの興南に象徴されていることを、まだ明確には気づいていなかった。むしろ、戦後会長を務めた大石武夫の感情が共通したものであったろう。「あれだけの装置設備が失われたことは残念の至りであるが、ここで育《はぐく》まれた尊い技術、経験、精神は依然としてわれわれのものである」（『化学工業』誌・昭和二十五年）。だが、その「依然としてわれわれのもの」であった「経験と精神」が、いまとなってはチッソの〈なぜ〉を生むのである。

日本列島に、勤勉でまじめな日本民族がいる。明治以来、兄が死のうと、お腹《なか》に赤ちゃんがいて夫が死のうと、国が豊かになるためには朝鮮が必要だ、ガマンセイ。満州が必要だ、ガマンセイ、という国家単位の「ガマンセイ」が続いた。そのガマンセイが、戦後はチッソという一企業単位のガマンセイに変った。チッソの戦後史は、その破綻の歴史である。昭和二十一年、過度経済力集中排除法によって、チッソは旭化成を〝分家〟させた。

このときの人選が禍根の一つとなっている。「日窒の中で、組織人として円満かつ優秀な人間を本家に、バイタリティーのある人間を旭化成にまわした」という指摘がある。元会長の白石宗城にこの点を聞くと、「やはり自分たちは本体がかわいいもので、三人いれば一位はチッソ二位は旭化成……ということがなかったとはいえない」という。昭和四十年、水俣病問題が顕在化したころ、両社の資産には既に相当の開きがあった。資本金旭化成百五十億、チッソ約七十八億。売上旭化成五百五十三億、チッソ百三十六億（共に子会社を含む）、利益旭化成十六億、チッソ三億六百万。社長吉岡喜一は、戦災被害の差や人的負担をその原因にあげているが、そうとばかりはいいきれない。『企業の森』（毎日新聞社）の筆者・羽間乙彦は「ひらたくいって、長男と二男の感じ方、考え方の差があったということがある。親ゆずりの財産や長男の優位を後生大事に守っていくことに喜びを感じるものと、二男の立場にあきたらず、いっそうの発展を期して自らをムチうっていくものとの開きであり結果である」と分析している。

二男についで三男が生れた。積水グループである。「本家に残ったものの、カビ臭いお家意識に反撥を感じる第二のバイタリティー組が、このままではチッソで志を得ないと感じて」独立した。積水ハウス社長・田鍋健は当時課長で、チッソに残って誕生の肝煎《きもい》り役をつとめた。彼の言によれば、「昼休みの食堂などで気のあった課長たちが、いっそわれわれだけで新生面を開こうではないか」と話しあい、のちに〝七人のサムライ〟と呼ばれる課長クラスが旗上げをする。彼らはチッソから酢酸やアンモニアを買いそれを薄めて売ったり、歯ブラシ、石鹼《せっけん》箱、チューインガムを売るという「かつぎ屋的商売」の苦労を経、「大日本帝国」を販売部長に据えていた「日窒」には考えもつかない体質で今日の積水に発展させた。積水は創立後、チッソの酢酸課長・中森清（現九州積水社長）を、さらに二十六年にはあることで腐っていた常務の上野直次郎をひっぱった。そのとき、「まさかあの優秀な人材を手放しはしないだろう」と思ったが、チッソは「どうぞどうぞ」と出した。この上野が、いま積水化学社長である柴田健を「くれ」と頼んだ。上野は「いくらなんでも柴田を出すことはあるまい」と思ったが、これまた「どうぞ」である。かくて延べおよそ二百人の人材が積水に移った。このプロセスのなかで、チッソは二つの致命的な足し算と引き算をしてしまった。

(1)は、チッソマイナス〝雑種〟である。彼らは毛並と組織の遵法者であるよりも個人のバイタリティーを発揮するタイプで、学歴でいえばチッソ本流の東大出ではない人が活躍している。田鍋によると、積水創立の〝七人のサムライ〟には東大組が一人もいない。一人が一橋、他に神戸商大、専門学校等だという。積水技術陣の中核・中森は蔵前工専である。積水は混血という足し算をし、チッソは引き算で毛並と東大の純粋培養が進んだ。

(2)は、のちに触れるが人為的引き算で、これがチッソの〈なぜ〉の大きな原因となる。チッソマイナス〝水俣組〟＝〝朝鮮組〟。

田鍋はこういった。「戦後の経営者は、チッソという銘柄にこだわり〝腐っても鯛《たい》〟という その腐った鯛に固執した」。戦後の三白景気のとき、「チッソの幹部は昼間からマージャンをしていた。こんなことしとっていいのかと嘆いたり直言もしたが」という声を内側から聞いた。それは私に、野口遵にまつわるまことに対照的なエピソードを思い出させた。第一次欧州大戦のおかげで、硫安がやみくもに売れたときのことだった。「(野口は)幹部社員にたいして『こんな不自然なことはない。(略)いまにもっと大変動がくるに違いない』ともらしていた。若い人達にたいしても、その有頂天ぶりを極力いましめ、とくに賭《か》けごとの嫌いな彼は、社員の花札トバクを強く叱っていた」(前出『野口遵は生きている』大場鐙作執筆の項)

便宜上「チッソ」と書いてきたが、昭和二十五年から四十年までは「新日本窒素」である。だがここでは「チッソ」で稿を進める。チッソは前述のように、人材の面で〈なぜ〉の禍根を残したあと、ひたすら輝ける日窒への夢よもう一度を追う。お家再興の旗印は、複雑な労務構成のもとに進められた。

水俣の〝宿命的な十字架〟の、最初の争議は、昭和二十八年、約四十日に及ぶ「身分差別撤廃」ストである。第二はそれから十年後の「安賃闘争」である。そして一見関係なさそうな水俣病裁判も、心情面ではすべて「愛情がない」……という一つの地下水から湧《ゆう》出《しゅつ》している。

チッソにおける身分差別は、既に記した社員、工長、工員の三本立て資格制度である。社員と工長は完全月給制で、停年は五十五歳。工員は日給制で停年も五十歳だった。ボーナスは工員で三日分、副長十五日分、社員は最低二ヵ月分、係長半年分という開きがあった。他社が終戦後いち早く身分差別を撤廃したのに、チッソには依然として「朝鮮支配そのまま」で残っていた。東大講師・藤田若雄は「この身分撤廃闘争はわが国の一般組合に比べて約八年遅れて発生」と指摘している（『月刊労働問題』昭和三十七年十一月号）。争議の結果、社員は「技術員」と「事務員」、工長は「職長」、工員は「技能員」と改称された。だがこれは「女中」が「お手伝いさん」になったにすぎない。あるいは近ごろテレビでコマーシャルといわず「お知らせをどうぞ」とやられてシラケた気持になるのと似ている。チッソはそんな尾骶骨《びていこつ》を残しながら、労働争議史上有名な「水俣争議」に傾斜していく。この傾斜の過程で、水俣病が争議と両輪になり、土下座に向って坂道を転がるのだった。

水俣争議が、三井三池や王子の大争議と異なる点は、「地域」が根がらみにからみついたことであり、その前提に〝朝鮮組〟と〝水俣組〟の宿命的な確執があった。

チッソの従業員には地元住民が多い。三十五年の調べでは、農業を副業とする従業員の一般通勤者との比率は、六七・七四パーセント、一口にいって半農半工で、土着性が強い。チッソと同様、新潟水俣病の昭和電工は、主力工場が川崎にある。昭電は都市型労働者と接して得た地域社会感覚に救われ、患者の「怨《おん》」の示し方の差となった。

さて陸の孤島と呼ばれる地理的環境と、正直で純朴な水俣びとの風土に、朝鮮で君臨した社員が注ぎこまれ、上へ上へと層をつくった。水俣組、朝鮮組ということばが生れ、水俣組は朝鮮組に「占領された」という感情をもった。理由がある。化学工業界では著名な技術者で、日本の塩ビ開発の親といわれる中村清は、チッソの本流である東大出ではない。よそ目の見るところ「功績にくらべて冷たい処遇を受けた」とされており、現在は共産圏を主体としたプラント輸出の事務所を経営しているが、その彼が語る。

まず、上層部の確執に電解派とガス派があった。電解派は「朝鮮の夢よもう一度」で、日窒の伝統である、まず発電所ありき、を主張した。これに対して、大正十三年以来水俣に住み、水俣工場長だった橋本彦七はガス法を主張した。結局橋本は負けて野《や》に下《くだ》り、徳山に去ったが、のちに彼を惜しむ地元民が市長に立候補してくれと呼びもどした。橋本は革新系候補で当選し、四期十六年を勤める。没後は名誉市民で、「橋本さんあたりが社長になれば、チッソも水俣病も変っていたろう」という声を、一人ならず聞いた。これに類する話は多く、製造次長が朝鮮組に追われ「口惜《くや》し泣きしてやめた」ともいわれる。

いっぽう下部にも亀裂があった。日窒水俣工場の昔から、地元の優秀な少年が激しい競争を経て工員になった。裁判でも証言されているが、〝ボーイ〟の試験に受かるのは並大抵でなく、小学校でも十番以内でないとまず受からない。合格すると養成所で勉強し正式従業員になる。ボーイ以外で入る場合には一種の日傭《ひやと》いで、臨時工の期間が長かった。従ってボーイは、同じ小学校卒でも、水俣の地域社会では、「今の立派な高等学校に受かるよりも、非常に違った面で見られておったことは事実だと思います」（証言から）という存在だった。長男たちは土地を持っているため水俣を離れず、勉強してボーイになる。二男、三男は成績にはあまり関係なく朝鮮へ渡った。渡れば一五パーセントの外地手当がつき、水俣よりも収入が増える。国家と企業を後ろだてに「日本人」の優越感をいきなり味わう。水俣のボーイ組は、養成所で水俣の技術者が先生になり、ふれあいが生じる。引揚者が還った。ボーイにとって、かつて自分よりも劣ると信じていた〝朝鮮組〟が、同じ朝鮮という共通体験をもった上役のヒキを受ける。数も多い。水俣組の上司は本流からはずれる。上も下も、水俣の地域社会の中で「差別されるもの」の意識が大きくなり、占領されたと感じる。だが――だからといって「差別される側」の中に潜んでいる人間の宿業《しゅくごう》のような新たなる差別感を見落すわけにはいかない。私は水俣の第一組合の部屋で、Fさんという初老の人のよさそうな組合員に会った。彼は会社の差別政策を語りながらいった。朝鮮組の係員が、朝は黙ってものもいわず、図面をぽいとよこす。また黙って帰ってしまう。私はとうとうがまんできず、「おれは帝国陸軍軍人で、これでも近衛兵《このえへい》伍長だぞ！　おれを朝鮮人ば思うとるのか！　少なくともあんた『おはよう』ぐらいいわんとかとどなった」と……。

一方において高い技術と賃金、一方において安い労働力と農民性。技術と資本を外から移入するという植民地的経営は、水俣にとって創業以来続いたことで、戦後にはじまったことではない。だが——と、小ヶ倉がいった。「水俣の住人だけでやっていたときは、運動会があり、『おれはマラソンで』『おれは剣道で』とうっぷんをはらすはけ口があった。昔は和気あいあいで家族同様だったところへ、朝鮮組が入りこんだ。彼らははけ口を全部封じた。日窒の夢よもう一度で、働け働け、ガマンセイとかりたてた。その憤懣《ふんまん》に戦後の労働運動が火をつけた」

しかも——と中村の言。「若くして朝鮮で思う存分やっていた技術バカの田舎ザムライが、水俣でよけいに田舎ザムライになった。坊ちゃん育ちの本流意識。彼らは東大＝朝鮮という経歴からして保証されている。彼らは彼らなりに忠実だったが、はたして何に対して忠実だったのか。ちょっと外の風にあたってみると寒い。つい首をひっこめる。外部の社会感情よりも内部の組織感情にこりかたまるという会社になった。他人のことは知らんぞ、という愛情のない会社になった」

「終戦のとき工場はめちゃめちゃだった。その工場を守りぬいてきたのは、水俣に住んでいた我々だった。朝鮮からリュックひとつで続々と引きあげてきた同僚に家を貸し、コメを分けてやったのはわれわれだ。北川勤也工場長も久山泰三人事部長も、全部われわれがめんどうを見たんだ。この人たちがどんなにわれわれの世話になったか。北川は電気の、久山は倉庫の一係長だった。それがいまになって安定賃金など出しやがって」（『熊本日日』）という〝古証文〟をたたきつけてはじまった水俣争議のきっかけは、三十七年春季賃上げ要求に対する「安定賃金」回答だった。

会社は回答の根拠として、「かかる非常時に、当社にとり何よりも要請されることは、労使一体となり相協力して当社創業以来の危機をのりきること、即《すなわ》ち労使協力体制の確立である」といっている。かかる非常時、とは、三十四年ごろから本格化しはじめた貿易の自由化、いわゆる〝第二の黒船〟の到来で生産性の向上をはからねばならない。そのために巨額の資金がいる。借入金の金利負担の増加がコスト引下げを阻害し、さらに収益率の低下を来たす――という悪循環を示している。チッソはそういう事態に喘《あえ》ぎ、その間に財閥系の化学工業各社はいっせいに石油化学に進出しあるいは計画していた。岩国の三井石油化学、水島の三菱化成、堺《さかい》の三井化学、東洋高圧、四日市の三菱油化、化成、新居浜《にいはま》の住友化学、京浜の日石化学、東燃石油化学、五井《ごい》の丸善石油化学。

チッソは石油化学への転換に立遅れていた。なぜ遅れたか。「進みすぎた技術を持った悲劇」である。他社はその点アンモニア合成法以後に化学工業に進出しているため、体質改善と発想の転換も身軽だった。その上財閥系各社は原料から誘導品、最終製品の販売まで を一手に処すことができた。一貫した流れの中で、製品価格の調整ができる。チッソは悲しいかなそれができない。チッソはそういう課題をかかえてなお主力部門の樹脂薬品が値下りし、毎半期約三億円の減収と金融引締政策に喘いでいた。この非常時に百五十億円を投下して千葉県五井に建設を予定している石油化学事業は、何としても完遂させねばならない。会社側は非常事態を必死に説明したが聞きいれられなかった。組合は「ガマンセイガマンセイと、それはかりをいわれてきた。三白景気で札を刷るように儲《もう》かったときも守山に工場をたてる、ガマンセイ。おれたちはまるで年貢とりみたいにダマされた。もうガマンできない」と反撥し、ストに突入した。会社は創業以来初めてのロックアウトを断行し、ついに百八十三日間の泥沼争議となる。ロックアウト通告の翌日、組合は分裂した。通称「新労」と呼ばれる第二組合誕生のひき金をひいたのは「係長・主任団」「民主化研究会」である。

彼らは〝総評合化の優等生〟と呼ばれる水俣労組を「十年前後も職場から遊離しっぱなしの優等生が、そのまま引続き組合を運営し、争議の指導を手がけたことにまず問題がある。彼ら幹部は、組合員の意識の低さを利用して、たらいまわしで執行委員長の椅子をゆずりあった。しかも十三名の優等生たちは、全国でも珍しい〝全員専従〟の地位にあり、企業の実態の認識とまったく結びつかぬ〝幹部意識〟」から生じる「組合ファッショ」に対し、誤れる闘争至上主義を排除し、「王子、三池の争議で敗れ多数の善良な組合員を不幸のどん底に陥れた愚をいままた水俣にくり返そうとしている」という判断のもとに、

「健全な組合民主主義」を訴えて結成した。新労は、一般に言われる「企業内組合」の路線を唱えている。そして即日就労した。

旧労、新労の構成を見ると、水俣とチッソの体質がよくわかる。新労結成後六十七日めの、各身分別組合員数は次のとおりである（カッコ内は第二組合）。係長・主任＝六一（六一）、事務（社員）＝一二一（一〇六）、技術員（社員）＝三二八（三二八）、職長＝二七六（八〇）、技能員（工員）＝二六〇九（三〇九）。旧労の中心は「工員」で水俣組、新労の中心は「社員」で〝よそ者〟という色あいである。旧労のビラには、直截《ちょくせつ》に地域の憎悪が表われている。

▼かれらもここに住みにくくなれば、サーッと五井や守山へ転勤してしまいます。こんな連中がどうして地元労働者の利益と幸福を守ってくれるでしょう。

▼郷土を愛する者が郷土を語る資格がある。現在御用集団に加盟した人達はふるさとを語る資格はありません。日窒資本に長い間むしばまれて来た水俣の労働者の血の中に、これ以上もうダマサレナイという合言葉で今度の闘争をたたかっているのです。

日窒創業以来の地域性と身分制をからませた労務政策が逆にストの武器となった。組合は身分の象徴的集落である社宅単位に、家族ぐるみに戦術を固めこのおだやかな町をまきこんで二分してしまう。そしてついに水俣争議の地域性をもっともよく現わすものとして語り伝えられる、第一組合の村八分指令がでるまでになった。

▼防衛隊指令第四号

昭和三七年七月三〇日　八時〇分

分裂集団の策動を断固封殺せよ

（前文略）地域では会社と結託した分裂集団の反階級的裏切行為をバクロし、これらの幹部に対しては、部落では村八分的にコ立する様積極的に攻撃を加えられたし。（以下略）

合化労連や三池労組はオルグを動員し、社会党水俣支部長は第一組合を批判して脱退し、新労に加盟した。市民は「水俣農民会」（旧労系）、「水俣市繁栄促進同盟」（新労系）をつくり、商店は売れ行きを心配して「中立」のビラを店頭に貼り、医師は「水俣争議と小児の精神身体医学的考察」の所見をのちに学会で発表し、全市があげて争議の渦にまきこまれた。そしてのちに、水俣病患者もまた分裂した。一般に「訴訟派」「自主交渉派」は旧労系、「一任派」「調停派」は新労系といわれる。争議はさまざまの劇画的戦術、各政党入り乱れての戯画的光景を展開し、血を流し、三池のホッパー決戦にもあたる「梅戸トンネル」攻防戦で〝チッソのナバロンの要塞《ようさい》〟が落ちたのをヤマに、地労委の斡旋《あっせん》で終止符をうった。

以後旧労組合員は草むしり、ドブさらい、ミカン山の手入れ、垣根の修繕……等、およそ化学産業とは無縁の部署又は別会社にまわされた人が多い。チッソ東京本社の「怨」のテントは取り除かれたが、水俣にはもう一つのテントがいまなおあり、「差別十年、怒り百年」と書かれた「檄《げき》」は、こういう歴史を背負っているのである。

組合の旗に代って、患者の旗が年ごとに増えた。昭和三十四年、約二千名の漁民が工場焼打ちの挙に出てからの経緯は、しばしば報じられるとおりである。チッソの患者対策は「愛情がない」といわれ続けてきた。そう感じたグループに、患者と第一組合員がある。両者は水俣争議以前は無縁だった。むしろ第一組合のFにいわせれば敵対関係にあった。漁民が押しかけたとき、Fは「われわれも食わんばいかん。企業がつぶれてはなもならん。こげんことせんでもよか！と漁民が憎くかったとです」という思いで会社側の先頭に立ち、漁民と乱闘した。だが安賃闘争で、「会社の〝呑むか、呑まぬか！〟の朝鮮そのままの権力支配ば見て、漁民や患者の気持がよっくわかったばってん」、その時から二つの感情が一つになった。「会社が否定しようと偽装しようと、現に自分たちが水銀を流した。

もう当りまえのことをいおう。患者をいじめるのもいいかげんにしろ」という気持になった。そして、日本の公害裁判史上初の「企業内告発」が彼らの手で行われた。

証言はチッソという企業の体質を内側から次々にあばいてみせた。たとえば、証言者・江口政春の言。「陣内社宅の奥さんから、これは大事なものだからとにかく大事にして、附属病院に持って行ってくれといわれたと。従ってそのボーイは、大事なものといわれたので内ポケットに入れて、持っていったそうでございます。(そのとき看護婦から)これは奥さんの便だというふうにいわれたと、このとき私は涙の出るほど、悲しい思いをしたということを、本人はいっております」

証言者・榊本吉三。「工場で火傷《やけど》をした。課長から、実は内緒だが、あんたを公傷にしたら基準局に報告しなければならない。あんたがガマンしてくれれば報告せんでいい、といわれました。その上、包帯が人目につくといかんから控所に隠れて新聞でも見ていてくれ」

弱き者に支配を、臭いものにふたを。患者の怨をつのらせたこの体質のよってくるところは、あきらかに朝鮮である。チッソがかつて繁栄を誇った朝鮮に、公害はなかったか。元工場長の大石は苦渋を浮べていった。「いっちゃ悪いけど、朝鮮の方が公害が相当でた。だが、時代がちがった……」。看護婦の三谷は、「実はあまりいいたくないけれど、興南にわけのわからない奇妙な病気がありました。そのために社員のなかには家族を興南から離れた緑地帯に住まわせていた人もいます」。三谷は更に口澱《よど》み、いった。「その奇妙な病気は〝興南病〟という名で片づけられました」

〝興南病〟は、ところを変えて〝水俣病〟となった。「時代が違って」、患者たちは「片づけられる」ことを拒み、社長につめ寄るのだった。

患者　はっきりしてもらわんと困る。社長、きょうはな、われわれは血書を書こうと思ってカミソリばもってきた。

社長　えっ。

患者　血書を書く、要求書の血書を。わしも切ってあんたも小指を切んなっせ。ほら。

社長　それはごかんべんを。

患者　ごかんべんじゃなか。あんたがわしの指ば切って血書ば書く。そのかわりこんどはわしがあんたの指ば切る。あんたに返答を書いてもらう。あんたの血で、同じ人間の苦しみば味わってもらいましょう。わしどもも伊達《だて》や酔狂できとっとじゃなかつですよ。水俣のテントにゃ年寄りの花山さんや小道さんが待っとっとですよ。老いの身をこらえて。その苦しさがわかりますか。

社長　あのね。

患者　もう駄弁はきかん。はい、切って！　同じ指を切って痛もうじゃないですか。

社長　ごかんべんを。（昭和四十六年十二月・自主交渉派との会話から）

カミソリを突きつけられた社長は、戦前の興南では忠実な一係長にすぎなかった。総帥・野口遵とはおそらく話したこともなかったろう、あってもせいぜい一度か二度だ――と、某がいう。いま土下座を求められた社長の肩が背負ってきたのは、こういう社史である。そして〈なぜ〉もまた、そういう歴史の積み重ねである。それから、国の行政指導の怠慢である。

「チッソは、水俣病が公式に発見された昭和三十一年以後も、原因究明、被害者救済などの対策を行わず、被害を拡大させることとなった経過について反省する。患者及び家族が貧窮、病苦、地域社会からの差別などによって受けた苦しみに対して、チッソは陳謝する」

協定書の調印が終った。サインをしたチッソの二人の代表に、野口朗という名がみえる。創業者・野口遵の一族である。四十二年前の初夏、水俣工場に天皇を迎え、〝偉大な創業者〟野口遵は「臣等　今後益々《ますます》奮励努力致シマシテ聖恩ノ万分ノ一ニ報ヒ奉ランコトヲ期シテ居リマス」と奏上した。一族はその地でいま、恩ならぬ怨に報いることを迫られている。まことに「生々流転」というほかはない。

　チッソ社員は声を落していった。「六十年前、何もなかった水俣に鉄道が通り航路ができ、市税をうるおしてきたのは誰のおかげだ。その恩恵を考えず、突然浮び上った罪悪のようにののしる。私たちは別に悪意があってやったんじゃない」。たしかに正直な思いだろう。戦前、野口遵もいっていた。「おれは、無知な農民を搾取するのではない。朝鮮の山と水と空気を使うのだ」。たしかに野口は、旧財閥に対して、革新意識をもっていた。体制の中の新しい資本主義をやるんだ、おれはその先頭に立つんだという自信をもっていた。だから株で儲ける等という経営は頑《がん》としてしなかった。その野口の、つまり日窒の〝革新資本家〟という言語矛盾は、朝鮮人の目にどう映ったか。たとえば興南の朝鮮人社宅である。日本人社宅とくらべればそれはひどいものだったが「他の朝鮮人よりもいいはずだ」というのが工場幹部の意識だった。構造も彼らがその方を好むと考えていた。だが、朝鮮人の独立派はこういっていたのである。

「諸君、山の上にのぼって見たまえ。あのみすぼらしい建物は朝鮮人の住むところだ。そしてあの赤煉瓦のりっぱな建物には日本人が住んでいる。それで君たちは満足なのか」

　チッソは、そういう無告の民を知らなさすぎた。無告の民に目を向ける時間を技術に費やした。技術開発は、感情に目隠しをさせた。それを国家が要請した。日窒株式会社営業部＝大日本帝国が亡びたあとも、目隠しは残った。

私はそういう歴史を取材しながら、いつも気がかりだった。これは「社史」なのだろうか——。私に年若い友人がいる。彼は大手建設会社の技師で、バンコクにビルを建てている。彼からの手紙にこうあった。「タイの大工の日当は、六百円、日本とはくらべものにならない安さだ。女房は女中を傭いたいといっている」

少年工だった広瀬は、もう四十五歳になる。郷里で手袋製造の家内工業を営んでいる。彼は別れぎわにミシンを踏んでいる奥さんを見ながらいった。「最近は仕事が減ってご覧のとおりです。東南アジアの労働力が安いというので、みんな向うへ流れます」。私はチッソという企業の過去を歩きながら、実は「某社の未来」を歩いていたのではないか。〈なぜそうなったか〉というこの稿の序章の一行は〈なぜそうなるか〉と書き改めるべきかもしれない。「三角山の墓参をすませないかぎり、私の一生は終らない」という看護婦の三谷や、野ざらしになっている少年工の遺族が聞くと、さぞつらいであろう次の話を聞いたときに、なおそう思った。

チッソ関係者の誰もが怯《おび》えたように口を閉ざして語りたがらないのだが、チッソは子会社の「日本技術輸出」をして興南に人を派遣し、塩ビのプラント輸出を行なっている。金額は約七億円である。商談に訪れた人によれば、興南はまるで「きのう勤めていたような錯覚」のたたずまいであったらしい。日窒が建てた供給所、事務所、武徳殿、社宅。そして野口遵に代って、金日成首相の写真が掲げられ、パンフレットには「日帝時代には、わずかしかなかった。我々人民がこれを作った」と書いてあった。

そして、あの三角山があった。

チッソは、この興南の地で商用以外になすべきことがあるのではないか。「せめて、供養の線香一本なりとも手向けてきてほしい。一握りの土でもとどけてほしい」という怒りをおさえた遺族の声がチッソ幹部に聞えているか。だがそういう事実は、少なくとも私がこの稿を書くにあたって取材した人びとの、誰からも聞いていないのだ。

東京の路上のひとつのテントが取り除かれ、代りに漁民の封鎖が続く水俣の町を歩くと、不幸な誤解がいくつも聞えてくる。水俣ではめしを食べるな、汽車が水俣を通るときは窓をしめろ。マスクをかけろ——と、これは市民がいうのではない。市民に聞えてくるのだ。水俣の生徒が修学旅行で県外に泊った。生徒が発《た》ったあと、宿は布団を消毒した。旅行者が水俣駅を降りて聞いた。「どの人が水俣病？」

水俣は美しい町だ。湯の児温泉は紫に霞《かす》む天草の島をのぞみ、宿のベランダからは鰺《あじ》が何匹も釣れる。沖に出れば銀色の太刀魚《たちうお》が釣れる。町の人たちは家に持ち帰り、奥さんは早速タタキにする。だから——と、鮎《あゆ》の泳ぐ水俣川に面した事務所で、元興南工員小ヶ倉（水俣商工会議所副会頭）がいった。「大阪に、東京に、北海道に、第五、第六、第七の水俣病が出、日本中が〝水俣〟になればいいのです。日本人はいくらアフリカで百万人が餓死しようと痛みは感じない。水俣は日本のアフリカです」

不幸な誤解はからみあい、患者の誰は補償金でダイヤを買ったそうだ、誰は家を建てたと、はてしない。誤解を背負った人が、新たな誤解を口にする。

そういう水俣で一人の母の歌を聞いた。長女が県外の青年と縁談がまとまり、挙式直前に「胎児性水俣病の子が生れると困る」と破談にされたその母の、詠める歌——。

水俣に住むゆゑにこはれし縁談を思ひて一匹の蛾《が》を打据うる
生くることは憤怒《ふんぬ》と知れり水俣に住むゆゑにこはれし縁談ひとつ
公害の町に住みつきて二十年上向きてけふも悲しさに耐ふる

東　タミ　五十歳

この母に、この歌を詠ませたものはミナマタである。水俣を〝ミナマタ〟に変えたのは、チッソである。チッソをさらに遡《さかのぼ》れば「国家」である。

チッソは、昭和二十五年以来、社史を書いていない。チッソはその空白の社史を自らの手で綴らねばなるまい。そのときチッソは、〈なぜ〉にどう答えるか——。

（『文藝春秋』一九七三年十月号）

II

『同期の桜』成立考

埼玉県N市は、東京都に盲腸のように入りこんだ町で、住人である私はその日の風の強さや霜解けのぬかるみ具合で、いくつかの散歩のコースを持っていた。どのコースにも共通の点景がある。墓であった。

農家の人びとは父祖からの畑の一郭に、それぞれが「先祖代々」の文字を刻みこみ、いつ見ても手入れが行き届いていた。

例外ともいうべきその荒れはてた墓は、いつ通りかかっても怖ろしかった。A団地のはずれの坂を下って、武蔵野《むさしの》線のガードをくぐると、畑中の道だった。近づくにつれて、冬枯れの野に一本の欅《けやき》が高さを増し、幹にもたれかかって立っている人影が見えた。

人——と見えた景は、およそ二メートルはあろうと思われる石仏であった。石仏の掌の宝珠は欠けていた。そこここに土饅頭《どまんじゅう》があり、卒塔婆《そとば》が立っていた。いや、立っていた、というのは正確ではない。卒塔婆は風の中ですべて傾いていた。

陽が射せば射したで荒廃が目だち、北風が強ければ強いで墓標がいっせいに震えた。他の墓にくらべて、ここだけが共同埋葬の態《てい》を示し、しかも土饅頭の多さが異様だった。

その理由を教えてくれたのは、農家の主人だった。

荒れた墓は、丘の上の団地の人びとが〝移住〟してくるずっと以前から、この地に暮していた家族たちの、戦死者だけを葬った一郭であるそうな。

どうしてこんなに荒れているのでしょう、と訊《たず》ねると、戦後が落ちつくにつれて、遺族たちが先祖代々の墓所に父や息子をひきとって改葬したからではないかということであった。〝皇国《おくに》のための死〟の意識が風化し〝やっぱりわが家の死〟として手もとにひき寄せたのかもしれない。

街道を横切った寺の境内で、それらしき墓碑に出会った。

　海軍少尉奥田省二之墓
裏にまわると、わずか七行の碑文が、一人の戦死者の生と死を刻んでいた。

（略）大東亜戦ニ及ビ昭和十七年九月米国初空襲ヲナス　以後　三重県鈴鹿航空隊予科練教班長ニ就任　昭和十九年五月十七日南方ニ向ツテ木更津《きさらづ》ヲ離陸　同年九月二十二日比島ダバオヨリ出撃ニ向ヒ未帰還トナリ戦死ト確認セラル　行年二十六歳
碑の一行である「米国初空襲ヲナス」は私を驚かせた。お里が知れようというものだが、私にとって、真珠湾を除けば空襲とはすべて「ナサレル」であって「ナス」の知識はなかった。太平洋戦争の死者およそ二百十万人の一人にすぎない無名戦死の碑文は、私の散歩を取材にかりたてた。

防衛庁防衛研修所戦史室の資料に、無名戦士の記録があった。日本軍によるただ一度きりの米本土爆撃は〈アメリカオレゴン州爆撃に関する記録〉とファイルされていた。
(1) 昭和十七年九月十五日、九月二十九日（戦後復員した幕僚の手記による説）
(2) 昭和十七年九月九日、九月二十八日（実際に爆撃した故奥田少尉の証言による説）
(3) 昭和十七年九月九日、九月二十九日（その爆撃の藤田機長の証言による説）
「米本土単独爆撃」という一つの事実に、三種類の説があった。一篇《ぺん》の歌をめぐって同じ困惑を、私はのちほど味わうことになる。

墓を建てた父親も、家督を相続した弟も同じ墓所の人となり、家は戦死者の甥《おい》にあたる正一氏（二十五歳）が養豚《ようとん》業を継いでいた。若い当主は「俺が生れる前のことだから何も役にたてねえの」と思案顔であったが、「そうだ！」と思いついた。

「物置きか押入れン中に伯父さんのものをまとめてあった」

押入れの奥の大きな飴《あめ》の罐《かん》は、遺品だった。写真があった。金文字で横須賀、大村、館《たて》山《やま》の各海軍航空隊、大日本軍艦蒼竜《そうりゅう》とある布は、所属した部隊の、帽子に巻いた帯だった。戦死の公報や女名前の弔詞の紙はすでに赤茶けて、折り目を開くたびに歳月がこぼれ落ちそうだった。その底に和紙があった。毛筆で書かれた一篇の詩であった。

友　情

一
貴様と俺とは同期の桜
同じ潜校の庭に咲く
咲いた花なら散るのが覚悟
みごと散らうよ　国の為《ため》

二
貴様と俺とは同期の桜
同じ潜校の庭に咲く
血肉わけたる仲ではないが
なぜか貴様と別れられぬ

三
貴様と俺とは同期の桜
はなればなれに散らうとも
花の都の靖国《やすくに》神社
庭のこずゑでまた咲かう

昭和十八年春四月
海軍潜水学校　岡村　幸
奥田省三《(ママ)》君　江

これは?……あの『同期の桜』である。正一氏は「形見の品だからヨ、飾っておこうと思ってたんだ。それでヨ、むかし経師屋《きょうじや》に頼んだんだけんどヨ、作ってくれねえんだな」と苦笑のあとでつけ加えた。

「この詩を作った人からの手紙があったな」

詩を作った人――のひとことは、更に私を驚かせた。『同期の桜』の作者は、西条八十ではなかったか。手紙の文面は次のようだった。

前略。昨年或る新聞社が私の家を突然訪ねて参りました。『同期の桜』の作者はあなたでせう――

それで私は当時の日誌や資料を探し出し、見せたら尚《なお》私自身も懐かしく昔日を偲《しの》び感無量でした。ところが其《そ》の後この様な大げさな記事となつて発見されました。

私が潜水艦行動中に作つた詞は『友情』と題した墨筆のものや、これらの詞歌と絵を混じへて潜水学校教官になつた十八年、ガリ版にて生徒に配つた事があります。其の後然《しか》し、この歌が『同期の桜』として歌はれてゐる事に強く心をうたれました。潜水艦に関係のある人の作曲です。

(略)この歌が世に出たのは作曲者の賜《たまもの》です。

私は今尚、尊い生命を祖国の為《た》めに捧《ささ》げられた人々の為めに静かに静かに歌ひ続けてゆきたいと存じます。

作者は西条八十亦《また》は作者不明、または一阡《いっせん》五百万円の賞金つきとか種々騒がれてゐるやうですが、私は流行作家でも作曲家でもありません。只々《ただただ》、当時の清らかな若人の国に殉ずる精神が永遠に歌ひつづけられ、何時《いつ》の世までも真の友情の尊さを守りつづけてほしいと願ふのみです。

あの戦争中には、落城を心に知りつつも戦ふ若者の心の中にはもつともつと立派な詞がそして曲が作られ、世に出ず埋もれていつた事でせう。

奥田君の霊に捧ぐ

昭和四十三年七月十五日

岡村　幸

奥田様

手紙には昭和四十二年十月二十一日付けの日刊紙「新いばらき」（本社水戸市）が添えられていた。見出しは「〝同期の桜〟作者は私だ」「思いを機上の友に。潜校時代の〝友情〟が元歌」とあった。そして「〝友情〟のモデルになった戦友奥田さん」の遺影が掲載されていた。記事は『同期の桜』の「作詩者は海兵団出身者というだけで長く知られず、ただ歌だけが人々の心に生きてきた。この元歌ともいう〝友情〟を作ったのが槇《まき》幸さん」というリードに始まる文章と、〝作者〟の「今となって確かな証拠はなく名乗ろうとは思いません。いつまでも人の心の中に歌われていけばそれでいいのです。そして二度と青年をあのような思いにかりたてることなく……」という談話で構成されていた。

なお、槇幸さんとは、故・奥田少尉の遺品にある墨書の主、岡村幸氏が、戦後養子縁組によって変った姓だった。

さて『同期の桜』について、一般に流布《るふ》されている定説と私の調査を整理しておく。

(1) 日本音楽著作権協会の登録をはじめ多くのレコード、軍歌集は、「作詞西条八十、作曲者不詳」の見解をとっている。

(2) 右の説にはいずれも、「西条八十が少女雑誌に女学生同士の友情（筆者注・男同士の友情である）を詠《うた》った詩『二輪の桜』として発表したものが、何時の間に、誰とも判らぬままに〝貴様と俺とは同期の桜〟という男臭い歌詞に改作し、作曲者も又誰とも判らぬま……」（全音楽譜出版社刊・長田暁二編著『日本軍歌』）という意味の注釈が施されている。

(3) 各種の注釈にある「少女雑誌」または「女学生雑誌」とは、昭和十三年二月号の『少女倶楽部《クラブ》』掲載の絵小説『二輪の桜』である。

(4) 元の詩は四節からなっている。

君と僕とは二輪のさくら、

積んだ土嚢《どなう》の陰に咲く、
どうせ花なら散らなきやならぬ、
見事散りましよ、皇国《くに》のため。
　君と僕とは二輪のさくら、
　おなじ部隊の枝に咲く、
　もとは兄でも弟《おとと》でもないが、
　なぜか気が合うて忘られぬ。
君と僕とは二輪のさくら、
共に皇国《みくに》のために咲く、
昼は並んで、夜は抱き合うて、
弾丸《たま》の衾《ふすま》で結ぶ夢。
　君と僕とは二輪のさくら、
　別れ別れに散らうとも、
　花の都の靖国神社
　春の梢《こずゑ》で咲いて会ふ。

(5)　現在西条八十作詞『同期の桜』といわれる歌詞には、大別して二種類ある。(イ)『靖国神社』を舞台にした三番までのもの。(ロ)三番から『靖国神社』が消え「同じ航空隊の庭に咲く」と変って四番まで詠ったもの。

海軍兵学校出身者が経営するバー「養浩館」(新宿)発行の『あゝ海軍』や、クラブ「ヨーソロ」(銀座)発行の『軍歌帳』には(イ)の歌詞を正統としている。いっぽう一般書には(ロ)の航空隊を採用するものが多い。

ここでは、理由は後に述べるが『靖国神社』で止めた歌詞に拠って稿を進める。前者の歌詞は、この「詠み人しらず」の歌を野火のように広めた心情と時代の〝総論〟であり、後者はそれを愛唱した人々の「死に場所」としての〝各論〟である。

(6) 歌は、昭和十九年の中ごろから歌われはじめた。

散歩の道すがらに立ち止った墓碑の一行が、旧家の押入れの奥から「詠み人しらず」の名歌の原籍を示すと思われる、三十年前の墨書を取りださせ、片隅の新聞記事と「あの戦争中には、落城を心に知りつつも戦ふ若者の心の中にはもつともつと立派な詞がそして曲が作られ、世に出ず埋もれていつた事でせう」と書き結ぶ、控えめな元無名兵士を教えてくれたことになる。

その槇幸氏は、日立市の人だった。海軍兵曹長岡村(槇)幸、五十五歳。現在酒、雑貨、燃料の類《たぐい》を、妻と一人の従業員で商う越後屋《えちごや》商店主人である。

氏は律義としかいいようのない人柄だった。端坐し、部屋の寒さを詫《わ》びた。私の店が灯油を扱っておりますので、ご承知のような石油事情のさなかに私どもだけが使わせていただくわけにはまいりません。お寒い思いをおかけして申訳ございません。

昭和十一年横須賀海兵団入隊。十六年十二月八日伊25号潜水艦乗組員として真珠湾攻撃に参戦。十七年九月、同艦艦載機の戦友奥田省二オレゴン州単独爆撃後、別れて帰国し、潜水学校教官。十九年二月伊41号潜水艦でトラック島司令部。十九年五月呉《くれ》に帰港。

槇氏は『同期の桜』の〝作者〟であると、自分から名乗り出る気もない。その上で『友情』を作った記憶をまさぐった。槇氏の三十年前の記憶を助ける貴重な日記が残っていた。『昭和十七年博文館当用日記』は、槇氏が潜水艦の中で書き綴ったものだった。「戦速にて海上波浪中を航行しつつ書くを以《もっ》て字の読めざる所あり」と記された字は躍っていた。

日記は十七年用のものであるが、氏は十六年十一月二十一日に出航しているので、すでに発売されていた新年度用の日記に、十六年暮れから十七年にかけての記録を書いた。

「十二月八日」の欄。

未明を期して我が航空艦隊はつひに戦闘を開始したのである。我等はハワイ一〇〇浬《かいり》の地点に陣を占めて遊撃すべく潜航す。八時半頃三回と九時頃六回の爆発せる音を聴音機にて微《かす》かに聴知せり。成功やいかに。昼食は赤飯と鰻《うなぎ》のカバ焼なり。午後に入りて電報に依れば我が海鷲《うみわし》はハワイ軍港の戦艦二隻空母（レキシントン）一隻大型……

日記の巻末の金銭出納欄に、「詠み人しらず」のあの歌詞が、書かれていた。他にも数篇の自作の詩があった。

題は、最初海軍にも陸軍の『戦友』のような歌をほしいと思い『戦友』とつけたが、二本の棒で消して『友情』と変えた思索の跡があった。二番の四節は、一たん、「なぜか別れが」と書き、「別れ」を消して「貴様と別れられぬ」、三番の二節は「同じ潜校の庭に咲く」と書いたものを消した上で「離ればなれに散らうとも」と、聞き書きでなく、推敲《すいこう》の跡があきらかだった。

そういう思考を経て作られた『友情』と『同期の桜』の相違点を抽出する。

(1) 同期＝同じ兵学校の庭に咲く
　友情＝同じ潜校の庭に咲く
(2) 同期＝散るのは覚悟
　友情＝散るのが覚悟
(3) 同期＝みごと散ります（しよ）
　友情＝みごと散らうよ
(4) 同期＝なぜか気が合うて忘れられぬ

うだ。

(5)
友情＝なぜか貴様と別れられぬ
同期＝春の梢に咲いて会はう
友情＝庭のこずゑでまた咲かう

槇氏は潜水艦出航前の、本の購入係でもあったから『二輪の桜』が下敷になっていたよ

以上の違いはあるとはいえ、まぎれもなく『同期の桜』の原形を見ることができた。

槇氏の三十年後の言は「私は、自分が臆病だから軍人勅諭を口ずさむように、自分の心にこうしなくちゃならないんだといいきかせ」同期の「戦友」への「友情」を綴ったと、ふりかえっている。だから「私が作ったと名乗る必要も気持もない」。

そのいわば「辞世の歌」が、どういう経路を経て広まったか。槇氏には断言する資料がない。もし推測を許されるならば一つある。槇氏が『同期の桜』があのメロディーと共に口ずさまれているのを聴いたのは〝逆真珠湾〟といわれる十九年二月からのトラック島基地大空襲に、制空権も制海権も奪われて、第六司令部が呉に上がった五月のことだった。

槇氏は大竹の潜水学校に所用で出かけたとき、夕方の聴音科の教室から、ポロンポロンと響くピアノの音を聴いた。

見ると、人気《ひとけ》のない教室で、夕陽をあびて一人の海軍予備学生がたどたどしく鍵盤《けんばん》を叩きながら、口ずさんでいた。岡村（槇）兵曹長は、稚拙ゆえに一層哀切感のあるこの歌を

〈ああ、いいメロディーだなあ〉と聴くうちに〈あれあれこの歌は?……〉と、わが「辞世」に気づいた。そして〈誰かが作曲をしたのだなあ〉と思った。予備学生(らしき人)は、多分飛行隊のマークをつけていたような気がした。

いま、練炭火鉢の部屋でこういう想い出を語るとき、槇氏は訥々《とつとつ》と、敬語をつけて語るのだった。

「予備学生のかたが沢山おられました。トラック島の戦場から還ってみると、飛行隊のマークをつけながら、日本はもはや飛ぶ飛行機がないので海にまわって来られ、配置は〝人間魚雷〟だと聞かされました。なんともいえない気の毒な気持でありました」

その時である。歌が伝播《でんぱ》された経路の推測が入る。

戦友奥田少尉が潜水艦から飛び立ってオレゴン州単独爆撃に向うとき「おい岡村、形見に何か書け」というので渡した歌。そして、それが形見とならず、予科練教官として十八年四月に再会したとき、今度は墨書した『友情』の詩を「奥田が明日しれぬ生徒たちに教えた」結果〈だれからともなく歌を耳にした方《かた》たちが、人間魚雷としてここへまわって来られたのかなあ〉というものだった。

潜水艦聴音手である兵曹長は、そう思いながら西陽の射しこむ教室を出た。一人ピアノを弾いていた予備学生の名と、彼がその歌を知った由来を問うこともなく。

奥田少尉はそれから四カ月後にマニラ沖に突っこみ、紙片だけが三十年後の押入れに遺った。

私は、せめて奥田少尉の同期生から何らかの手がかりを得られればと考え、十八年当時、彼が四人の仲間とクラブとして一室を借りていた三重県鈴鹿の、S・Kさんという女性を訪ねた。彼女はそのころ女学校四年生で「優しくていつも私に航空隊の朝食に出る玉子を食べずに持ってきてくれた奥田さん」から、女学校を卒業したら「Kちゃんをお嫁にください」と母を通じて約束されていた。奥田少尉が南方へ飛び立った年の夏、彼女は夢を見た。

「左の肩と右の横腹の肉がポコンととれた奥田さんが、白衣を着て私の枕もとに坐ったんです。私はその風の音まで、今も覚えています」

彼女はその風の音と、酒をのむと肩を組んでは『同期の桜』を歌っていた四人の声が忘れられずにいた。

その人たちを教えていただきたいのです。十八年にすでにあの歌を歌っておられたとすればなおさら、と重ねて問うと、彼女は短く答えた。

「お一人も残っておられません。皆さん戦死なさいました」

「その中のお一人石井さんは、私の姉の夫でした。わずか六カ月の結婚生活です」

奥田家の若い当主の押入れの中には、戦後結婚して姓が変る前の彼女の弔詞が、いまも赤茶けて『友情』の墨書と共にある。

これから訪ねようとする人もまた『同期の桜』の作者である。この人もまた、自ら名乗り出ることを恥じらった人だった。

海軍兵学校七十一期生、海軍中尉、特別攻撃隊「回天」第一期搭乗《とうじょう》員中、ただ一人の生存者ゆえに、この人は「懐かしい江田島、懐かしい回天基地」に、三十年間一度も足を運んでいない。この人にとって「懐かしい」という郷愁で語るには、三十年はまだ生々しすぎるのだった。

この稿の初めに、『同期の桜』について一般に流布されている定説を六項目あげた。だが正確には、もう一項目あらねばならなかった。私が調べた限りでは、ぼう大な数の軍歌関係書のわずか四冊に、作詩帖左裕という名がある。七項目めは、従って「作　帖佐裕という説が定着しつつある」と書くべきだろう。

だが、帖佐氏の名をとどめた書にも混乱が見られた。たとえば労作『日本流行歌史』（社会思想社刊）に、詞・帖佐裕、曲・不詳として収められている『同期の桜』は、結論を先に言えば、二番までが帖佐氏の〝作〟であり、三、四番は、私が〝各論〟と称したまさに〝詠み人しらず〟の詩と混同しているのだった。

さて〝作詩者〟の帖佐裕氏は、親和銀行経理部長である。

帖佐氏は、槇幸氏と同じように、自ら名乗り出ようとせぬ人だった。人柄と、同時にそういう脚光を浴びるにはあまりに重い荷を背負っている。重荷は〝同期の桜〟たちを、過去形として語る時代までも生命を保ち続けた、抗《あらが》いようのない運命についてである。

この人の名が、数少ないながら〝作詩者〟として活字にされた時間的経過を過去にたどると、昭和四十二年春のことだった。当時『同期の桜』がいっせいにテレビ、映画、レコードになろうとしており、もし〝幻の作曲者〟があらわれればおよそ一千万円と推定される著作権料が支払われるという『週刊読売』の記事に対して、帖佐氏は名乗り出たのではなく、戦友や部下たちから、名指されたのだった。それ以来、帖佐氏は一部で〝作者〟と目されるようになった。

『友情』の作者槇幸氏が、戦友奥田少尉の遺族にあてた手紙にある「一阡五百万円の賞金つきとか種々騒がれてゐるやうですが私には関心もなく」という冷《さ》めた思いは、この呼びかけを指しているものと思われた。槇氏同様、帖佐氏もまた冷めていた。私は、槇氏の場合も、帖佐氏の場合も、非礼を承知でその人物の信頼性を、戦友を中心にひそかに問うて歩いたが、答えは両氏とも「嘘のいえない純粋そのものの男」の挿話《そうわ》が返ってくるばかりだった。

帖佐氏は昭和十五年、兵学校入学の第七十一期生である。入学してみて、海軍特有の家族意識と、一蓮托生《いちれんたくしょう》の同期生意識の強さを知った。二号、一号生徒と進級し、余裕ができたころ、彼はクラブで一枚のレコードを聞いた。クラブとは、現在の自衛隊員における「日曜下宿」的機能と考えてよい。帖佐氏は、そのレコードから聞えてくる悲壮美のメロディーにひかれた。レコードには『二輪の桜』という題がついていた。彼は暗誦《あんしょう》して歌ううちに、自分たちの心情に歌詞を置きかえて歌った。

〽貴様と俺とは同期の桜
　同じ兵学校の　庭に咲く

……

彼の歌う歌はやがて口伝《くちづ》てに同期の友人に伝わり、巡航と呼ばれる週末の夜間帆走の時など、夜光虫の美しさに酔いながら口ずさむ歌として、なくてはならぬものとなった。だが、まだ一部の歌でしかなく、彼は十七年十一月に卒業すると戦艦「武蔵」を経て駆逐艦「時雨《しぐれ》」の艦隊勤務に就き、ソロモン海戦を経、トラック島の空襲で槇氏同様呉に帰航したのは、昭和十九年四月のことだった。そして五月、大竹の潜水学校に学んだ。

私の取材ノートの中で、互いに経歴も階級も違い、面識のない『友情』の作者岡村（槇）幸兵曹長と『同期の桜』作者・帖佐裕中尉の点が急速につながりはじめる。

帖佐氏は、この潜水学校で、例のクラブのレコードから作った歌があまりにも広く歌われているのを知って驚いた。槇氏もまた、この学校の夕暮れの教室で、一人ピアノを弾き語る予備学生らしき人の姿を目撃している。

一方、帖佐氏には一つ覚えていることがある。高等学生に呼ばれて「貴様の作った歌を教えろ」といわれた。彼はそのころ別にも作っていた『潜校の唄』のことかと思って教えると「いや違う。『同期の桜』というあれだ」といわれた。依って彼は、自ら名乗ることもないが「間違いなく私の歌」の心情でいる。

帖佐氏のそれからは、まだ前途を考える余地は残されながらも迫り来る足音への漠《ばく》たる死の予感とある種の諦観《ていかん》で作ったこの歌が、まさに現実のものとなって、「死」以外の前途は見定めようもない青春に突入する。

帖佐氏は、昭和十九年七月、〇六兵器と呼ばれて、孤島でひそかに開発されていた人間魚雷「回天」第一期搭乗員六人の一人となった。

徳山湾に浮ぶ「大津島」という、隔絶された秘密の訓練基地で過した〝同期の桜〟の物語は、何種類もの本となって戦後出版された。背綴《せとじ》のはがれたアルバムの中の帖佐隊長には、軍帽からはみ出して肩まで垂れる長髪姿の写真が残っている。彼の長髪は軍規違反ではあるが「すぐに死んでいく男」への愛《いと》しさと哀れさが、それを黙認させたという。

だが、彼はただ一人生き残ってしまった。第一期搭乗員六人のうち、まず回天創始者である黒木大尉と樋口大尉が操縦訓練中遭難殉職した。海底から引揚げられた艦には、後に続く者に対して事故の科学的分析を冷静に記録報告し、十二時間の長い死への道程を見つめた遺書があった。

黒木大尉の遺書には「樋口大尉ノ最後、従容《しょうよう》トシテ見事ナリ。我又彼ト同ジクセン」の記述があった。二人は、十二時間めの午前六時、呼吸困難の極に達したとみえ、遺書の最後の一行は共にこうあった。

○六〇〇　ナホ二人生存ス。相約シ行ヲ共ニス。万歳。（黒木大尉）。二十二歳だった。

六人は四人になった。その中の三人がそれぞれの部下をつれ、隊長として出撃することになった。四人共に征《ゆ》かせてやりたいが、それでは技術を後の隊員に伝えることができない。一人残れ、となった。征くは、〝絶対死〟であり、残れは、暫時の生だった。征く三人のうちの一人は、黒木大尉と共に回天を考案上申した仁科中尉にはなむけの死を優先させた。残りは三人中二人だった。三人は誰も残る気持がなかった。指揮官は三本の魚雷で潜航を競わせ、一番負けたものが残れという命令を下した。三人は死に近づく競争をし、帖佐中尉が負けた。原因は整備不備による点火遅れで、操縦技術ではなかった。帖佐中尉はもう一度やりなおさせてほしいと頼んだ。

アメリカ空母「エンタープライズ」寄港のたびに、デモの怒声が聞える三十年めの佐世保で、そこまでを語った五十歳の帖佐氏の双眸《そうぼう》に、私は光るものを見た。

やりなおしを願った帖佐中尉は、その時の司令官の言葉をこう語った。

「男の世界にやりなおしはない。それが運命だ」

三人は、部下を率いて征《い》った。

海軍中尉仁科関夫。剃刀《かみそり》のように鋭く、国のことだけを考えていた同期生。菊水隊伊47潜に乗組み出撃、ウルシー海域で敵艦隊奇襲、戦死。二十一歳。海軍大尉上別府宣記。帖佐の愛玩《あいがん》していた子犬を時どき借りに来た男。菊水隊伊37潜に乗組み出撃、パラオ・コッソル水道で交戦、戦死。二十三歳。海軍大尉加賀谷武。茫洋《ぼうよう》とした大人的風格の男。金剛《こんごう》隊伊36潜にて出撃、ウルシー海域で敵艦隊奇襲、戦死。二十二歳。

散ってしまって、六人が一人になった。

帖佐氏の想い出をそこまで聞いて、私は江田島の「参考館」に展示されている特攻隊員たちの遺稿に触れて、ある言葉を語った。すると帖佐氏の双眸に先刻まで光っていたものが、蓮《はす》の葉の面の露《つゆ》のようにスーッと跡をひいた。

今日は日曜日だった。これから、夫婦そろって結婚式に招かれている。近ごろは、披露宴の席までも『同期の桜』を耳にすることがある。帖佐氏は時おり〈生命《いのち》をかけて守ろうとした日本がこんな日本だったのか。あの連中は先に死んでいったが、おい、お前たちは、この日本を見なくてよかったなあ〉という思いに襲われることがある。何のために、我々の同期や先輩は死んでいったのかと「たまらなくなる」と語ったとき、帖佐氏は、まばたきをこらえた。まばたけば、五十歳の男が、年甲斐《としがい》もなく恥ずかしいものを見せねばならない。

「なにを今さら『作者は私です』と名乗る必要がありましょう。名乗ってどうしようというのです。名乗れば彼らは還ってくるのでしょうか。作ったのは私です。だが作らせたのは、私じゃありません」

帖佐氏のその後を附記しておく。俺も征かせてくれと嘆願を重ねたあげく、「大和《やまと》」出撃のときには片舷《へんげん》に二十五本の人間魚雷を積む、その時の指揮官として彼らの後を追うはずだった。だが「大和」は沖縄に行ってしまい「私はとうとう出してもらえなかった」。米軍の本土上陸に備えて宮崎沿岸の人間魚雷、三十三嵐部隊の帖佐隊隊長として日南海岸で敵を待って終戦である。「私は生き残ってしまった。教え子が次々に〝征きます〟のひとことで征ったのに」

そのころ、その隊員たちが特攻基地を出、潜水艦に積んだ「回天」と共に港を出る時、「ああ、あのかたも征く」と目を凝らして眺めては、宿舎で絵筆をとっていた岡村兵曹長の絵が数十枚残っている。

名乗らなかった帖佐氏を〝作者〟と指摘したのは、生き残った同期生や部下たちであった。

航空隊に行った者は「同じ航空隊の庭に咲く」と歌い、だれかが、帖佐氏の作らなかった歌詞を作った。

〽仰いだ夕焼け　南の空に
未《いま》だ帰らぬ　一番機
潜水艦に乗った者は岡村兵曹長が作ったように「同じ潜校の庭に咲く」と歌った。

ところで――。この歌の最大の謎《なぞ》を書かねばならない。私はこの歌が「定説」としては十九年初夏、艦隊勤務を終えて帰港した七十一期生から、十三期十四期の飛行予備学生の手を経て燎原《りょうげん》の火のように各地に広がったとあるが、念のためおよそ十人ほどの海軍出身者に「あなたがはじめてこの歌を耳にした記憶」を聞いて歩いた。

それによると「愛唱歌」として多数の人びとに唱《うた》われるようになったのは十九年半ばだが、すでにその前年ごろから潜伏期が始まっているのだった。岡村兵曹長は十七年の日記に、帖佐中尉は十六、七年ごろのクラブで詩を綴っているが、では、曲は誰がつくったのだろう。

帖佐氏は「クラブにあった『二輪の桜』のレコードを聴いて、歌詞だけを変えた」といった。前述の『週刊読売』は、西条八十氏の関係したコロムビア、キング両社に問い合せたが、そういうレコードを出した事実がなく、西条氏自身も否定したと報じていた。そして、帖佐氏の同期生の、「帖佐という男は、謙虚な人です。自分が作曲もしていても、著作権だのなんだの厄介なことになりそうだと『自分が作曲したのではない』とおりちゃう人なんです」という言で、幻のまま蒼枯《そうこ》たる記憶のなかに埋もれるか――と記事を閉じていた。

私はその点を帖佐氏に再度問うた。すると帖佐氏はきっぱりと「いえ、レコードは確かにありました」と断言した。

幻のレコード探しについて詳述する紙数はないが、結果は徒労に終りそうだった。戦時下に統合、廃止された会社、現存する会社はいずれも記録になく、国会図書館にもない。西条氏令嬢の三井ふたば子さん、『少女倶楽部』編集長（当時）の鈴木松雄氏の記憶にもなかった。日本歌謡史同好会高木康氏の推測では、コロムビアが「日蓄」に変った時代のレコードナンバー10700から10930が不備だという。その最後のナンバーは「出てこいニミッツマッカーサー出てくりゃ地獄へさか落し」で知られる『比島決戦の唄』だが、あるとすればその間のものかもしれなかった。

いずれにしても、宇都宮在住のナツメロ同好会会長福田俊二氏の「これがわかったら昭和史の一頁が埋まる」に類する言葉が一様に返ってくるのだった。

そのころだった。手がかりがあった。

手がかりの一は「軍歌」というものの心情と音楽史上の分析を伺いに訪ねた長田暁二氏

の、別れ際の何げないひとことだった。

「昭和十五年ごろ、このメロディーを聴いた記憶がありますよ。ぼくは当時中学生だったが、メロディーは若干違っていたが戦死した兄が『二輪の桜』を歌っていた」

手がかりの二は、元海軍少尉舟渡哲夫氏（『日本経済新聞』名古屋支社勤務）にあった。舟渡氏は昭和十八年六月ごろ、入院中の横須賀海軍病院で『二輪の桜』を聴いた。日曜日に慰安会があり、非番の看護婦たちが素人劇を演じて見せてくれたときのことだった。『愛染かつら』の背景で、看護婦がたしかに『二輪の桜』を歌っていた。三カ月後トラック島に出撃して沈められたのち十九年六月、呉に帰ると『同期の桜』になっていた。

そして、手がかりの三だった。

私は、段々畑のある江田島を歩いた。帖佐氏の「たしか兵学校の正門からすぐの左側、細い道を山の方にのぼったあたりの民家でした」という三十数年前の記憶を頼りに、当時〝クラブ〟を提供していた家を訪ねた。約三十軒あった島のクラブは、ほとんどが世代が変っていた。その中で二軒の老人が「海兵さん」を懐かしんだ。目の下の兵学校の、赤煉《あかれん》瓦《が》の建物の向うに海を見おろす寺の境内で、石垣を積んでいた金本要さんは七十六歳である。

老人は、七十一期の帖佐裕さん――と聞くと「ああ、帖佐さんはウチにおられました。あれは何号生徒のときじゃろう」と答えた。だが残念ながらそれ以上の記憶はなかった。

翌日私は、金本老人よりも十一歳若い弟を訪ねて、「左の細い道を山の方に昇る」石段を上った。彼は、いとも無雑作に答えた。

——お宅に蓄音機はありましたか。

「ありましたよ。いまはどこへ行ったかな」

——帖佐さんたちがよく聴いていたレコードを覚えていませんか？

「えーと、あれはどうだったかな……なんでも『二輪の桜』というレコードやった」

——どんな唄でした？　教えてください。

「キミトボクトハ　ニリンノサクラ　オナジブタイノ　エダニサク……」

老人は、陽だまりの縁側で海を見ながら、即座に、少しばかり間のびをした節まわしで歌った。それから老人は、あまりのあっけなさに唖然《あぜん》としている私のために、物置きを探してくれた。レコードは見つからなかったものの、老人は「間違いなく、昔あったよ」といった。

〝幻のレコード〟についての推理は、私の資料の限界と紙数を越えている。ただ、音についての確かな耳をもった人の証言と推理を紹介しておく。名古屋在住の作曲家で音楽評論家の森一也氏は、コロムビア版『詩人・西条八十』の編者だが、氏に確信がある。

森氏がはじめて『同期の桜』を聞いたのは、昭和十九年夏のことだった。歌手の楠木繁夫、三原純子夫妻とアコーディオンを片手に各地を慰問旅行の途中、国鉄金沢の現場で働く人々に楠木繁夫が『同期の桜』を歌唱指導した。森氏はとっさに「いい歌だな」と感じて採譜した。その時の譜面と、現在歌われている『同期の桜』には、一カ所違いがある。別掲の譜のように「みごと散りましょ」の、みの音がニ短調のミではなくてラであるという。因《ちな》みに現在は、東京消防庁の吹奏楽隊が演奏しているものが原譜だという指摘だった。

(誤)

(正)

東京消防庁音楽隊に問合せると、この曲を採譜した人はすでに亡くなっていた。

森氏は〝曲不詳〟の作曲者は以上のデーターから、もし病院がメロディーの発生の地ならば、

(1)『少女倶楽部』を読んだ海軍病院の白衣の天使たちが、病院のピアノを弾きながらみんなで作曲した。

(2)軍医や療養軍人のなかの、学生時代に寮歌を作曲したような人が、看護婦に頼まれて作曲した。

のどちらかで、それがレコードになっていたのではないかという〝ロマン〟にあそんでみる。そして、おそらく〝不詳〟の作曲者はもう亡くなっているのだろうという気がする。

道すがらに足をとめた碑文の一行が、私に長い散歩をさせてしまった。その間、この二人の作者以外に、ことばのはずみや酒の勢いで「私だ」と名乗り、あとで顔赤らめる人に出会わぬでもなかった。私は、第三者の証言や資料のないそういう〝作者〟もまた〝作者〟であっていいのだろうと思った。

越後屋商店店主岡村（槇）兵曹長の『友情』（同期の桜）と、親和銀行経理部長帖佐中尉の『同期の桜』は、共に、人がらや資料から判断しても、まぎれもなく、〝作品〟であって、どちらかが伝聞を写したという種類のものではない。二人はこの歌の他にも詩を作っており、帖佐氏の『回天隊員の歌』には自身の作曲までついていた。

別の人格がまったく同じような語彙《ごい》を使って……という疑問があるとすれば、それは「あの時代」の「海軍」の「青年の心情」が、「どう生きるか」よりも「どう死ぬか」という日常の中から拾いだしたことばというものは、常に「常套句《じょうとうく》」なのだと、私は考えている。

『同期の桜』から三十年たった。

帖佐氏は、時おり宴席の襖《ふすま》ごしに酒の匂いと共に聞えてくる〝あの歌〟を無心には聞けない。そして、帖佐氏には、まだ気持の上で、一・五トンの爆薬と共に体当りして散った隊員の遺族に、どうしても会えない。一番会いたがっているのは六人の〝同期の桜〟のうちの一人、仁科中尉のお母さんだが、「私は仁科に対して何ひとつ悪いことをしていないのに、お母さんに会った時に言うべきことばがない」のだった。

「もっと人間が枯れて、生臭さがなくなった時」にお目にかかりたいと思ってはいるが、お母さんはそれまで生きていてくれるだろうか。

槇氏は、トラック島で沈んだ伊169潜の乗組員たちが、全員脱出セヨ、生存者ハ脱出セヨとの命を受けながら、「命令ナルモ陛下ノ艦ヲ見ステルニシノビズ、再起奉公ノタメ生存者ハ全力ヲアゲテ努力ス」と、深度四十三メートルの海底から、ハンマーで艦を叩いて答えるたどたどしいモールス信号を、水中聴音器で聴いた。その音が三十年後のいまも離れてくれない。

ハンマーの信号は「ヒロウヒドシ　ダッシュツハムリ」を最後に絶えた。

珊瑚礁《さんごしょう》の海底から伊169号潜水艦乗組員七十四名の遺骨が帰還したのは、それから二十九年後のことだった。

看護婦たちの『二輪の桜』を聴いた舟渡氏は、この三十年間、葬儀に立会うたびに、「回天」特別攻撃隊員を想い出す。潜水艦の中で「敵影発見」「総員配置につけ」「回天戦用意」「○号艇乗艇用意」の声がかかると彼らは静かに「征きます。お世話になりました」といい遺して、人間魚雷へのラッタルを駆けのぼった。その最後の一段を昇りきった靴の底が消えるとハッチが閉じられ、彼は死そのものとなる。〝平和な時代〟の葬儀の棺《ひつぎ》が、焼場の窯《かま》に入るとき、人は窯の蓋《ふた》が音たてて閉じられる瞬間まで、目で追いすがる。舟渡氏には、その瞬間、棺の正面がラッタルの最後の一段を駆け昇った隊員の靴底に見え、窯の蓋はハッチに見える。

そういう記憶がおそらく一生つきまとうであろう人々は、私が出会ったかぎり、この歌をあまり歌おうとしない。歌う時は声低く歌う。

第二種軍歌『同期の桜』の戸籍の登録者は帖佐氏や槇氏であるが、『受付けた人は、時代であり、疑いがあろうとなかろうと、「死に方」に生きがいを求めざるを得なかった若者であった。

この歌は、強いて作者を求めるなら、「時代」が作者だった。

多くの防人《さきもり》の歌がそうであるように、私は余計な詮索《せんさく》をせず〝詠み人しらず〟のままにしておくべきだった。にもかかわらず、私には幻のレコードが気になってならない。私が所詮は〝その時代〟の呼吸者ではないせいだろうか。

附記／文中の階級は、原則として最終階級を用い「回天」特攻隊員のみは、生前の階級に統一した。

（『週刊小説』一九七四年二月二十二日号）

学徒出陣後三十年

昭和四十八年十月二十一日は、終日雨だった。この日、人びとの最大の関心は〝この一戦〟に優勝をかけた巨人・阪神戦に注がれるはずであった。だが朝からの冷雨は〝国民的関心事〟を翌日まわしにし、日曜日の茶の間を落胆させた。

この日からちょうど三十年前の、昭和十八年十月二十一日も雨だった。だが、雨だからといって延ばそうにも延ばせない〝壮挙〟が、神宮外苑《がいえん》競技場の泥土の中でくりひろげられていた。「七十七校無慮〇〇名」と、数字を伏せられた黒一色の集団が、ぬかるみを踏んで分列行進をしていた。剣つき銃が、一面の芒《すすき》が原《はら》のようであった。それは「われぞ御《み》楯《たて》・学徒総出陣の日。眉あげて〝仇敵《きゅうてき》撃たむ〟。聖域に展《ひら》く感激の大壮行会」(『毎日新聞』の日であった。紙面のほとんどをこの国家的壮挙の報道に費やした各新聞は、こう伝えている。

見よ、東京帝大を先頭に歴史と伝統との誇りも高き校旗を朝風に翻へして歩武堂々大地を踏み、決然銃を担つて校門を後に熾烈《しれつ》な決戦場に出《い》で征《ゆ》く学徒の意気は天を衝《つ》くものあり、その闘志は早くも敵を呑む。何たる威容、何たる迫力、林の如き剣はきらめき、若人の頬は赤い。われ等断じて征く若人の意気同じ学に志す出陣学徒を眼《ま》のあたりおくる二万数千の女子学徒はみんな泣いてゐる。これが感激の涙でなくて何であらう。わが子、わが弟の晴れの姿をと期せずして父兄席は愛情のどよめきを見せ、背のびしてわが子を探す老爺《ろうや》の姿など人眼をひく。（『毎日新聞』）

記事は延々と続いていた。軍服の内閣総理大臣東条英機は「進め悠久大義の道、敵米英学徒を圧倒せよ」と訓示をし、岡部文部大臣は「聖戦完遂の一途。皇国男子の本懐」と祝辞を述べた。なかでも、送る学徒代表の壮行の辞は「兄等《けいら》に連《つら》なる感激」を伝え〝無慮〇〇名〟代表学徒の答辞は「生等《せいら》もとより生還を期せず」の一句が胸をうった。活字の行間からは、陸軍戸山学校軍楽隊の奏でる行進曲の響きや、天皇陛下万歳の三唱、『海ゆかば』の大合唱の合間をぬって、「頭《かしら》アー、右イッ」の絶叫が絶え間なく聞えてくるようであった。

雨の中の「無慮〇〇名」の学徒は、ともかく行進していた。演劇好きの日大芸術科学生西村晃は「あきらめの中に歩いて」おり、軍靴のはねる泥の音だけが聞えていた。入営のとき最後の上演作品だった真山青果『江戸城総攻』のシナリオを持って入り、特攻隊員として知りあった十四期予備学生千宗室と、三十年後にまさかテレビなどという機械で思い出を語りあうことになろうとは、もちろん考えもつかぬことであった。中央大学法科二年野村泰治は「とうとう自分たちの番が来た」と、何も疑わず緊張して歩いていた。どうせ死ぬならと高山樗牛《たかやまちょぎゅう》『滝口入道』を持って航空母艦「瑞鶴《ずいかく》」に乗りこみ、おとり艦隊の期待どおりルソン島沖合で沈んだ野村は、命長らえてアナウンサーになろうとは思いもかけなかった。そして、遺骨収集団のニュースを読みながら、〈ひょっとしたらおれは読まれる側になっていたかもしれない〉という思いが胸中を横切ろうとは、さらに思いもかけなかった。上智大学隊の最前列で旗手をつとめる経済学部二年石倉豊は、東条首相を目のあたりに見ることができ、実に感動的だった。およそ五十日後の入営に、心の安まるものがほしいと、わが家の設計図をしのばせて二等水兵となった石倉は、三十年後の若者たちが〝人生の門出〟を祝い合うメッカの一つ雅叙園観光の取締役になろうとは、思いもかけぬことだった。

　慶応義塾経済学部学生で野球部主将の阪井盛一は、今だから「悲壮だった」とみんながいうが、お国のために滅私奉公は当然だと考える多くの学徒の一人だった。甲子園で活躍したとき、キャッチャーフライを捕ろうとしてバックネットにスパイクをひっかけて脱《だっ》臼《きゅう》したが、無我夢中で痛みなどは微塵《みじん》も感じなかった。ふりかえって、あの日の思いはその感じであった。もう二度と野球はできないだろうという淋しさは法学部学生別当薫も同じだった。それが阪井はラーゲルから引き揚げ、母校の監督を経て三陽通商社長になり、別当薫はプロ野球で生活をしようとは思いもかけぬことだった。

正面スタンド前で「哨兵《しょうへい》」をおおせつかった早稲田大学商学部学生染谷恭次郎は、自分の前に行進が至ると「頭、右！」をして過ぎていく学徒たちが、やがて早稲田の入場となったとき不意に校歌の大合唱が起ったというが、いまはその記憶も定かではない。それよりも、十二月一日の入隊で会計学の本を持って家を出るとき「行って来ます」ではなく「行きます！」といったこと、母が「お国のために行ってきなさい」と答えたことが思いだされる。その母があれから三十年めの十月に逝《い》ったが、大切に保存しておいてくれた焼け残りの日記の、裏表紙に書きこんだ最後の一行が鮮明である。

健康　良好

彼は八人の学友を失っていま、母校の学部長としてあの時の〝学徒〟と同じ年齢の学生を教えようとは、思いもかけぬことだった。

水しぶきがあがったとき〈こういう中を俺はなぜ歩くんだろう〉と考えながら、明治大学隊で校旗の衛兵をつとめた奥野博司は、震洋特攻隊で死と向いあった身が、『料亭時報』主幹という職業に就こうとは思いもかけぬことだった。

法政大学学生和田実は〈俺もこれで終りだな〉と思った。そしてスタンドの女子学生の姿に〈これで女性も見おさめだなあ〉と思った。シンガポール守備隊の航空兵として捕虜になり、コブラ蛇、サソリ、リス等を食糧として生きのびたレンパン島から、発狂して死んだ戦友の右腕を切り、骨にして持ち帰った。三十年後のいま東洋木材社長室長としてゴルフ場で雨にあい、湿ったグリーンの上をぐっしょりと濡れた靴で踏み分けて歩いたりすると、〈あの日も雨で、東条の演説を聞きながらこんなふうに靴が音をたてたなあ〉と考えてしまおうとは、思いもかけぬことだった。

立教大学政経学部一年椎熊正男は、雨の中で武者ぶるいをし、陛下から賜わった銃を濡らしてはいけないと、銃身に流れる雨をハンカチで拭いながら、壇上の東条首相の声を〃神の声〃のように聞いていた。雨にうたれて風邪をひき、肺炎から肋膜炎《ろくまくえん》になり、一カ月後本籍地の小樽へ徴兵検査に出かけるとき、もし不合格になれば津軽海峡に身を投げて詫《わ》びようと、床の間に遺書を残して発《た》った。内容は「父母に不孝を詫び、国家のお役にたてないことを恥じる」という文面だったと記憶している。検査の結果〃丙種合格第二国民兵〃となり、その夜死のうと思っていたところへ遺書を読んだ母が後を追って着き「死なないでおくれ」と泣いて抱きしめられた。それから一年、学友たちの戦死の公報が入るたびに学校葬があり、しみじみと「死んでいったあいつが羨《うらや》ましい」と思った身が、三十年たった今は「生きていてよかった」と痛感し、二次会を軍歌で打ち上げようとは思いもかけぬことだった。

「無慮〇〇名」七十七校の「兄等《けいら》」に送別の辞を読んだ慶応義塾医学部二年奥井津二は、壇上に立ち、最初の一声で自分の地声が出たことにほっとし、あとは落着いて読めた。

奥井は後日、小泉信三先生から「読む前に出陣学徒に向って挙手の礼をしたのがよかった」とほめられ、土浦の国立病院外科医長をつとめる今も、時折「あの時の奥井さんでしょう」といわれようとは、思いもかけぬことだった。

一方、出陣学徒総代、東京帝国大学文学部江橋慎四郎は「生等《せいら》もとより生還を期せず、在学学徒諸兄また遠からずして生等に続き出陣の上は屍《しかばね》を乗り越え乗り越え邁往《まいおう》敢闘、もって大東亜戦争を完遂し、上宸襟《かみしんきん》を安んじ奉り、皇国を富岳の泰《やす》きに置かざるべからず……」と答えた。三十年後のいま東大教育学部江橋慎四郎教授は、単に歴史のケシの一粒として無言でいることが責務であると考えているのに、歴史そのものとして口を開かせようとする取材申込みを、その都度断わることになろうとは、思いもかけぬことだった……。

銃を肩に軍靴《ぐんか》を濡らして行進した学徒の全《すべ》てが味わった、三十年後のさまざまな様相の「思いもかけない」生命《いのち》は、スタンドを埋めつくしたおよそ数万人の女子学生、父兄、下級生にもまた同様であった。

千代田女子専門学校生徒は、出陣学徒たちの退場門に近かったため、去り行く学徒を追って声をあげて泣き、なだれのように駆けた。泣いている学生の一人に杉本苑子という女子学生がいた。後年小説を書くようになり、東京オリンピックの行進を見ながら〝同じ十月、同じ場所〟に、灰色の空、黒一色の、あの一日とはうって変った色彩と歓声が溢《あふ》れていることに、歴史の流れを見る思いだった。

白いブラウスに統一した日本女子大の席で、いまは弁護士をしている東京帝大法学部二年生の兄、野田純生を送った現姓相原敦子は、二十六と二十四になる息子が、夕食の時など「最近の若者はだらしない」と夫から説教されるのを聞くと〈いまの世代の若者は羨ましいわ。私など勉強も充分にできなかった〉と残念がってしまう。一方見送られた兄は、軍がいうことを信じることはできなかったが批判する術《すべ》はなし、運命の前に暗澹《あんたん》たる気持で行進していた。そして、東条首相の「ゆとりのないキンキン声」を聞きながら〈深みのない人間だなあ〉と思った。

山城栄子はやはり日本女子大の席で、二人の兄を見送った。いま故郷で運動具店を経営する日大経済学部学生の兄雄作は、足を強く踏まないと余計に隣の水しぶきがかかってくるので、それこそ力一杯踏んだことを覚えている。早稲田に通うもう一人の兄雄三郎は秋田県大館市助役となったいま、あの日は東条首相に感激し〈ようし、ホワイトハウスに日章旗を掲げてやる〉と思っていた。式が終った夜、彼女は故郷の母に便箋《びんせん》十枚の手紙を書き、卒業があと十日という日に〈男子生徒が続々と戦地へ行くのに、女学生が学校に残っているべきではない〉と思い、学長に頼むと「そうだ、女も国のために銃後を守らなければならない」と汽車の切符を手配してくれた。彼女はその汽車に乗って故郷に帰り防空演習の指導をした。二十六と二十四になる息子はいま「あの時代」を批判するが『きけわだつみのこえ』を読んで涙ぐんでいるのを横目で見ると、この母はつい安心してしまい、雨の外苑を〈夢のようだ〉と思ってしまう。

帝国女子理学専門学校植物科の学生の席で、〈みんな死んでしまうんだな〉と思うと「悲劇的な感激で泣けて泣けて仕方なかった」慶応びいきの女子学生は、後にドクトル・チエコと名乗って、「性《セックス》」に取りくもうとは思いもかけなかった。本当は行進に参加せねばならなかったのだが「私にとってあの式典は無意味だと思ったから」前日学校で受けとった鉄砲を家に置いたまま、どうせ死にに行くのだから一日一日を大切に送りたいとガールフレンドの所へ遊びに行き、当日はたぶん「ポーカーか麻雀《マージャン》をしていた」日大生、飛行科十四期予備学生のキノ・トールと結婚しようとは、さらに思いもかけぬことだった。

三十年後の明治神宮外苑苑長をつとめる伊丹安広は、あの日早稲田大学野球部監督として、スタンドの一隅《いちぐう》で教え子たちに向って〈死ぬな、無駄に死ぬな。無事に帰ってきてまた一緒に野球をやろう〉と、声にならぬ声をあげていた。つい一と月ほど前、六大学野球連盟が解散命令を受け、小泉信三の努力で〝涙の早慶戦〟を行なって、もはや生きてボールを握ることもあるまいと思われた十四名の部員が、いま目の下を雨に打たれていく。そのうち三名が死んだ。その名をあげながら、六十九歳の元監督は老眼鏡をはずすと、窓ごしに外苑の森を見た。森は秋である。

そういう送る人、送られる人のすべてに雨が降っていた。戸山軍楽隊員の一人としてプチットバスを吹いていた高沢智昌は、〈自分よりも齢も若く貧弱な体をし、学生服も見すぼらしいこの人たちまで狩り出さなければならないか〉と内心暗澹たる思いで、次々と通りすぎる黒い、〝葬列〟に向けて息を吐いた。楽器の〝朝顔〟と称する部分に雨がたまり、音が濁るので、時々逆さにしてはジャーと水を捨てた。戦後駐留軍のクラブ相手に名の通ったジャズバンドを作ったりしたのち、今は作曲家であるが、〝お母さーん〟で知られる〝CM〟というジャンルの音楽監督等をしようとは思いもかけなかった。

送る学徒、送られる学徒、その全ての人間の渦の中で『海ゆかば』を奏でた人——の姿や時代を、競技場のどの位置にカメラを置けばもっとも効果的に表現できるかを考え、バックスタンドに三脚を据えた大日本映画社の林田重男は、「あの時、どのような気持でカメラを回していたか、明確には覚えていない」。「教育勅語で育った人間には、批判する能力など持ち合せてはいなかった」が、「カメラを回したということは、是認そのもの」であり、多くの学徒たちの心情もまた純粋にそうであった。

あくまで撮影技術者として、思想よりも映画的手法のみを考えて撮った結果、あとで現像してみると「ドロ水に暗い影をつくり、そのドロ水と雨を満身に浴びながら行進する若者たちの重そうな足の群れが、何度も何度も画面いっぱいに広がる」ショットに、ずいぶん時間をかけていることに気がついた。

そのショットを「反戦」という思想や「戦争はいやだ」という感情の、映像化された聖典とする解釈は「戦後」のことであり、同じ画面を使った昭和十八年「日本ニュース第177号」は、あくまで「雄々しき学徒征く」であった。

そのニュース映画を尾崎盛光は、勤め先がなまじ軍隊の楽屋裏をすべて覗《のぞ》ける工場であったので、〈彼らは何も知らないで殺されに行く〉という哀れさと〈何にも知らないのだから知らないうちが華だ〉という思いで見た。

だが戦争が終ってずっとあと、母校東大の文学部事務長になろうとは、また思いもかけぬことだった。学徒たちは式典が大詰めになり、宮城遥拝《ようはい》のために回れ右をした。背が低かったために、東京帝国大学隊の最後尾にいた経済学部学生田中梓は、バックスタンドに向って先頭になった。その顔をカメラはアップでとらえた。国立国会図書館国会分館長室の三十年後の学生は、そのとき「ウォーターローの勝利はイートンの庭から」と学んだ歴史を信じていた。

競技場を埋めつくした黒一色の学徒と、女子学生の白いハンカチと雨空に突きささる剣の林と、軍服姿の東条英機首相をはるか下に眺めながら、日本放送協会ＪＯＡＫアナウンサー志村正順は、三時間近い放送の最後のことばをこう結んだ。「かくして学徒部隊は征く。さらば征け、征きて敵米英を撃て。征き征きて勝利の日まで大勝めざし戦いぬけと念じ、はなむけといたしましてここに外苑競技場から送ります学徒壮行の催し中継放送を終りたいと存じます」

分列行進に都合で参加できなかった東京帝大学生田英夫は、そのとおりだと思った。天皇陛下のために喜んで一命を投げだそうと考えていた。海軍四期兵科予備学生として、悶々《もんもん》としたとはいえ特攻隊を志願したのもそのためであった。さて、放送を終えた志村正順が、三十年後のいまもっとも鮮明に覚えていることは、しゃべりながらマイクに差し出している両手が〈なんと細いことよ、こんな体でおれはよく生きているな〉という感慨であり、細い手首に落ちる雨あしであった。その手首が「ゴルフでほらこんなに太く」なるとは、思いもかけぬことだった。

過去形で綴ると、それでなくても「学徒出陣」という三十年後の訪問は、感傷旅行の色あいを拭いきれない。〝感傷〟は、時間のなせるものかと聞いてみた。すると「いやそうではない、昭和十八年が特にそうだった」という返事だった。「学徒出陣」というイベントは、この年に限ったことではない。現にこの日の文部省記録映画「学徒出陣」は、前述の泥水に映る影のショットでこういうナレーションを叫んでいる。「かつて諸先輩の誰がこのように光栄ある壮行会を設けられたであろうか」

たしかに壮行会はこのとき限りだった。

日本近代教育史事典によると「学徒出陣」に至る政策は、十八年に入って急速に進められている。六月二十五日学徒戦時動員体制確立要項を閣議決定。九月二十九日大学院研究科に〝特別研究生〟の制度を設ける。十月二日学生、生徒の徴兵猶予を停止（文科系学生の一斉入営）。つまり、法律的にはあくまで「徴兵猶予の停止」であり、「学徒出陣」は現象面のことばにすぎない。その現象を生み出す戦況を附記しておく。二月ガダルカナル〝転進〟。スターリングラードの独軍殲滅《せんめつ》。五月アッツ島玉砕。七月ムッソリーニ失脚。九月イタリア無条件降伏。こういう状況の中で、推定十三万人の学徒が兵になった。知的真空状態をわずかに防ぐために、特別研究生制度を設け、学術的後継者を残すのみとなった。教育史専攻の仲新教授（前東大、現青山学院）によれば、教授会で決定し、各学部十人前後という人数であったらしい。前東大総長加藤一郎もその一人である。

さて、本論にもどる。昭和十八年だけが、国家的行事であった。他の年は壮行会もなく兵営の門をくぐった。それ故に、昭和十八年学徒出陣者に特有の現象が、三十年後の今なお見受けられるのである。

その一は、為政者のことばというものの空《むな》しさであった。「東条首相のことばの片言隻語でも覚えていますか?」と問うと、答えは二つに分れた。

(1) あのとき東条いたっけ?

(2) 覚えていない。

「では何を覚えていますか?」と問うた。泰成建設社長田村泰二郎(拓殖大学)は、帰りの沿道で、お年寄りが泣いて見送ってくれた姿をいまもはっきり思い出す。『天の夕顔』を持って入隊した全国毛糸手芸編物教育協会常務理事桔梗邦生(立教)は、雨の中で振られる女子学生のハンカチの白さを、サンコーサドバリー代表取締役斎藤襄(慶応)はゲートルを巻いて校門を出るとき、後輩や先生が泣いて見送ってくれたことを、竜青社社長井上祐寿(日大)はゲートルがビショビショであったことをである。運動具店店長山城雄作(日大)は、二人の友人と〈国の見おさめだ〉と伊豆半島の遊行に出かけたが、旅先で所持金を合せても宿泊するに充分でなく、ホテルのフロントで断わられた。そのとき支配人が現われ「実は我々は間もなく入隊し国も見おさめになるだろうからこうして最後の旅をしているんです」といったところ、「どうぞ」と承諾してくれた。あの支配人にもう一度会ってみたい。

いかに強大な権力を集めた為政者といえども、その言葉は歴史に印刷されこそすれ、心に残ること無名の人間に及ばぬものである。

二は、為政者の意図したショーアップが、報道によって更にひな型がつくられるという戦時下のマスコミ特有の創作である。私はこの日の〝三大紙〟に名の出た学生、肉親の合計三十六人の現在を求めた。するとさまざまの不思議があった。その最たるものは、次の記事である。

「南溟《なんめい》の大空に散華《さんげ》した一億の師表山本元帥の令息義正君が成蹊《せいけい》高校出陣学徒の中に眦《まなじり》を決して立つてゐるのが目をひいた」（『読売報知』）。北越製紙のサラリーマンである山本義正は、その新聞を見「三十年たってはじめてこんな記事が出ていることを知った」と驚いた。

昭和十八年の壮行式は、前述のように追いつめられた中で「やんごとなき坊ちゃんまでが……」という国民感情となって、戦意昂揚《こうよう》には格好のイベントであった。当時の「学徒」は、同年齢男子に対して三～五パーセントの少なさで、現在の三〇パーセントにくらべればなんといっても選ばれた人々である。「やんごとなき人々」の記事は、壮行会と同じ紙面に「名流夫人も加つて。麹町《かうぢまち》に町会挙《こぞ》つて『家庭工場』」と伝えられている。私はこういう見出しを見ると「日赤でミシンをお踏みになる妃殿下」の写真や「バスで登院する大臣」という昨今の記事を連想してしまうのだ。

さて「一億の師表山本元帥の令息義正君が眦を決して立つてゐるのが目をひいた」という事実だった。同氏は当時理科に在籍し、この日は競技場の式典には参加していなかった。

にもかかわらず新聞では不思議にも「眦を決して立ってゐるのが目をひいた」。無慮〇〇名の学徒がやんごとなき階級であれば、令息山本義正は、その階級の中の更なる象徴として必要な数行であったのかもしれない。氏は苦笑して言った。

「二世が続いて行ったということで昂揚のために、でしょう」。氏は翌年予備学生を志願して海軍に入隊した。

国を挙げての壮行会は、同時に各学校に引き継がれ、学徒たちは一種の極限状態下で始めて目にする師というものの人柄に触れている。これが、壮行会もなく入営していった他の年度にくらべて、三番めの特色であった。

自衛隊一等海佐仲谷幸郎は、当時京都大学学生であったが、謹厳で知られた国際法の田岡教授が、壇上で〝木遣節《きやりぶし》〟を歌った姿が今も目に残っている。東大文学部壮行会は法経二号館の地下食堂で開かれ、当時としては珍しいビールつきであった。昭和十八年十月に国史学科に入学し、十二月には出陣というあまりに短い学生生活で、しかも復学、卒業はばらばらであるため、入学年度をもとに作られた「東大十八史会」が、昭和四十三年『学徒出陣の記録――あるグループの戦争体験――』(中公新書)という本を出した。その中から引用させていただく。熊本日日新聞論説委員平野敏也は「印度《インド》哲学科の花山信勝教授の激励が、強く印象に残った。教授は立ち上がったかと思うと、やおら『いろはにほへとちりぬるを……』と低い声で朗詠した。ただそれだけだった。人生二十五年。宇宙の悠久にくらべれば、しょせん人生ははかない。いかに生き、いかに死ぬか。私はそんなことを、静かに考えていた」と記憶にとどめている。

弘前大学教授虎尾俊哉は「学生たちにまじって私のとなりのテーブルについておられた老紳士が、卓上に仁王立ちになって、二、三枚の色紙を手に静かに壮行の詩を吟ぜられた。そして吟じ終るや、その色紙を近くに坐っていた出陣学生に与えられた。ただそれだけの光景である。となりの学生が塩谷温先生であると教えてくれた」と記し「奇妙なことに、私はこの時はじめて学問の府に身を置いているのだという感情に強く支配された」のである。

清水書院編集部部長芝盛雄は、文学部長今井登志喜教授が「最終講義において、『前途ある若き諸君を、今痛恨の思いをもって戦場に送る。今回の政府の措置は、まさに千載の痛恨事とせねばならぬ。願わくば諸君、命を大切に、生きて再びこの教室に会せんことを』と涙とともに訴えられた、オールドリベラリスト今井教授のその日の姿を私は今も忘れることができない」。十一月半ばになって「心落ちつかぬままにぶらりと傍聴した、仏文学の辰野隆教授の『諸君、生きて帰れ、戦争の帰結は問うまい。ただ生きて帰れ』と語りかけた言葉」とともに、言い切った老教授の勇気が軍籍に入る身に支えを与えてくれた。

長岡工業高等専門学校教授竹内道雄は、最終講義の壇上に見た平泉澄教授が今に思い出される。「先生は講義の終りに、持参した袱紗《ふくさ》の包から短刀をとり出して静かに抜かれ、そして短刀に刻まれた橘《たちばな》曙覧《あけみ》の和歌を誦《しょう》された。終って『しばらくお別れです』といいかけ、『いやここでは永久にお別れです』といい直されて、教室を出てゆかれた」

私が感じた四つめの特徴はある種の「反目」だった。

海軍における海兵出身者と予備学生のそれは、たとえば海軍兵学校第七十三期クラス会事務局が五年あまりの歳月を費やして刊行した『海ゆかば』のあと書きに見られる。前出の田中梓は東部72部隊に入隊した野戦重砲兵であるが、この本を読んで特にあと書きを重視した。彼の語るところではこうだ。

「予備学生の遺稿集が『雲流るる果てに』(十三期)、『ああ同期の桜』(十四期)をはじめ、戦後数多く刊行されているのに、海兵出は何も残さず黙って死んでいった。それは、予備学生はアマチュアで、海兵出はプロだったからだ。プロの海軍士官の日常の中に、当然のごとく死があったからだという編者の言葉が印象的である」

だが一方、これには学徒の側からすれば猛然と反発がある。海軍の特攻士官戦没者総数は七百六十九名である。そのうち学徒出身の特攻予備士官戦死者はなんと六百五十一名、八五パーセントも占めている(白鷗《はくおう》会資料)。学徒の感情からいえば、「おれたちの仲間の犠牲で生きのこった職業軍人」と思わざるをえない。そしてまた、反発は学徒同士にも内向する。国民的壮挙として華々しく送られて来た十八年十二月入隊の第十四期飛行科予備学生は、そのわずか三カ月前の九月に繰上卒業で入隊した十三期と、著しく死亡率に差がある。十三期六八パーセント、十四期二四・二パーセントである。十三期から見れば〈あんなに派手に見送られて〉という思いがあり、一方十四期の立場からいえば、飛ぶにも飛ぶ飛行機がない状態であった。「いい難《にく》いことだが……」と語ったその人は「人間だから」とつけ加え、最後に「死んだ男が怒るだろうな」とつぶやいた。

「反目」は逆に作用して、一種の帰巣本能をあらわに示していた。五番めの特徴である。田中の体験では、陸軍に入隊した学徒たちは、あの学徒出陣で騒がれたために、ことあるごとに「学徒さまのお通りだい」と古参兵にいじめられた。だが海軍は海軍そのものの伝統の上に、学徒出陣組だけの訓練と生活をさせたために、この種のいびりは味わわずにすみ、いきなり下士官に任官した。従って、学校の延長のような雰囲気《ふんいき》も残っており、三十年たった今も「海軍」の二文字で一種独特の親密さを発揮させている。そんな習慣の中で後にも先にも、あの日の学徒たちだけが約五十日間の二等水兵暮しをさせられた。そして後、予備学生に任命され、飛行科（十四期）、主計科（十一期）、一般兵科（四期）に別れる。三十年後の学徒は、五十日間の水兵服《ジョンベラ》をこう表現した。「屈辱的だったなあ、おい」。だが、屈辱を語り合うにしては〝貴様と俺〟の目はまことに懐かしげであった。

東京虎の門のガソリンスタンドの角を曲った所に、二階に昇る階段がある。階段には旭日旗《きょくじつき》のワッペンが貼《は》られ、四期兵科事務所の所在を示していた。訪れると、電話一本で〝総員集合〟してくれた元学徒たちは、五十歳だというのに名は呼び捨て、その勢いたるや青年以上であった。聞いてみると、お互いに同じ艦、同じ基地で生死を共にした人というのは少なく、昨年十月に設立準備委員会ができ、今年六月に「四期会」の結成を決めたばかりだという。従って二十八年ぶりにただ「同期」というだけで対面（実は初対面の場合もある）して早や、名を呼び捨てという猛烈な帰属意識を見た。ここにはもはや非体験世代である私には、うかがい知れないものがあった。会報の「告‼」がいっている。「この会合は、二十数年前に戻った対等の立場にある同期生の会なので、現在社会的地位が高いところにある人に対しても『呼び捨て』を原則とし、シャバことばの『サン』は使わないように。敬称をつけるとしてもせめて『君』どまりにされたい」。ここでは、催しの幹部を〝甲板士官〟、ゴルフコンペは〝陸戦懇親会〟と呼ばれていた。

会の名簿作りに奔走した山一証券東京営業部部長付田淵勇（専修大）が苦笑して言った。「訪ねて行って証券会社の名刺を出すと、相手はセールスと間違えて不愉快な顔をする。いや、兵科四期で、というとたんにオーッ！と抱きつかんばかりにする」

そういう帰属意識に反発を示す人も、少なくはあるが、いた。K製鉄に勤める某氏は用件を聞くなり電話を切った。「くだらん！」

慶応の学徒加田経済研究所所長加田泰もその一人であったが、最近は「仕事の性質上タテヨコの人間関係やつきあいから、今になって抵抗してもという気持」からかたくなさを捨てた。彼を頑固《がんこ》にしていたものは、隣の男に弾丸があたり、自分にはあたらなかった「生き残りの矛盾」からである。

私は今まで「七十七校無慮〇〇名」の人々を訪ねてきたのだが、新聞の縮刷版に〝栄光〟の二文字と共に、永久に名の残る運命になってしまった二人の主役を訪ねようとしている。送別の辞を読んだ慶応義塾医学部学生奥井津二は、先にも触れたように土浦の国立病院外科医長である。電話口でいった。「いやー、もう過ぎたことですから。歴史の一こまです」

自宅の応接室で向いあった医長は、再びくり返した。「あの時は、まさか今のような世の中になるとは思いもかけなかった」。覚えているのは、文章を最初は文語体でと思ったが、口語体に書きなおしたことだろうか。雨と足音と楽隊が一つになって、競技場そのものがワァーンと叫んでいたこと。読む前に敬礼をしたこと程度のようだ。もともと私の世代は、小学校入学の年に満州事変が、卒業の年に支那《しな》事変が、予科卒業の前年暮れに大東亜戦争がというふうに、学校教育の区切りが戦争のエスカレートと歩を一にし、教育の方向が一つの目標にしぼられていた。従って、何の疑問もない世代だった。戦後になって、よくもこれだけ我々が盲目にされていたものだと思った。それから十年たち十五年たち、年を経るに従ってあの日の一こまを目にするようになり〈ああ〝歴史〟になったなあ〉と思うにすぎない。さらにふりかえって思うに、〈教育というのは恐ろしいものだ〉のひとことしかない。あの時代を知っているからこそ、今の教育について憂うることがある。個人主義の極までふりきれた振子は、反面反対の極にもどりたがるものだ。三十年前の目隠しをされて「ラッパの鳴る方へさあおいでなさい」は二度とあってほしくない。

医長はそんなふうに語った。私は「結論として、あの雨の競技場はあなたの人生にとってどんな一日だったとお思いですか」と訊《き》いた。医長は答えた。

「私にとって、〝その時代の三百六十五分の一日だった〟という平凡な感触しか残っていません。その一日を契機にして人生観なり考え方が変ったというものではありません」

蓮田《はすだ》の畔道《あぜみち》を送ってくれた医長にふと訊いた。「土浦に軍歌は聞えますか」。医長ははじめておかしそうに答えた。

「聞えるなんてものじゃありませんよ。駅前の商店街が予科練の歌、軍艦マーチ、月月火水木金金をしょっちゅうスピーカーで流してます。旅行客がいいますよ。『いやあ、さすが土浦ともなると歌が違う。いいねえ』」

出陣学徒総代江橋慎四郎の「生等《せいら》もとより生還を期せず」の一文が、あの日の学徒の胸に「共通の決意」として刻みこまれていただけに、「江橋さんは会いたがらないそうだよ」という風聞を、取材中少なからず耳にした。

「ミッドウェー号横須賀寄港阻止」と赤絵具で大書した校門を入ると、銀杏《いちょう》並木はそろそろ色づきはじめていた。三十年前の徴兵猶予停止が決った日、「回天」特攻隊員として死んだ海軍兵科四期予備学生少尉和田稔は、遺稿集『わだつみのこえ消えることなく』（角川文庫）にこう描写している。

恐れながら待っていたものがとうとう来たという感じだった。（略）さばさばした気もした。だが一つの仕事に区切りをつけることすらもできずに、今までの二十余年の生涯をうつろいすごさせてしまったことに言いしれぬ淋しさを感じる。（略）学校はわりに静かだった。正門横の新聞屋には、いつも昼頃まで売れ残る朝刊が、八時というのにすっかり売り切れて、そのまわりにただ銀杏の実が一杯にふみつぶされてあった。行政法に少し遅れた。二時間目は南原先生の政治学史だった。（略）

三十年後の江橋教授は、私の目を真っすぐに見て言った。それは、今まで私が会った実に多くの学徒兵の、誰一人として口に出さなかったことばだった。

「たとえぼくがどんなことをしゃべっても本心ではないんですよ」

……そうでしょう。人間というものは生きている以上は何をしたってよく思われたいという思いをもつものでしょう。意識のどこかのかけらに、過去を美化したり脚色したりされたりしてくるものなんです。そうじゃありませんか？　だから、ぼくの語ることばで評価するよりも、当時の資料に語らせて下さい。ぼくは三十年前の気持を持ち続けられない。三十年前の気持をもち続けていたら生きていけない。人間はそんなものではありません。人間の生きる苦しさ、良さ、人間が人間であることの意義は何であろうか。ぼくがぼくを語るというのは、生きているからこそ言えるのです。あなたのお持ちのその写真、この銀杏並木の下をぼくが校旗をもち、隣で衛兵をしている〝はなだえんちゃん〟はサッカーの名手だった。彼は死んだのです。多くのご両親肉親のお気持を察したら、ぼくは何もいえない。生きていて幸福だと口にできない。「私は貝になりたい」ということばは本当だと思う。

そうですね、あの時の声をあとから聴いてみると上ずっていた。もはや忘却の彼方《かなた》です。いまだから、「あの時ペンを折らざるを得なかったのは苦しかった」——というのだろうが、実は戦況もわからず、ただひたすら青年の純粋な気持で勇往邁進《まいしん》して行った。青年というものを、ぼくは愛する。戦争体験は無いのが一番いい。ぼくらの世代で終りにしてほしい。三十年前をふりかえる暇があったら、むしろ戦争をどうなくすかを考える方が大切です。ぼくには、ただそういう歴史的事実があった。それをどう受けとめるかは、一人一人が考えるべきでしょう。人生体験は一人一人がちがうから意味がある。その体験を今の若い人に伝えるというそんな僭越《せんえつ》なことはしない。ぼくの人生の流れの中でたまたま経験した一こまにそういうシーンがあった。だから、ぼくは歴史に残らないケシの一粒なのです。

入隊前に結婚したことですか？　だから、これが人生だというんですよ。そういうふうに話が進んでいるからしようがないでしょう。東京オリンピックの開会式にあの日を思い出したかとおっしゃるのですか？　だから、それを意識していたらぼくは生きていけない。まじめにつきつめて生きるなら、禅寺で袈裟《けさ》でもかけて生きるしかない。何も知らないで亡くなって下さった方を考えると、ぼくは自分で自分を論じられない……。

江橋教授の部屋を出て、階段を降りようとすると「世界青年学生祭典へ」と呼びかけた一枚のポスターが目についた。そこには「傷ついた兵士を看るよりも戦争のない平和な日本を」と書かれていた。

数日後、私はもう一人重いことばを聞いた。東大十八史会会員で都立戸山高校蜷川寿恵教論の、表紙に皇紀二千六……と残る古い日記の一頁に「十月十九日出陣壮行会（注・文学部の）穂積先輩ノ答辞ニハ泣カサレタ」とある。その東京教育大学穂積重行教授は当時文学部を代表して「先に征きます。先生方お体お大切に……」と挨拶を述べた。

そのことばを聞いて、文学部長今井登志喜教授は「ぼくがいわなきゃいけないことを若い君たちがいうのは耐えられない」と涙ぐんだ。それから三十年後。恩師の年輩になった穂積教授は、とてもつらそうだった。「もう古いことですから。あまり触れたくありません。なんだか重苦しくてねえ。私なんか全然ラク勤めで、ベンベンと過したわけで、苦労された方、まして亡くなられた方のことを考えると気が重いのです。ごまかそうとすると茶のみ話にしてしまうしかない。お聞き捨て下さいませんか」

私は六番めの特徴である「重い言葉」を聞きながら、別の体験者の答えを思い出していた。私はその人にきわめて普通の口調で取材をしたつもりだった。だがその人は「そう問いつめられると」といった。非体験者という者は体験者と対峙《たいじ》したその時から、加害者の様相を呈しているものらしい。

「出陣」が華やかであっただけに、こういう重苦しさはあの日に出て行った学徒に特有なものであった。高野山「大円院」住職藤田光隆は、十四期飛行科出身である。特攻要員を運ぶ空挺《くうてい》部隊の機長であった。終戦の一と月前、鹿屋《かのや》の基地で二五〇キロ爆弾を受けて倒れた。その時、暗い意識のなかで手招きをする人がいる。弘法大師に見えた。気がつくと、将校付きの従兵がぶどう酒を飲ましていてくれた。親友がいた。沖縄の地図を指して「ここじゃ、ここへ突っこむんじゃ！」といい握手をして別れた。三十年後のいまもその時の掌の温かさが残っていて、合掌するたびにぬくもりが伝わり、随分と悩む。彼はいま、戦没者への供養の日々を過している。高さ十メートル、周りには怒りの象徴である不動明王の炎を象《かたど》り、正面に観音様の手形が彫られた慰霊塔は、十四期会の手によるものだ。中には、遺骨の代りに小さな石に名を書いた四百六柱の戦死者と、戦後に亡くなった九十九柱が安置されている。

一人の戦没学徒の母に会った。

加美山実。

昭和十八年十二月一日慶応義塾大学経済学部予科二年二十一歳。仙台東部第二十二部隊に入隊。昭和二十年一月二十三日台湾沖温州福州間海上にて戦死確認せられ同日付陸軍少尉に任官。昭和四十四年三月二十九日正八位勲六等単光旭日章を贈らる。

あの日の新聞にはこう書かれていた。

「日本女子大の生徒たちは、正面の観覧席に陣取つてゐた。それは晴れの出陣学徒の中に兄たちをおくる一群であつた。銃剣姿も凜々《りり》しい（略）慶応部隊から兄実君をみつめる加美山光子さん……」（『毎日新聞』）

母は今年八十四歳である。坂道を上った高台にある娘の嫁ぎ先で、一緒に暮していた。

コリー犬が家の中を歩き、尾長が籠に飼われている。

学徒は「ジャングルで蛇を食べても帰ります」と笑って家を出たそうだ。入営先からの手紙は、いつも御父上様、または御両親様と書いていた。友の死を報《し》らせてから、文章は続く。

「我々も今日笑つてゐても明日は或《あるい》はあの世の人になつてゐる可能性もありうるわけで実際人生の不可思議がつくづく感じられました。最もこれあつて人生は面白いのかも知れません」

そしてやはり彼は学半ばであった。

「左記の品御用意下さい。

1英語、独乙《ドイツ》語の辞書（学生時代に使用せる研究社のコンサイス）　2経済学入門　波田野鼎著　3経済原論　高橋誠一郎著　4独乙戦没学生の手紙　岩波新書　5歴史的現実　田辺元著」

輸送船で任地へ征くという前、母さんぼくは海を泳いでも帰る、鱶《ふか》に食べられないよう赤い褌《ふんどし》を送ってくれというので、「鰹節《かつおぶし》と一緒に送ったこともございます」と、母は覚えていた。

にもかかわらず、戦死の公報が届いた。

三十年後の母は気丈ではあったが、息子との別れを語るとき、一度だけ声をつまらせた。酷寒の門前に四時間立ちつくした。九時になって面会に行くと、部隊は既に出発したという。あのとき何としてでも会って話ができていたらと「悔まれてなりません」——という声が咳《せき》に消えた。それが最後である。息子からの封書には短い髪と爪が入っていた。「前略、遺髪と爪をお送り申し上げます。頭髪、爪ともに十一月五日に取りましたが、頭髪は散髪直後のために良くとれませんでした。何とぞ御受納」

そんなしっかりした文章を書く息子だというのに、三十年後の母にはいまだにまだ前歯を折って泣いていたころの子供でしかない。

部屋には仏壇がなかった。息子の死後、一家は仏教を捨て、洗礼を受けたそうである。そして、空襲のさ中を「実《みの》ちゃんが帰って来たら開けてお祝いしようね」と言いあって、防空壕《ぼうくうごう》の奥深く大切にとっておいた一本きりのシャンペンは、その後も開けられぬままで終戦を迎えた。やがて学徒の追悼会に友人が大勢集まってくれ、雨の競技場のスタンドから兄の行進を見た妹たちの手で栓《せん》を開けた。コルクの栓はもう朽ちてしまっており、シャンペンはボコッと沈んだ音を出した。

妹たちはふりかえってみて、むしろその方があの時の気持にはふさわしかったと思った。

それから三十年たったいま、私はあの雨の日の分列行進を境に「兵」となった学生たちの復学や戦死、退学その他を追跡し統計を出しているかと主な大学に問合せてみた。だがどこもやっていなかった。文部省に「七十七校無慮〇〇名」を問い合せたが、「書類はない」という返事だった。もちろん防衛庁の記録にも見当らなかった。戦争中の学徒動員局は体育局という名に変っていた。そういう中で、昭和十八年十月に東大文学部に入学し、学徒であるより将兵である方が長かった学生たちが、学徒出陣によってどのような影響を受けたかを調べつくした人がいる。東大十八史会会員で都立戸山高校教諭蜷川寿恵である。蜷川は勤務の傍ら母校の事務室に通い、古い学籍簿を追跡した。その結果この年の入学者数四百四名中、予定期卒業者はわずかに二十二名。延期卒業二百八名。つまり卒業者は入学者に対して五六・九パーセントである。在学中死亡者三十四名、戦後退学者百二十六名。学籍票には「休学」「死亡」「復学」等の印が捺《お》してあり、ペン字で特甲幹、海軍予備学生、住宅難等さまざまな影を落していた。

そして蜷川が調べた昭和四十三年、つまりあの日から二十五年を経ても、未《いま》だに「未復員不明」者が十一名いる。蜷川はその十一人が生きているものか死んでいるものか気がかりでならない。彼は、〈ぼくらは幸いに生き残った。残された人生はもらいものだ。なくなった人に何かしなければならない〉という思いから、生徒たちに父母の戦争体験の取材を夏休みの課題にした。蜷川自身、学徒出陣者であった自分を、高校生たちにどう伝えるかが一生の課題になろうとしている。

ともかくも、昭和十八年十月二十一日は「歴史」となった。語る言葉が苦渋に満ちたものにせよ懐かしみにあふれたものにせよ、その現場に立会った誰もが、その日〈私はいま歴史を行進している〉とは思わなかった。単なる一行事であった。それを「歴史」にしたのは「戦後」である。カメラマン林田重男が撮った五六一呎《フィート》のフィルムは「日本ニュース第177号」と呼ばれ、版権を持つ日映新社からの貸し出し回数は三百回を越えている。頻《ひん》度《ど》数ベスト3をあげておく。1位「出陣学徒」2位「ハワイ真珠湾攻撃」3位「特攻隊」

一方、実況中継レコードもまた「文化財ライブラリー」に保管されている。

志村正順アナは「いまはアパート屋のおやじでのんびりさせてもらってますよ」と、三十歳であったあの日を思い出す。

志村アナには実は秘話があって、あの日自体が思いもかけぬことだった。出陣学徒壮行会の中継は、当時のトップアナ和田信賢が行くはずだった。だが酒豪和田、前夜から安酒を呑みすぎた。粛然たるべき式典開始五分前になっても、マイクと便所の間を往復し、額に濡れ手拭をあてている。和田は三十歳のアシスタント志村を呼び、いきなり「おれはもう嫌《いや》になった。お前代ってくれ」といった。志村は和田のこういう鍛え方はもう何度も味わっているので、ぶっつけ本番でやった。それがかえってよかったようである。〈頼むぞ〉という思いをこめて「征き征きて勝利の日まで」と放送した。

放送が終ると、まだ便所を往復していた和田が、ポツンとひとことだけいった。

「〝壮士ひとたび去ってまた還らず〟――といってほしかった」。志村は秦《しん》の始皇帝を刺そうとした壮士荊軻《けいか》の故事「易水《えきすい》送別の辞」に歌われる「壮士一去兮不㆓復還㆒」という言が、目の下を行く黒一色の若者達に「死に給うことなかれ」とも「立派に死ね」ともいえぬ気持を表現して余りあると感じ入った。本来の担当でない志村の声が日本中を駆けめぐったのに、局は一向に無頓着だった。かつて雪の日に「兵ニ告グ」を放送して既に〝歴史〟を持っている中村アナウンス課長も、どこ吹く風であった。

志村は今日の放送が後世に残るものになろうとは思いもかけぬことだった。志村の放送で戦場に発《た》った早稲田野球部の鶴田鉦二郎は、戦後第一回の六大学野球を志村正順の放送でボックスに立てようとは夢にも思わなかった。ましてやその後入社した会社で野球をやろうとすれば〝大学出〟が邪魔になり、辛酸をなめて酒屋の丁稚《でっち》奉公からやりなおし、三十年めに大阪豊中で「伊勢屋酒店」主人であろうとはこれまた想像もつかなかった。

あの日の十三万人の学徒たちはいまほぼ五十歳を中核としている。そして次の「学徒世代」が育っている。両方に接触している東大文学部事務長尾崎盛光は、世代論として〝旧学徒〟を見た場合「非常なコンプレックスと自信を持っている層」だと把《とら》えている。コンプレックスは「学力不足の世代」という自戒であり、対極に「権威が崩壊した中で独学で生きて戦後を築いた」という自信が同居している。〝新学徒〟はまた、具体的なものごとへの正しい情報がないモノトーンの世代だと規定する。まるで三十年前のように。

とすると、春ともなればどっと押しよせる新入社員は、そういう管理社会の中での〝企業への学徒出陣〟というべきか。

諧謔《かいぎゃく》はともかく、学徒出陣の三十年後は、いったい何なのか。私は、あの日に出陣して行った学徒たちの間を歩きながら、一つだけはっきりとわかったことがある。そして、それが特徴の第七番めである。

二人の学徒が、期せずして同じ意味の発言をしている。

一通は、取材後に来た田中梓からの手紙。

「あの戦争で何百万という兵隊が現役あるいは赤紙《あかがみ》召集で、妻子や親元からひきはなされて戦地にとばされたのに、何故学徒出陣だけが歴史年表に記録され、テレビ、ラジオにとりあげられ、はたまた特集記事となるのか、差別待遇の好遇される側に籍を置くものとしての疑問と当惑と気はずかしさの妙にいりまじった複雑な思いにかられることがあります。今でも『また学徒出陣か』とつぶやいている人達がいるかもしれません。学徒兵の遺稿についても同様です。陸士、海兵あるいは予科練出身のプロの軍人との区別はわかりますが、学生と同じように日記をかき、内地の家族に手紙を書いて死んでいった兵隊の数は多いと思うのですが、何故学生の遺稿だけが派手な扱われ方をするのか、これも考えてみればおかしなことかもしれません」

東大校旗の衛兵をつとめ、いま早稲田大学教育学部教授の大槻健は「『わだつみのこえ』

に載っていない多くの青年が気になる」といった。

大槻はそういう青年や、学徒のように文章を残す学もなく〈軍隊って何ていいところだろう〉と思った兵たちの想念をどう自分の手もとにひきつけるか、その上で〈体験としてでなく思想として伝えたい。体験は若者にとってはうっかりするとグチになる〉をどう処理するかが三十年後の姿勢だと考えている。

軍隊って何ていいところだろう――と感じた者の一人に渡辺清がいる。『武蔵《むさし》の最期』の著者である。だがこの時の渡辺は高等小学校を出ると富士山麓《さんろく》の村から海軍に志願した少年である。彼は〈生れてはじめてメンチカツとカレーライスを食べた〉〈こんなうまいものを食べさせてくれるお国の軍隊とは、何とありがたいのだろう〉と思う。そのうちにハンモックと便所が唯一の安らぎという日常になる。〈学生から下士官になれる人がうらやましいな〉と思いはじめる。彼にとって学徒たちはエリートだった。靴みがきからフンドシの洗濯までさせ、「私たちは鉄《かね》の食器、士官連中は白く輝く陶器、あれが羨《うらや》ましかった」。

渡辺は、いま日本戦没学生記念会の仕事に没頭している。渡辺にとってたとえ自分が「優遇されない側」に居た人間であっても「戦争体験を学徒出陣に結びつけて考えるのは非常に象徴的だから」である。

さて、結論として私の取材後の実感は単純きわまりない。「学徒」たちは三十年後も

「学徒」であった。消息を知るには少し足を使えば容易であった。それにくらべて、私がもうおよそ六十日近く持ち歩いている一冊のノートは、遅々として空白が埋まらない。ノートには、やはり三十年前に撮られた、東京のある下町の住民九十九家族の写真が貼られている。九十九枚の写真は、当時在郷軍人会の手で戦地の夫や息子に送られたもので、私は長い間その家族の消息を求めている。「学徒出陣」という時代参加があったのならば、このノートのあちこちに「ブリキ屋出陣」「豆腐屋出陣」があって当然だろう。「戦没ブリキ屋の手記」を聞こうにも、わがノートの中の町民兵士たちは、区役所の戸籍以外に、「出陣」という市民権をもっていない。

学徒たちはそれを持っていた。それは学校の学籍簿であったり、〝同期の桜〟という市民権であったりするのだった。

あの雨にうたれて出陣した学徒の一人、東大経済学部学生海上《うながみ》春雄は、フィリピンの海に消えた。彼は昭和二十年一月、ルソン島の基地から出撃する前夜、わずか三行の絶筆を遺した。

絶筆

父上様、母上様
元気デ任地ヘ向カヒマス。

春雄ハアラユル意味デヤハリ学生デシタ。

春　雄

学徒は死に臨んでも学徒であり、「人生を二度生きようとは思いもかけなかった」三十年後の〝繁栄〟の中でも、やはり学徒であった。

前者は〝矜持《きょうじ》〟であり、後者は〝社会階層〟であった。

（『文藝春秋』一九七三年十二月号）

Ⅲ

司王国――飢餓時代のメルヘン

前夜、十時すぎに上野駅を発《た》った汽車は、ようやく日本海に出た。陽はもう高い。車窓――といえば聞えはいいが、ガラスはなかった。車輛によっては屋根もなかった。乗客はデッキにまでしがみついていた。汽車が、羽越国境の鼠《ねず》ヶ関《せき》を越えたときだった。

「国歌、始めえーっ!!」

という声が聞えた。四人の男たちが起立して、『君が代』ではない歌を唱いはじめた。メロディーには聞き覚えがあった。『旧友』のそれだった。歌詞は耳なれなかった。

司《つかさ》の国は　幸《さち》ある国なれば
司の国に　生れし人々は
物みな足りて　心ゆたかならん
司　司よ　我等が栄《はえ》あるその国土

男の一人が、奇妙なしぐさをした。それは体の向きを変えることさえ容易ではない車内でかなりの努力を要した。男は右手の肘《ひじ》を折って指先を左肩につけた。どうやら敬礼らしい。

「皇帝、わが領土に入りました」

〟皇帝〟と呼ばれた男は飛行服を着、端整な容貌をしていた。

「アンドレ・ジープ、もう一曲やるか?」

彼らはまた唱いはじめた。

上越線は　天下の険　函谷関《かんこくかん》も物ならず
荷物の制限　ポリスの張りこみ
何ぞ恐れん　闇屋の腕前
背には大きなリュック
手には重たいボストン
たださえ混み合う列車の中に　一斗の米をかつぎこむ
一夫ポリスにあたれば車掌も開くなし
清水に旅する剛毅の武士《もののふ》
リュック小脇に長靴《ちょうか》はき　列車の継ぎ板踏み鳴らす
斯《か》くこそあるなれ我らがハスキー

奇妙な集団であった。彼らは、「司の国は幸ある国なれば」と唱っていた。

だが、そんな国は聞いたことがない。

そのはずだった。彼らは、観念の王国《ユートピア》を創成した青年の集団だった。昭和二十一年、彼らは、飢餓時代のホモルーデンスだった。

ホイジンガーが「人間は遊ぶ動物である」と規定してから広まったレジャー時代の人間像を《homo ludence》というらしいが、彼らは、飢餓時代をすでに遊んでいた。彼らがホモルーデンスであるための必要条件は、逆説と諧謔《かいぎゃく》と、その底の「借り着の民主主義などおかしくて」という心理にあった。

羽越本線は、車内を埋め尽した買い出し人には理解し難い逆説を乗せて、彼らのユートピア「司王国」の本拠地まで、あと一時間の距離を走っていた。

たしかに、車内の人間だけでなく、おびただしく出版された戦後史のどの頁にも、買い出しは悲惨なイメージとして書かれていた。


　帰りの列車や電車は、まるで地獄絵図そのものであった。（略）殺到する人の群れで、ホームは阿鼻叫喚の巷《ちまた》となる。（光文社刊・三根生久大『終戦直後』）

共同通信社21年6月10日調査「米のめしを一日に何度食べるか」に対する回答。一度だ

け＝71％　ないから食べない＝15％　三度＝14％

判事がヤミを拒み、栄養失調で死亡。遺した日誌で明るみへ。（『朝日新聞』昭和二十二年十一月五日）

汽車は鶴岡に着いた。あと三駅で陸羽西線に接続する余目《あまるめ》である。駅にはポリスやMPの姿が見えた。すると、皇帝の傍らにいた独眼の男がいった。

「賊だ。戦闘用意！」

その歌は、当時のパロディー詩人が『千曲川旅情のうた』をもじって作った、厭世《えんせい》的な色あいの替え歌、

配給のお米は見えず
　うた哀《かな》し政府のかけ声
インフレのさかまく波は
　日にすさびヤケになりて
メチル酒混れる飲みて
　限りある我身ためしぬ
昨日またかくてありけり

今日もまたかくてありなむ
此の命何をあくせく
　食をのみ思いわずらう

に比べると、底ぬけに陽気だった。
彼らの〝賊〟に対する戦闘用意！　は『お使いは自転車に乗って』の旋律だった。

お米買いは　汽車に乗って　気軽にゆきましょう（ポッポー）
上野駅　列をつくって　明るい青空
お米買いは　汽車に乗って　颯爽《さっそう》と
リュック小脇に　ちょっとかかえて　颯爽と（ポッポー）

彼らは、余目駅の〝賊〟をやりすごすと、陸羽西線に乗り継いで二つめの、狩川駅に降りた。駅からは北に鳥海山が見えた。村は羽黒の山裾《やますそ》と最上川の間に広がる田園の中にあった。「司王国」の本拠地、〝帰烏倶楽土《カリカワスグラード》〟である。

私が〝司王国〟の名を知ったのは、『戦後生活文化史』（弘文堂・一九六六年刊）という本の一頁からだった。王国に関する記述はごく短かった。

ひとりびとりが自分の才覚で食糧を求めなければならない。そのためには食管法の網の目をくぐってヤミをやった。生きて行くためには法を侵さなければならなかったのだ。警官の取り締りと対抗するためには、組織が必要になる。こうして東京と米ドコロ庄内平野を結ぶ奇妙な共和国が誕生した。

その共和国の名前を〝司王国〟という。「銀シャリエを食わんとする者は、銀シャリエをとりに行かなければならない。銀シャリエをとりに行く者は、銀シャリエを食わなければならない」

これは司王国の憲法〝銀シャリエの法則〟第一条である。王国の領土は庄内平野のほぼ全域——鶴岡、酒田二市、東田川《ひがしたがわ》、西田川、飽海《あくみ》三郡にわたる米産地。王国の住民たちは、これを帰烏倶楽土《カリカワスグラード》と呼び、国是をポリスの取締に対抗して東京の人間を飢えさせぬことにおき、皇帝を頭にいただいて二十八人衆を集め、組織的なかつぎ屋集団工作を開始した。

輸送方法は四人一組、それぞれが一斗をチッキにして五升をかつぎ、一グループ一回の輸送で一俵半の米が運ばれた。二十八人衆の多くが鉄道教習所員であったために輸送はきわめて有利に行われた。ゆかいなことはぜいたくな帯でも、電球一個でも、等価に評価し、それぞれを一升と交換したことだ。当面する生活に必要な物資を基準にしたことは、彼らの意識構造を端的に表現する。（以下略）

筆者は江藤文夫氏（評論家・成蹊大学助教授）だった。氏は、夢の共和国の存在を、十数年前に、「大映」関係者から紹介された〝走りの勘三〟と称する語り部《かたべ》から聞いた。だが、大映が倒産したために、紹介者も語り部を探すのも、むつかしいかもしれない、という返事だった。

私はとりあえず、故大宅壮一氏が遺した厖大《ぼうだい》な資料群の中に、王国の痕跡がないかと、大宅文庫のインデックスを検討したが、さすがの〝偉大なる野次馬〟のアンテナにも触れた気配はなかった。

ともかく、王国の領土、なかでも〝カリカワスグラード〟の語源と思われる狩川（倶楽土）を徹底的に歩くしかないだろうと、上野駅で切符を買った。出札掛の駅員はカリカワにしばらくとまどっていた。それほど小さな駅だった。

私の乗った汽車は、窓ガラスも屋根もちゃんとついていたし、庄内の海を見るためには、坐ったままで体をひとひねりすればよかった。その年月の差ほどに、司王国の領土で、私が会った人びとは、だれ一人「そんな衆は、聞いたこともない」と首をかしげた。いずれも終戦直後を知る庄内人である。

⑴地元記者。⑵退職駅員。⑶当時の新潟の鉄道教習所教員。⑷同じく教習所生徒。⑸もとヤミ屋、現在食品会社社長。⑹供出米責任者。⑺町（当時は村）役場助役・収入役、農業委員。⑻復員農協理事。⑼郷土史家。⑽余目、鶴岡、狩川の取締巡査、⑾かつぎ屋の拠点になっていた駅前旅館の主人。⑿古老。⒀その他。


狩川村は現在三村が合併して、山形県東田川郡立川町になっている。せめて〝勘三〟と呼ばれた男に心当りはありませんか、と聞いて歩いた。三人の農協役員が鳩首《きゅうしゅ》した。

「カンゾウ……居だ居だ」

「ほだか、あれだか」

「んだか！」

狩川は水の豊かな町だった。最上川の支流から導いた堰《せき》が、家々の門口を流れていた。数軒の戸を叩き、たどりついた勘三氏は、鶴岡郊外の温泉町・湯の浜の老人ホームで、三年前に「死にやした」。

当時のポリスを訪ねると、こうだった。

松田倉治巡査（天童市で隠居）。狩川に木賃宿が二つあった。駅前の山沢屋、通りの秋庭屋。両方とも闇屋のアジトだった。本署とGHQの応援を頼んで急襲したが、断じて、わたしの目をかすめられなかったはずだ。

庄司利兵衛巡査（湯の浜駐在所所長）。秋庭屋の二階に、馬喰《ばくろう》の男がいた。そういえばカンゾウとかいったかな？　詐欺・横領容疑で、松田さんと踏みこんだら、二階からとびおりて足を折ったのに、山ン中逃げこんで逮捕に苦労した。カンゾウ……のような気がするが、調べましょう。（電話で）「サンゾウでがすか⁉」あれは三蔵でがした。

鈴木儀助巡査（余日で隠居）。はてな？　二十八人衆？　皇帝……⁉　そういえば『山形県警察史』に記載されているはずだ。これ、これ。

日本と清国《しんこく》の風雲急を告げる明治二六年（一八九三）一月三〇日、酒田の豪商といわれる富裕な商人ら一四名が、今町の料亭馬亭こと相馬屋（相馬治郎左衛門）で、宮廷をまねた新年宴会を催した。酒田警察署では不敬罪に触れるとして、二月四日検挙したが、審理の結果は証拠不充分で予審免訴になった。（『山形県警察史』上巻「酒田相馬屋の不敬事件」）

旦那衆の、八十年も昔の宮中ゴッコは、当時の新聞に「空前絶後の一大奇獄」「誰か怒髪冠を銜《つ》かざらんや」と非難された。

嗚呼《ああ》此不忠臣《このふちゅうしん》　此奸賊《かんぞく》犬羊に　投与するも　犬羊は之《これ》を食はざるべし　南蛮に行くか　将《まさ》に北狄《ほくてき》に走るか　速かに日本境土を去れ。（『東北日報』明治二十六年二月九日）

退職老巡査は、私の〝皇帝〟の一言から、八十年前の事件を連想したのだった。だが、あとでわかったことだが、この事件の主が、私の探している〝戦後史の皇帝〟の血縁になろうとは、「空前絶後の奇縁」だった。まして、「南蛮に行くか　将に北狄に走るか　速かに日本境土を去れ」が、司王国皇帝の三十年後を奇しくも言いあてていて、おかしかった。〝皇帝〟は南蛮に行く代りに「ＥＣ」（欧州共同体）を駆け、北狄をアメリカに求めて、数カ国語を使いわけていた。

私がそれを知ったのは、庄内の取材から帰って日を重ねた、東京でのことである。半可通の庄内語を綴り合わせていえば、私は「へっずげだな」（そんなの）ないよ、という気持で、「出ずり角」（まがり角）を「ほだい」（そんなに）「んがね」（いかないでも）「よがった」のだった。

司王国の構成員は庄内人だ、と思いこんでいたのが、まず遠まわりのもとだった。王国の憲章には「銀シャリエを食わんとする者は、銀シャリエをとりに行かなければならない」とある。銀シャリエのエを訊《き》いた。庄内弁の微妙な発音を文字にするとこうなるでしょうな、という土地の人の御墨附《おすみつき》ともとれる返事に幻惑されていたようだ。だが、「とりに行く」に着眼していたら、王国の民はあきらかに東京人種だと読みとれたはずだ。

再訪した江藤文夫氏の記憶に、歴史学者服部之総《はっとりしそう》（一九〇一〜五六）の名があった。王国の語り部〝走りの勘三〟が、われらの国父は、かの服部之総であるといっていたそうだ。王折から『服部之総全集』（福村出版）が刊行されていた。随筆の類に〝司〟〝帰鳥〟〝グラード〟等の文字があるかどうかを調べたが、ない。数日後全集の編集者から電話があった。

「服部先生の未亡人にうかがいましたところ、ご実家が庄内の狩川だそうです。〝王国〟は知らないけれど、軍隊から帰った弟や弟のお友だちがよくお米を運んでくれたとおっしゃっていました」

糸がほつれてみると、養老院で三年前に死んだ勘三は別人で、司の語り部は東京で時代ものテレビ映画のシナリオを書いていた。皇帝は、EC各国の旅から帰ったばかりだった。王国の階級では〝ハスキー〟と呼ばれた武官、アンドレ・ジープは、国労上野支部の調査部長で、日本共産党に籍を置いていた。

さて、〝現われ出でたる〟——という感じの皇帝は、石川養治、五十二歳。職業を一口に説明するのはむつかしいが、社名を「トランステック」という会社の代表取締役で商・経・工学に通じた語学の達人。生きていた王国の語り部〝走りの勘三〟こと植木昌一郎によれば、皇帝は〝現代の服部半蔵〟だと思えばよく、インターナショナルビジネスの開発をしている。

司王国の構成図

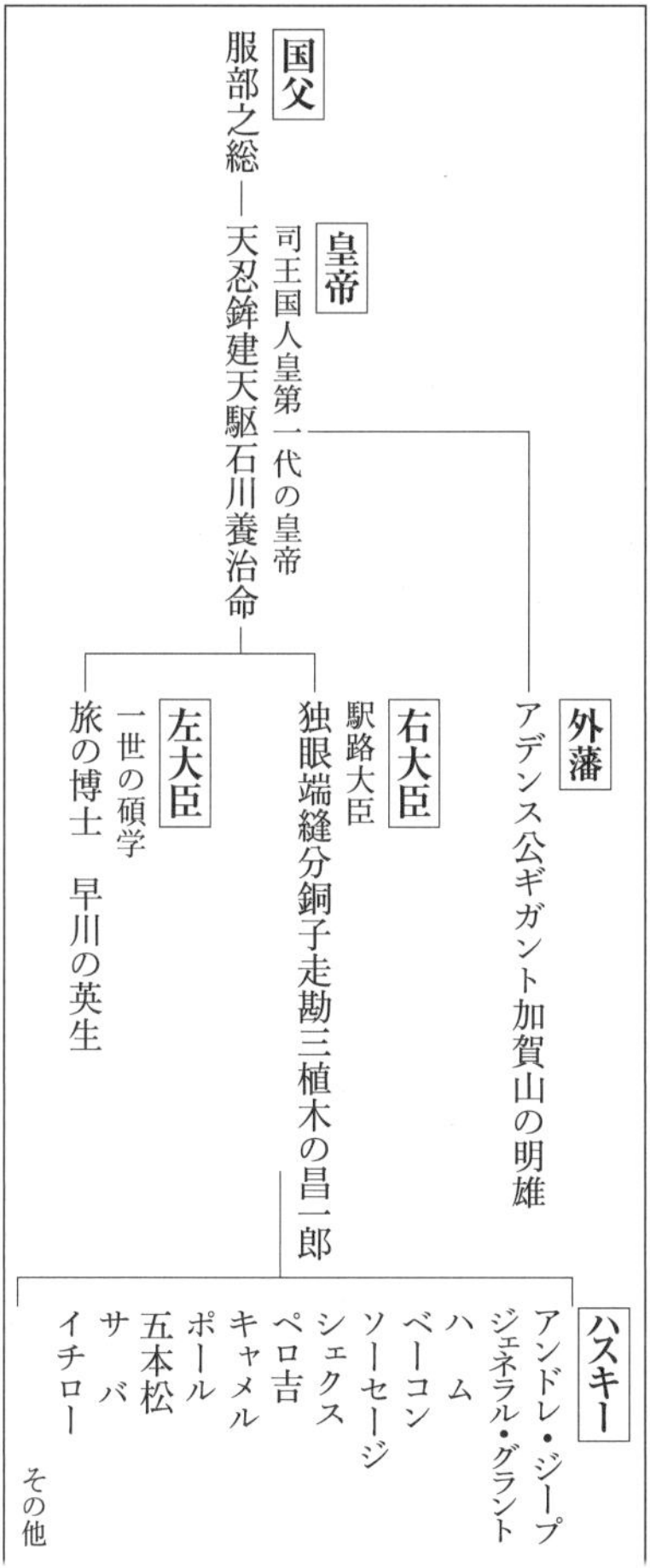

次第に明らかになった〝幻の司王国〟の構成は右図のようだった。

彼らは、八月十五日を境に突如降って湧いたデモクラシーに、有頂天にはなれなかった。その心理的な背景には、彼らが育った家庭環境と、戦中・戦後に生息を余儀なくされた場所が投影していた。まず、初代皇帝に即位し、一代で廃位したために神皇正統記《じんのうしょうとうき》を残し得なかった皇帝の、生誕から始めよう。なお、かねて疑問だった銀シャリエのエは、庄内弁ではなく、フランス語をもじっていた。米は銀シャリエ、一粒の米になると、司王国では銀シャリエットと呼んだ。

《司王国人皇《にんのう》第一代の皇帝、天忍鉾建天駆石川養治命《あめしのぶほこたてのあまかけるいしかわようじのみこと》》、御名は陸軍航空隊のパイロットだった戦歴をあらわしている。皇帝は名門の出である。父は、斎藤茂吉とならんで、ドイツの精神病理学を紹介した草分けとして知られる、石川貞吉、歌も詠んだ。代々、庄内酒井藩の典医の家系で、戊辰戦争では、祖父・石川養貞の名が古文書に残っている。彼の父は三人兄弟で、三人とも明治時代の僻村《へきそん》にあって、医・文・医の博士になったので〝狩川の三博士〟として有名だった。

母は平将門《たいらのまさかど》（相馬小次郎《そうまのこじろう》）の後裔《こうえい》、相馬家の娘。将門の没後、一族四散して庄内大和村廻館《まわだて》に城を構えた。例の「空前絶後の一大奇獄」の宮中ゴッコを演じた酒田相馬屋は、分家になる。戦後の飢餓時代にホモルーデンスを粧《よそお》った皇帝は、平安時代の平将門、明治時代の相馬屋、昭和の司王国と、皇帝を名乗って不思議はない。

皇帝は東京府立四中から慶応大学経済学部に進んだ。この四中・慶応が、のちの司王国創生の右大臣、左大臣、米の集散基地提供者として外藩的役割をつとめた、アデンス公ギガントとの縁結び役を果す。

彼等は慶応で、紀元二千六百年に名を借りて、実はデモめいた提灯《ちょうちん》行列をやろうとしたが、学校は禁止命令を出した。だが二千人の学生を集めて強行した。すると塾監から、主謀者の石川養治（皇帝）、植木昌一郎（走りの勘三）、加賀山明雄（アデンス公）に呼出しがかかった。「正午に出頭すべし」

石川は出頭すると、塾監に言った。

「先生、今日の昼めしは天丼ですか、親子丼ですか」

「何をいうか、不謹慎な」

「先生、わが日本国では昼に人を呼んだらめしを出すのが礼儀であります」

結局、石川と植木は退学届を出し、石川は東京工大に籍を移し、植木は、兵隊になって満州に渡った。

《駅路大臣《うまやじのおとど》・独眼端縫分銅子走勘三《めっこまねぐはぬいのふんどしはしりのかんぞう》》、彼は裕福な羅紗《らしゃ》問屋の息子で、記憶力にかけては狂気じみていた。十三、四歳で、『十八史略』『日本外史』を返り点なしで読んだ。

慶応を先のような事情で退学すると、第二十七師団輜重兵《しちょうへい》第二十七連隊に入隊し、大陸を駆けめぐった。彼は幹候を拒否したがビンタを受け、乙幹になって、終戦時は軍曹である。ともかく風変りな兵隊だった。(1)満州生れの馬と、馬の現地語で会話ができる。(2)西部劇ばりに、空中にビンを投げ、腰のピストルの早撃ちをさせれば百発百中。(3)戦争の合間に、毛沢東の縄張りを駆けまわり、碑文という碑文を片っ端から見て歩いた。(4)伍長時代に、二十九人のどうしようもない兵隊をもらって、いまでいう独立愚連隊の隊長になった。彼は部下に階級章をはずさせ、お互いを仇名《あだな》で呼びあうばかりか、「おいおまえたち、こんなバカバカしい戦さで死ぬことはないよ」という隊長だった。

《一世の碩学《せきがく》・旅の博士早川の英生》、四中時代から鉄道マニアで、汽車に関することなら動輪のリズムを聞くだけで「これは信濃川の鉄橋を渡る音」とたちどころにいえた。一橋大学（当時は東京商大）在学中に学徒出陣し、千葉の戦車第四師団司令部入隊。主計少尉で終戦。

皇帝は戦闘機乗りになった。入隊するとき父の故郷狩川を軍用列車で通って途中下車し、生きている間に葬式を出した。戒名をつけ終えた和尚《おしょう》が「みなさん、この兵隊さんはこれからお国のために生命を捨てるのです」というと、葬儀に列席してくれた東京・番町小学校の疎開児童たちが、いっせいに合掌をした。汽車は狩川の駅で、葬式の終るのを待っていてくれたというから、おかしい。戦闘機乗りになった彼は、歩兵操典と作戦要務令だけではやっていけないことを知った。アメリカの物量もさることながら、わが軍は乱戦になるとフレキシビリティがない。空中戦の編隊の組み方ひとつをとってみても、日本は図式通りに固まっているが、アメリカは自在の変化を見せる。そこでこっちもアメリカの真似をしてみるとうまくいく。彼は、生命とひきかえに自在性を体得した。司王国は飢餓の時代にあって、その自在性を発露させたものといえる。

灯火管制が解けて、彼らは帰ってきた。

「生活権はおろか生存権までも根底において奪われていた時代」から「生活権・生存権を自分の手にとりもどそうとする時代」（江藤文夫）の中で、司王国は自然発生的に、ある部分は恣《し》意的に誕生した。

自然発生の部分は、彼らの家庭環境にあった。皇帝も、走りの勘三も、旅の博士も、典型的な東京ッ子だった。石川と早川は山の手の次男坊、植木は下町の長男坊だった。

彼らは、世の中を戯画化する天性の資質をもっていた。正常な世の中に戯画は必要ないが、いまは敗戦直後である。彼らは、空腹と、死という絶対的な目標を失ったヤケッパチを、戯画に昇華させる特異な能力を授かっていた。もっと大切なことは、彼らの家庭にあっては、父権による〝民主主義〟が、四中・慶応では友人どうしのデモクラシーがすでに日常化していたことだった。いまさら、マッカーサーお貸し下げの民主主義を有難がる必然性がなかった。

　戦地から還って邂逅《かいこう》した三人は、ともかくいつも笑っていた。その方が、ラクだった。お互いに深刻な思いは、いまさら話すまでもなくわかっていた。それなら氾濫している進駐軍の略語をからかう方が楽しい。

「GHQとは何と読みますか?」

「ギンザでハデに暮らす」

「MPは?」

「待てッ! パンパン」

「RAAは?」

「ラシャメン集めて、遊ぶところ」

　彼らは、焼け残った早川の家に集まっては、腹をすかして笑っていた。空襲でやられるまで田端にあった石川の家は、いつも千客万来だった。襖《ふすま》をへだてた奥の部屋には黒竜会の猛者《もさ》が数人で居候をし、こっちの部屋では追われた共産党員が勝手にめしを食べていて何の不思議もない家だった。石川の母はもっと不思議な人で、いま庄内弁まる出しの土くさいことばをしゃべっていたと思うと、急にみごとなございますことばを使う。みんなをワハハ笑わせながら、手は巻紙に流れるような候文の手紙を書いている。早川の家もそんな雰囲気をもっていた。

だから、彼らは、友人の加賀山の父親が病気で「米を食いたい」といっていると聞くとひとごとのように思えなかった。

そのころ、皇帝の一族は焼け出されて、庄内狩川の実家に疎開していた。皇帝の姉は、歴史学者服部之総に嫁いでいた。

「おい、庄内へ行けば米がある」「行くか」「歌でも歌って」「お米買いは、汽車に乗って気軽に行きましょぉー」

王国は、こんな状態の中で芽生えた。司王国が組織的な王国の態をなすのは、昭和二十一年初夏からである。

その年、軍籍にあった学生の復学は、GHQ命令で全学生数の一割に制限されていた。したがって、門戸を閉ざされた彼らは、空腹と行き場のないいらだちをかかえていた。

（新聞の投書欄から）我々が犯罪人なのであらうか、ゆがめられたる想ひ出を最後に不具視されつつ消えてゆかねばならぬのであらうか（長野・吉住真一郎）。またもし我等に対し戦争協力の罪を問ふならば、その前に文部省自身、学徒報国隊等数々の大罪を償ふ

べきである（群馬・小林千種）。（『朝日新聞』昭和二十一年六月十六日）

そんなある日、新聞の片隅に広告が載った。「来たれ、荒廃した国土の再建を志す新時代の若人よ！」。「鉄道教習所」というその学校は、給料をもらえて勉強ができるという。広告は、さまざまな若者をとらえた。

海兵七十六期の二号生徒で終戦を迎え、死ぬ目標を失って拠りどころがなく、故郷の仙台で少しばかりの畑を耕していた小林正敬、のちの〝ポール〟。陸士六十期で放り出された大田公、のちの〝ハム〟。同じく六十一期の中尾貞、のちの〝ジェネラル・グラント〟等の陸士・海兵組。戦闘機乗りをしていた石川養治、のちの〝皇帝〟等の予備学生組。父親が死んで、終戦と同時に中学を卒業し、働くか勉強を続けるかで迷っていた姥山順次、のちの〝アンドレ・ジープ〟等の少年組。中学を出て国鉄に入り、天皇と大本営のために長野県松代《まつしろ》で巨大な地下壕と御座所のトンネル掘りをしていたさ中に敗戦になり、役に立たなくなった穴よりも深い虚脱感を味わっていた佐波敬、のちの〝サバ〟等の国鉄組。

彼等は、約三十倍の競争率を突破して、新しい学校の生徒になった。陸士六十期だけでも八人いた。

鉄道教習所は、二十一年五月に開校した。

校舎は最初熱海にあり、翌年から三島の旧師団司令部の建物に移った。学校は三年教育で、原則として全寮制だった。寮は、丹那トンネルの飯場《はんば》に使った建物で、来宮《きのみや》の高台、笹良が台にあった。全国から集った彼らは、誰もがどこかで錯綜しあう青春をもっていることに気づいた。全員にはっきり共通するものは、ひもじさだった。

約百二十人の生徒たちは、濃紺、詰襟《つめえり》の制服を支給された。襟には七宝焼《しっぽう》の、動輪を形どったバッジがつき、袖口には幅一センチ長さ十センチほどの黒のモールが縫いつけてあった。土木科学生石川養治は、特異な造語能力を発揮して、このよれよれのユニホームを〝ウルコン〟と名づけた。ウルメコンブの略称である。

同じ〝ウルコン〟を着てはいるが、彼らは、約半数が国鉄内部から、残り半数が、生死の境目からやって来た生徒だったので、気風が違っていた。後者の生徒たちは、内部組の佐波敬の見るところでは、敗者のプライドと、それなりの排他性を合せもっているように見えた。彼らは、八月十五日以前に身を置いた場所を語ることには寡黙だった。そして、よく勉強していた。国鉄内部から来た生徒たちは真面目にノートをとっていたが、外部組のなかにはノートをとらずに『善の研究』を読んでいる者もいた。それでいて、たとえば皇帝などは、ポイントだけを英語でさらさらとメモしていた。

寡黙といえば、小林正敬に印象深い光景があった。入学式の数日後のことだった。土木の野本先生が「ここは単に国鉄の学校で終らせたくない。部外の新鮮な空気を導入したいと思い、諸君たちを採用した。ついては、諸君が受けた兵学校、士官学校の教育について話してほしい」といった。だが、だれ一人、話す者がなかった。そこで幼年学校から陸士に進み、軍旗を持つ立場にあった田中元中尉が指名された。彼は背すじをピンとはり、

「できません！」

とひとこと答えて席についた。彼は、連合軍の上陸作戦に備えて、艀《はしけ》に大砲を積む作業中、波に呑まれて陛下の兵器を沈め、その場で腹を切ろうとした経歴の持ち主だった。今は自衛隊の幹部になっている。そういう寡黙さは石川皇帝にも通じていた。彼は軍歴をほとんど語らず、妙に洗練された都会臭と、例の造語能力で、いつも乾いた目でものごとを眺めていた。ただ、ある喧嘩が起ったとき、

「軍刀はどこだッ！」

と叫んで、寡黙さの内側に包みこんだ前歴をのぞかせた。

ともかくも彼らは、〝総懺悔《そうざんげ》〟を斜めに見るか、正面から見すえる場合は、孤独な自分一人の作業にしていた。そして、集団になると、共通の話題は〝銀シャリエ〟が当面の課題だった。陸士出身のジェネラル・グラントこと中尾貞は、三十年前の寮生活をふりかえっていった。

「おかしくて、楽しくて、うれしくて」

仲間のみんなが、戦争よりはいいや、と思っていた。負け戦さのつらさと圧迫から逃れたいま、鉄道の側で何重もの規則をつけようと、軍隊の拘束からくらべると、穴のあいた

網みたいだ。ただあるのは、ひもじさだけだ。ひもじさを、厭世的に見るか遊びに昇華するか。そのわずらわしさを、皇帝が明快に解いた。

「銀シャリエを食わんとする者は、銀シャリエをとりに行かなければならない。銀シャリエをとりに行く者は、銀シャリエを食わなければならない」

他の寮生よりも年かさと実戦体験があったために〝皇帝〟という名で呼ばれていた彼は、そう宣言した。そして、ものをかすめとるという意味のツカサールをもじって、彼の故郷の米どころ庄内を、「司王国」と称した。王国の本拠地狩川の実家の所在地、鳥町に帰れば楽土である。〝帰鳥倶楽土《カリカワスグラード》〟と名づけよう。汝《なんじ》飢えたる人民、わが領土に来たれ。


来宮駅から川沿いの道を上って、宮さまの別荘の脇を通り、三味線の音が聞える杵屋《きねや》某の白木造りの門柱を過ぎると、丹那トンネルの元飯場、即《すなわ》ち寮だった。

その道を、生徒でもないのに足繁く上って来る独眼の男は、皇帝の友人、植木昌一郎、早川英生。彼らは寮生とは既に顔なじみで、皇帝の部屋からは、いつも笑い声がもれた。

司王国は、彼らが教習所の生徒の労働力を得て形をつくった。彼らの初任給は、アンドレ・ジープによれば「熱海の駅前でポークソテーを一皿はりこんだら給料がなくなった」というほどの額だった。寮は、配給だけでやっていた。

〈来月から主食を増配。成人一日二合五勺〉……米二合五勺は、一、二四六カロリー、栄養学上日本成年男子の一日必要量は二、四〇〇カロリーであり（略）この栄養学上の問題を解決せぬ限り増配しても闇買ひは認めざるを得ないといふ観点から……（『朝日新聞』昭和二十一年十月二十三日）

あるとき、寮の米櫃《こめびつ》が破産した。生徒たちは、学校当局に「明日は休みにして下さい」と申し出た。

「米はどれくらい残っているんだね」

「一粒もありません」

学校は、向う一週間を〝食糧休暇〟とした。

「みんな、親もとで米を食って来たまえ」

とはいうが、親もとに米はない。皇帝は宣言した。「どうせ行くなら、もう少し足をのばして米の豊かな所で銀シャリエを食い、帰りには米をもって帰ろうではないか」

右大臣格の勘三が、

「どうせヤミをやるなら愉快にやろう。お互い独りでやるのは淋しいことだ。それに賊《ポリス》の目もある。上越突破作戦を考えねばならない。旅の博士はダイヤについては一世の碩学だ。

作戦要務令は彼に任せよう」

といった。皇帝はうなずき、

「持って帰った銀シャリエは、飢えた友と幸《さち》を分けよう。我々は職業闇屋ではないのだ」

と、大義を説いた。彼らはそれぞれに幸の分配先を脳裡《のうり》に描いていた。皇帝は鎌倉山の歴史学者服部之総を、旅の博士は、阿佐谷でダンススタジオをやっているためにアデンス大公と名づけた旧友の加賀山明雄の病んでいる父親を、土木の実習に使う赤と白のまだらの測量柱ほど背が高いために〝ポール〟と呼ばれている小林正敬は、熱海でピアノ教師をしている未亡人〝雪夫人〟の繊細な白い指を、それぞれに思い浮べていた。彼らが、

窓も座席も踏み越えて

行くがヤミ屋の生きる道

と割り切って、プロ達と同じエネルギーで上越路を突破するためには、笑いが要った。彼らは、華やかなバラエティショーを演じてみせることで、それぞれの教養に照れない遊びを構築せねばならなかった。腹がへった↓米をもってこい↓米をもってくるのはつらい↓つらいから笑いが要る。彼らは出発した。

そして、食糧休暇、土、日曜、春、夏、冬休み以外にも、王国の活動時間を作った。たとえば、古沢先生が、レポートを提出せよ、とおっしゃった。皇帝とグラントは一計を案じた。

「おい、先生を寮につれて来よう」

先生は高齢である。先生は山の上の寮へ着いたとき、すでに息が切れていた。

「ねえ先生、坂をのぼるだけでこうでしょう。我々は空腹をかかえて毎日この坂を上っています。生きるだけで精一杯なんです」

老先生は深く頷《うなず》いて答えた。「よろしい。レポートは来学期でよろしい」。彼らはいつも、真っ正面から立ち向わず、自分も相手を見つめながら、体を斜めにした悪戯《いたずら》の世界で終戦直後を生きた。

鳴ってくれるな　ポリスの呼子
雪の上越　汽車は行く

ああ　あの顔で　あの声で
お米頼むと　妻や子が
くれた弁当の　サツマ芋
汽車のデッキで　今かじる

飢餓時代のホモルーデンスたちの演じるバラエティショーは、はじめに歌ありきだった。

彼らの具体的な戦術を記録する前に、まず、王国の階級制度を知る必要がある。

皇帝・石川養治、王国の稗田阿礼《ひえだのあれ》・植木勘三、旅の博士・早川英生の三人は文官を兼ねた。稗田阿礼・植木勘三、本名昌一郎の王国における官名「駅路大臣《うまやじのおとど》・独眼端縫分銅子走勘三《めっこまねぐはぬいのふんどしはしりのかんぞう》」の命名者は、皇帝の母である。

皇帝の母つまり皇太后は、明治の初期の東京で高等教育を受けた女性だけあって、息子の消息を訊《たず》ねる友人の手紙に、巻紙で「養治、吹雪の如く来たりて、風の如く去り申し候」としたためる人物だった。

その皇太后がある日、汽車の屋根にしがみついたまま、煤煙《ばいえん》をモロにかぶってたどりついた植木が、王宮前の堰《せき》で褌《ふんどし》を洗っている姿を見、感にたえて言った。

「勘三どの、このような端縫の褌をお召しになっては、いくら洗っても白くなりませぬ」

皇帝は、かねて彼の褌の汚れを苦々しく思っていた。彼は戦闘機乗りのとき、いつも、飛べば生命《いのち》がないと覚悟していた。従って、皇軍の武士《もののふ》の心得として、死出の装束は常に純白でなければならない。それは単に日本的な美意識だけではない。敵の弾に当って負傷し、なんとか帰還したとき、汚れた褌が傷口を化膿《かのう》させないようにという科学的目的も合せもっている。山桜の一枝も携えて死に臨むのが武士の風情《ふぜい》というものではないか。南の空と北の大陸の違いとはいえ、勘三よ、このつぎはぎだらけの下帯は見苦しい。そこでまず〝端縫分銅子〟ができた。褌を分銅子と表したのは、せめてもの武士の情けである。

独眼は、庄内ことばで〝めっこまねぐ〟という。最後の〝走勘三〟は、皇帝の母が炉端で最上川の鮎《あゆ》を焼きながら語ってくれた昔話である。

「植木さん、むかしむかしあったけど」

……あなたは庄内の松山藩の有名な飛脚、走りの勘三のように、東京と狩川を往復なさいます――。そして、庄内の昔話に特有のことばで結ぶのだった。

「トッピンカラリンねけど」

だから植木昌一郎を、駅路大臣・独眼端縫分銅子走勘三、という。

彼ら文官に対して〝ハスキー〟と呼ばれる武官がいた。ハスキーとは、死ぬまで橇《そり》を引き続けるエスキモー犬のことだった。ハスキーには戦陣訓が与えられた。

「一つ、ハスキーは武勇を尊ぶべし。我国に於《おい》ては武勇は古《いにし》へより尊べる所なり。ましてハスキーは米を背負ひてポリスに当るの職なれば、片時も武勇を忘れるべきや」

GHQによって、武をいっさい否定された時代の、抵抗《ジョーク》をこめていた。ハスキーの資格を得るためには、まず国父・服部之総の家で薪割りの労働をする。そして、上越を立ったままで往復する気力と体力を証明してはじめて任官できた。階級の上下は、厳格に守られた。敬礼のし方がそうだった。文官は右手を心臓に向って水平に折る。ハスキーは、右の肩まで挙げる。

彼らは、想像の世界で、王国の旗を靡《なび》かせていた。彼らはまた、特殊なツカサ文字を考案した。

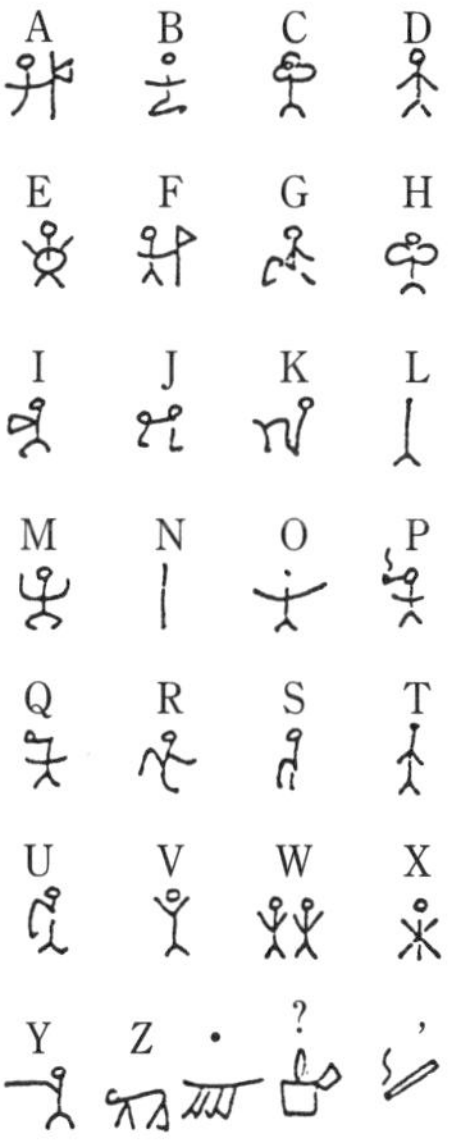

※A＝ax で斧を持っている
B＝behead で首が離れている
C＝cry　D＝dominant
E＝enough……
・＝祭りのシメ縄
?＝ジッポ型のライター
’＝タバコで一服

ツカサ語は、お互いの神経がささくれだったとき、あの野郎はBAKAYAROだ、SODA、SODAと書いたり、米の集配場所にしていたアデンス大公の近所の〝組〟の者や刑事の動きを書きこむ伝単《でんたん》として使われた。

王国には特殊な金の単位があった。

一万円は一ポンドといった。ズルチンの闇値が一ポンドを単位としたためである。一円は一ペソ。響きが何となく悲しいので、一銭もない状態を〝ペソ欠〟といって笑いに転化した。百円は一リラ、千円は一マルク。

彼らは独特のツカサ語をしゃべった。

〝パス〟は食糧をいい〝白パス〟は銀シャリエ、〝長パス〟はうどん、汽車の切符は〝ツバサ〟、特急券は〝早ツバサ〟という具合だった。王国の、これらの遊びの中で、遊びの域をこえて彼らの思想を端的に表象したものに、ツカサ年号があった。

彼らは、日本の元号も、西暦も否定した。

西暦はキリスト教徒の傲慢《ごうまん》さである。かといって神武天皇もごめんだ、我ら司の民は、全人類の歴史を変えた原子の発見と、原子爆弾による戦争終結をもって新しい暦を制定しよう。これを〝原子暦〟と名付けた。一九四五年（昭和二十年）を原子元年とし、それ以前をB・A、以後をA・A×年と称した。

原子暦の制定者は、旅の博士・早川英生だった。国父・服部之総はこれを聞いて面白がり、三高、東大新人会を通しての友人の大宅壮一に話した。大宅はさらに面白がって新聞のコラムで紹介したというが、資料は見当らない。後年、司王国が消えてのち、大宅は〝公害元年〟という新語を作った。あるいはこのときの〝原子元年〟が発想のもとになっていたかもしれない。

司　司よ　我等が栄ある　その国土
いよいよ司の民の出陣だ。

ハスキーたちはツカサ式敬礼を交わし、教習所の寮を出ると、東京の秘密基地ADS大公のダンススタジオに集結した。幸い昼間は、クイック・クイック、スロー・スローがない。スタジオでは、皇帝自ら作戦要務令を案出した。一方、王国のアジト、〝帰鳥倶楽土〟の石川家では、走りの勘三が端縫の分銅子をきりりとしめて、兵站《へいたん》の指揮をとっているはずだった。

ここで、勇猛なるハスキーたちを記録しておかねばならない。

《ジェネラル・グラント》死んだ父親の明治時代の服を着ていた。陸士の出だけあって威風堂々、まさにグラント将軍のようだ。

《シェクス》阿佐谷のアジトでは、寝具がないのでカーテンを巻いて寝ていた。「寒いだろうねえ」と皇帝が慈愛深く語りかけると、「どういたしまして、こんな結構なカーテンを着て眠りますと、シェークスピアの夢を見ます。幸せでございますよ」と答えた。

《ペロ吉》彼が一生懸命に働いたエネルギーを、王国では一ペロワットといった。

《ポール》長身白面の貴公子。父は職業軍人で彼自身も海兵に進んだ。うどんを食わせると「ありがとうございます。お礼に歌を歌います」とオペラのアリアを歌った。いつの日か砂原美智子の伴奏をするのが夢で、熱海の美しい未亡人にピアノを習っていた。六尺の彼に、一メートル四十センチの可愛いガールフレンドができて、ハスキーたちは心配した。「ポールのやつ、キスするときはどうするんだろうな」「わけはない。娘をプラットホームに立たせて、ポールは線路に降りればちょうどいい」

《アンドレ・ジープ》米をかついでバスよりも早く、箱根十国峠を駆けおりた。グレン隊と立ちまわりを演じたときに吐いたセリフが「野郎ォ！　やるならやってみろォ！　三島からブルドーザー持ってきて、鎌倉まで平らにしちゃうから覚悟しろ」。啖呵《たんか》にもいろいろあるが、こんな啖呵ははじめてだと、グレン隊の方があきれた。

《ハム》陸士六十期。名の公《ただし》に由来する。父が死んで二人の弟を養っていた。皇帝や勘三はこの弟たちをベーコン、ソーセージと呼び、彼らを水滸伝《すいこでん》の三兄弟と持ちあげた。

《キャメル》とぼしい財布をはたいて、キャメルを指先がこげるまで吸っていた。

《イチロー》頭の中に軽合金が入っている。怒り狂うと剣道の達人になった。

《サバ》デッキに立っていて、トンネルの入口の信号機に衝突して落ちた。皇帝たちが「大変だ。サバが落ちたッ」というと、ほかのかつぎ屋がどなった。「何だッ！　いい若いもんが鯖《さば》の一匹や二匹くよくよするなッ」

《五本松》酒を七升飲む。三島に巣喰うグレン隊を、箱根の山で待ち伏せて、通りかかった彼らにとびかかり「山賊だあーッ！」と恐れられた。九州の高等小学校を出て国鉄に入り、大変な努力を重ねてやっと念願の機関士になった。もう一度勉強したいと、妻子を置いて入学してきた男。炭水車の上で昼寝をしていて石炭を盗まれ、真っ赤に燃えた機関車用の石炭棒をふりまわして怒った。〝無法松〟と名付けようと思ったが、ちょっと気がひけるので、五本松にした。

昼間のダンススタジオには、まだ女の姿はない。たまに来る女が「ご職業は」と訊ねるたびに、「皇帝です。行政区分は二市三郡。主要物産は米」と答えるので、気味悪がってよりつかない。ハスキーたちは、手わけして近所の闇市からズルチン、サッカリン、電球等の交換物資を調達して再び集合した。旅の博士は、すでに綿密なダイヤを組んでいた。

「上野駅十時二十分発、第八〇八列車で領地に入ろう。八〇八は米に関係があってまずは縁起がいい。ただし、最初から八〇八に乗りこむのは、エネルギーの消耗が激しい。一便前の列車は比較的空いている。これに乗ると真夜中に水上《みなかみ》に停る。水上温泉の共同風呂は無料だ。諸君は温泉につかって戦塵《せんじん》をひとまず落し、英気を養ってのち、八〇八列車に突入しろ。ただしそのまま鶴岡・余目まで進軍しては、賊《ポリス》が多い。新津《にいつ》で下車して朝めしを食え。それから各駅停車に乗りかえて、カリカワスグラードを目指す。作戦終りッ」

ハスキーたちは、さっと右肘を折り肩に手をあてた。旅の博士は、心臓に手をあてて答礼した。作戦伝達が終ると、司王国の外藩主、アデンス大公こと加賀山明雄が「諸君、ご苦労」と労《いたわ》った。大公は、のちの国鉄総裁の兄の子である。彼は出陣の杯を交わそうと、闇市へメチール酒を買いに行った。メチールを飲むには、決死的勇気を必要とする。

《お酒の相談所・メチールの検査》メチール混入の酒類を摘発する為、警視庁では都薬剤師会の応援を得て二十九日から約二ヶ月間左記四ヶ所のデパートで臨時簡易酒類検査所を開設する。（略）メチール酒の疑あるものは一合持参すれば毎日午前九時から午後四時まで（日曜祭日は休み）無料で検査する。なほ終戦後都内でメチール酒の為死亡した者八十四名、重軽症者三十四名、今年に入つてからだけでも死亡十八名、失明二名、重軽症者十数名に及んでゐる。（『朝日新聞』昭和二十一年一月二十七日）

ハスキーたちは、体験的検査法を知っていた。まず酒びんを振る。泡《あわ》が早く消えたものは安全だ。その日の泡は早く消えた。アデンス大公は「諸君の労を多として」と挨拶をし、「メチル酒混れる飲みて　限りある我身ためしぬ」の心境に到達した。しばらくすると、突然悲鳴にも似た声をあげた。

「しまった！　目がつぶれたッ」

すると涼やかな女性の声が聞えた。

「お兄さま、雨戸明けましょうか？」

いよいよハスキーたちの出動であった。当時、アデンス大公の近くの駐在所のポリスは、どうもこの近くに筋金入りの労働組合運動家のアジトがあるらしいと睨《にら》んでいた。なぜなら、夕暮れになると、屈強の青年たちが『聞け万国の労働者』のメロディーらしきものを高らかに歌って通りすぎるからだ。よく気をつけて聞くと、曲は『万朶《ばんだ》の桜』のはずだったが、民主警察官には、どうしてもメーデー歌に聞えた。

一斗のお米か背のリュック
冬は吹雪の庄内に
司の民と生れては
上越線の花と咲け

一斗の米は背に負えり
五升の麦は腰にあり
知らずやここに二十年
鍛え鍛えしハスキー隊

搬送搬送また搬送
ポリ公張りこむところまで
わが一軍の興廃は
米検《こめけん》最後の数分時

夏は、風圧さえ気にしなければ、機関車の最前部に腰をおろして山を越えるのも、さほどの苦痛ではない。苦痛だと思えば、歌うか笑うかのどちらかを選べば、彼らは領土に入るまでの時間を費やすことができた。

四人で一分隊を編成した彼らは、ウルコンユニホームに雑嚢《ざつのう》、水筒、リュック、そしてロープと天幕を携帯した。乗りこむと、網棚にロープを張り、携帯天幕を二枚張って即席のハンモックを吊るのである。これならばもし落ちても、足から落ちるのでケガはなかった。間違ってケガをしても、ついこの間まで死だけが明確な目標だった日常にくらべれば、まるでママゴトにすぎない。

いずれにしても、彼らには死に代るはるかに具体的な目標があった。銀シャリエだった。めしを食う、は、司王国においてもっとも主要な行事であり儀式であった。それ以外の主要なモチーフは、各自が勝手に考えればよかった。たとえば走りの勘三は網棚を枕に中国の古典を読んでいた。ジープは、国父・服部之総の書架から持ち出したマニファクチュア理論を、グラントは、トンネル掘りのむつかしい本を読んでいた。彼らは、王国の最重要にして唯一の銀シャリエの儀式に対してだけ、民の責務を果せばいいのだった。

儀式には、彼らのひそかな楽しみが伴っていた。家々の前を豊かな水が流れる、庄内の村のあの囲炉裏端のくつろぎであった。

汽車は、飢餓と飽食の境界線、鼠ヶ関を越えて余目をすぎ、鳥海山を左に羽黒山を右にみて走っている。

狩川、だ。

ひなびた改札口を出て、まずは駅の脇の桜の古木の根もとに、車中で貯めに貯めた天然肥料を施そう。放尿しながら、供出米を納めた大倉庫の屋根が見える。あの中には銀シャリエが天井まで積み上げてあるのだろうが、わが領土の民の粒々辛苦の結晶だ。許す。十数歩行くと、道の右側に朝鮮人を主体とするプロフェッショナルの闇屋たちのアジト・山沢屋がある。ポリスが踏みこんだばかりだと情報が送られて来ていたが、彼らは別の王国の民だ。内政不干渉でいこう。

百メートル行くと左右の通りに出る。皇帝は見竜寺の前を通りながら、生きたまま葬式をしてもらった特攻隊員の日を思いだし、自分に向って合掌してくれたあの東京の疎開児童たちはどうしているだろうか、と考える。

火の見櫓《やぐら》が見えた。あの角を曲ると烏町。われらが王国「帰烏倶楽土」だ。角の造り酒屋の板塀には「酒粕あります」の木札が、さりげなくかかっている。佐藤作助の貞子かがちゃも、佐藤伝右衛門のとどちゃも、秋庭屋のばばちゃも、みんな元気か？いま着いたぞ。彼らは塀ごしに柿や柘榴《ざくろ》の枝が伸びる烏町を通って、杉皮屋根の王宮《アジト》に入る。皇帝の母堂は、迎えて言うはずだ。

「勘三殿、まずはお褌をお洗いなさいませ」

勘三は、珍しく白い褌を着けていた。「皇太后これを見給ふに、勘三の褌端縫なり。哀れみて、日ごろの忠を謝し、特に皇帝をして白布一匹を下賜させ給ふ」た結果である。

司王国の民たちは、カリカワスグラードに帰ると、一世紀昔に帰ったような気がした。だれもがホッとして稚気あふれる生気をとりもどした。

庄内藩は、幕府の朱子学に対して徂徠《そらい》学派を尊び、実学を尊重した。庄内人は他人に対する応対が下手だといわれる。〝潜沈の風〟というのだろうか。軍隊では、掃除の時ホウキを持つのは関西人、雑巾を持つのは庄内人といわれた。いったんつきあってみると、これほど朴訥《ぼくとつ》な人士はいない。地味も心も豊かだった。

清川よりは酒井侯の御知行所にて豪家も見えて風俗もよろしく見え侍《はべ》りしなり。……人足に出る者も衣服賤《いや》しからず馬なども肥えふとり、形も美々しく山川草木上々国の風

土なり。（古川子曜『東游《とうゆう》雑記』・天明八年刊）

司王国の民たちは、胃袋に銀シャリエを、心に夜話と土の匂いをつめこんだ。彼らはまず、庄内弁に往生しながらも楽しんだ。デッテセツラキッコアラバヤ、と佐藤作助のばばちゃがいう。「絶対世面《デッテセツラ》来っこ有らばや」という意味だ。「のう東京の若い衆よ、これからは良い世の中になるであろうか、なりは申さぬ」というほどのことばらしい。ここではいまだに十文価《ジョマテ》といっていた。つまり一銭だ。所得税のことを、いまだに年貢と呼んでいた。走りの勘三が大陸で戦争をしたというと「モロコシさ行《い》だか」といわれた。旅の博士は、いい若いもんが学校なんか行っているのか、といわれたので「東京商科大学です」と答えると「んだか、大学で唱歌を習ってるんでがすか」といわれた。皇帝はついに悲鳴をあげて「せめて英語でしゃべってくれんかなあ」といった。

　夜になると、佐藤作助の家のばばちゃが、巫女《みこ》を呼び、ハスキーたちの未来をうかがった。通りに羽黒山からおりて来た山伏たちの法螺貝《ほらがい》の音が聞えると、正月がやって来る。

　彼らは、そういう世界に遊んだ。もう一つの楽しみは、三博士を生んだ家の蔵につまっている、東京では貴重品の本をむさぼり読むことだった。三木清にまじって『丁稚《でっち》と若後家昼の態』という和綴《わとじ》の本があったりした。

　そのころ、彼らから見れば一世紀前のこの村の若者たちの間には、逆に〝戦後民主主義〟に対する緊張感と手探りがあった。

此処に於て我々は混沌たる現在の社会場裡《り》にて思想的理念を確立し、日本再建の基礎を打立てる一助とするため今回我々同志相図り、佐野学先生を招き左記要領により講演会を開催することになりました。（略）因《ちなみ》に佐野学先生は嘗《かつ》て日本共産党の有力なる指導者として著名なる方であり、昭和八年共産党を離脱し天皇護持のもとに一国社会主義を唱導している方で……

演題　日本革命の動向（隣村清川の青年たちが結成した「明朗クラブ」報・昭和二十一年八月二十二日）

ハスキーたちは安息にだけ耽《ふけ》っていたわけではない。「銀シャリエを食わんとする者は、銀シャリエを取りに行かねばならない」という、王国の憲章に忠実でなければならなかった。

彼らの兵站役の主力は、秋庭屋の勘作（死亡）、渡辺の伝兵衛（中気）で、共に馬喰《ばくろう》だった。勘作と伝兵衛は供出の網の目をくぐって、王国の自主流通米を調達してきた。ハスキーたちは、銀シャリエ一升を王国の標準通貨とし、東京から持って来た品物と等価で交換した。農家の中には、こっそり交換することを、殺人を犯したように恐れる者もいた。するとハスキーたちは『籠の鳥』のメロディーにのせて歌うのだった。

買いたさ欲しさに　こわさを忘れ
遠い上越　ただ一人

買いに来たのに　なぜ米売らぬ
帝都の欠配　忘れたか

帝都の欠配　忘れはせぬが
売るに売れない　供出米

村の人でも　チエある人は
ポリに隠れて　ヤミで売る

獲得した米の輸送方法こそ、王国の知恵の集大成だった。まず、五升まではリュックに背負う。あとは意表をついてチッキで堂々と送る。チッキは偽装され、もっとも多く使われた名目は「本」だった。だがあまりにも度重なるので、駅員が「石川さまの三博士の家はどんなに偉い学者か知らんが、あんなに毎回毎回本が出るわけがない」と疑った。そこで戦術は変更され、次からは商品名を「粘土」とした。幸いだったのは、送り先がADS大公だったことだった。加賀山という名は、国鉄の偉い人と同じ名だからと、大目に見られた。さて問題は、背と手の銀シャリエだった。

いつ、どう運ぶか。決定には二通りの意思が働いた。取締りの情報収集と、原始的お告げだった。例の巫女がやって来、おごそかに「今日の米の旅立ちはよくない」と告げると、一応信じることにした。情報収集には、教習所のウルコンユニホームが役にたった。余目、狩川の駅でハスキーがまず偵察する。もし駅ごとにダイヤが乱れていたりすると「なぜ遅れているの?」とさり気なく訊《き》く。相手は同じ制服に対する同族意識から「実は××駅で手入れをやっているので」と答える。彼らはその情報を自転車でいち早くカリカワスグラードの参謀本部に伝えた。本部は作戦を練りなおし「撤退は新庄経由東北本線にすべし」「赤羽は乗り過せ」と指示した。

教習所員たちはパスと制服があるので、賊の目をさけて改札口を通る苦労は比較的少なかった。狩川署に十数年勤務した松田倉治元ポリスが、さかんに首をひねり「わしの目をかすめて通った集団があるはずがない」といったが、無理はなかった。王国のハスキーたちは、あまりにも正攻法で通過したのだった。

だが、端縫分銅子走勘三は、王国にあってこそ閣僚だが、日本国有鉄道に対してはどこかの馬の骨であった。彼はハスキーの帽子だけを借り、大陸の独立愚連隊を率いた伍長当時の兵隊服に鉄道帽というアンバランスなかっこうで、「ヨッ！」と一声敬礼をして、切符なしで改札口を通る術《すべ》をわきまえていた。彼は国鉄を、国有鉄道でなく国民鉄道だと考えているので、罪の意識はもたずにすんだ。

彼らは、汽車に乗りこんだ。

米は、多様な運び方をした。軍隊の厚手の靴下につめこんで、痰壺《たんつぼ》の中に隠す。部厚い辞書をくりぬき、中に米を入れる。列車の構造を熟知しているので、ハメ板をはずして中におしこむ。天井裏にかくす。列車が停まると、車輛点検を粧《よそお》って下にもぐりこみ、しばりつける。炭水車の石炭の間に隠す。トンカチと釘を持っていて、米検《こめけん》の気配を感じると、窓の外側に釘を打ってぶらさげる。

多様な戦術を駆使したハスキーたちだが、やはり〝賊〟はあなどり難かった。

これがため各警察署では、全署員をあげて朝鮮人の集団的米の買出しの取締り、列車の警乗、検問、各駅における乗降客の取締りなどを活発に行なった。昭和二十二年から二十四年まで摘発数量は次のとおりである。

昭和二十二年＝八二五・五石　二十三年＝八七二石　二十四年＝五七三・一石　二十五年＝四一〇・二石（『山形県警察史』下巻「主要食糧の取締り」）

ハスキーたちは、彼らの「一〇〇パーセント完遂」に対抗して、わざわざ測量図やトンネル工事の設計図を携帯した。賊の姿を見るや、赤鉛筆を片手に図面を広げて熱心に見入る。ポリスは、ああ、国鉄職員か、と納得して通りすぎることもあったが、時たま看破されることもあった。甲斐《かい》なく摘発されてADS大公のアジトに帰ると、「賊にやられましたッ！」と報告する。王国の掟《おきて》には罰則の思想はなかった。論功行賞の思想もなかった。要するに「銀シャリエの法則」という単純明快な思想と、その憲章を遂行するためのエネルギーとして、形而上的遊びがあるにすぎないのだった。

賊にやられたハスキーは、次の作戦のとき皇帝から一計を授かった。彼はわざとリュックに砂をつめた。そしてポリスに言いはった。

「米じゃないってば」「ともかく見せろ」

「米じゃないというのに」「いいからここへあけろ！」

「しょうがないなあ」

彼はすでに摘発されてまぶしく積み上げられた米の山に、リュックの砂をぶちまけた。賊は怒ったが、「だから米じゃないとあれほどいったのに」といわれては、仕方がなかった。

再三登場したように、王国ではポリスを〝賊〟と呼んだ。敵への親愛感をこめたギャグで、当今の革マル王国や中核王国のハスキーのように、尖鋭な敵対感はない。敵もまたひもじいのだという連帯感があった。そこで、この際は、賊の言い分も記録しておく。賊たちも気を使っていた。内務省通達で毎月十日間前後の警乗に就いた経済防犯課、布施与太郎警部補の『列車警乗記』に神経の使い方がしのばれた。

彼らは「落ち着いたさびのある口調で」乗客に目的を告げる。

「（略）最後に私は我々日本人の国民道徳を昂揚《こうよう》致しまして車内の明朗化を図り、私共のような警察官が列車に乗り込まなくとも安心して御旅行の出来る日の一日も早からんことを祈る次第です。では唯今から甚《はなは》だ御迷惑様ですが、列車内の荷物を検察しますから、通路にお坐りの方は暫《しばら》く御立ち下さい。甚だ迷惑様です」

日記は、この同僚のことばに感激して次のように書いている。

その威あって猛《たけ》からず、惻々《そくそく》として人の心の奥を揺すぶる力強い言葉、飽迄《あくまで》も民衆のためを思う誠意溢るる謙虚な態度、乗客の誰もが我が身を護る警察の労苦に感謝の念を抱きつつ、できるだけの協力を誓うかに見えた。（略）車内の同胞の姿を見る。長途の旅に疲れ、トンネルの煙りに煤《すす》けた乗客の顔、警乗しなければ車内に犯罪の絶えない国民、是《こ》れが嘗《か》つては、「見よ東海の空明けて　旭日《きょくじつ》高く輝けば」を高らかに歌った国民か。「月やあらぬ春や昔の春ならぬ」の古歌を思い出して今昔の感に打たれ、悲痛な念

に胸を鎖《とざ》された。(『経済防犯連絡情報』昭和二十二年五月二十四日)

賊たちの感傷と対照的に、司の民たちは乾いていた。赤ん坊をねんねこで背負った母親のしぐさが何となく不自然なので、ポリスが大きな赤ちゃん帽をとってみると、ねんねこの中は米だった。母親は泣いて見のがしてくれといったが、米は返らなかった。そんな場面を見たハスキーたちは、心が動かぬでもなかったが、かといって一挙に義民に走ることはなかった。昭和二十年秋、元海軍軍人を指導者とする「日本天狗党」の一団が、日本刀を手に霞ヶ関の旧海軍省の倉庫を襲った事件があった。彼らは倉庫の食糧をトラックに積みこんで走り、数日後、有楽町日劇前で「日本天狗党」の幟《のぼり》を立て、無料炊き出しをした。

だが、司の民には別の王国のことだった。彼らは、一方で「朕《ちん》はたらふく食ってるぞ。汝《なんじ》臣民飢えて死ね」のプラカードを持つ群れにも投じなかった。

我々の手に残された道がある。これは天皇のところへゆくより他はない。幣原《しではら》や社会党に行けたら行ってもいいが、このでたらめな幣原やその官僚たちを任命した天皇に……いまこそ直接天皇のところへゆかなければならない、君たちのデモの行先は天皇のところだ。(世田谷の〝米よこせ大会〟当日の野坂参三の演説・昭和二十一年五月十三日)

彼らは、義民にもデモの民衆にもならなかった。なぜなら、彼らにとって天皇ヒロヒトは全く関係のない、よその国の元首にすぎなかった。従って、天皇は戯画化する対象でも、直訴する対象でもなかった。天皇ヒロヒトが仮りにタラフク食っているとしても、彼の米櫃《びつ》を開けて一億国民の何人が食える？　汝臣民飢えて死ね、とアジっている共産党員が、山口判事のように死んだか。天皇も共産党も五十歩百歩だ。第一、天皇の食っている米《こめ》よりも、我らツカサの食っている米の方がうまい。〝天皇よりも偉かったマッカーサー〟も、よその国のジェネラルだった。

彼ら飢餓時代の遊民《ホモルーデンス》は、『リンゴの唄』の「リンゴの気持はよくわかる」だけでは腹がくちくならなかった。だから彼らの歌をつくった。司共和国の歌は、世相に対するもっと強烈な笑いがあって、それが銀シャリエにつながる活力にならねばならなかった。歌と笑いは、彼らのカロリーだった。司王国は、庄内の米を食べて、諷刺という糞を排泄して歩く一味だった。

司王国には、感傷も怒りも存在しなかった。子供がメンコやベーゴマを取ったり取られたりする。そこに感傷の入りこむ隙間はない。彼らの王国は、それに近かった。彼らが若かったからだろうか？　〝NO〟。

「腹が減っていたからだ」

首尾よく米をかついで東京のアジトADS大公のスタジオに無事帰り着いた彼らは、例の敬礼をし「我、敵陣を突破せり」と報告した。彼らの戦利品には、利益配分のきまりもなかった。これをあげないと誰かが困る、という家が優先された。

彼らの銀シャリエを運ぶ先の一つに、国父・服部之総の家があった。彼らはこの家に入ると、庄内とはまた違った安堵《あんど》感を味わった。

服部之総はマルクス主義歴史学者だった。羽仁五郎との論争、マニファクチュア論、明治維新史等で服部史学の一派をなした彼は、単にやせたソクラテスではなかった。

弾圧で筆を執ることができなかった間、彼は花王石鹼の宣伝部長をつとめ「生ぶ湯の時から花王石鹼」というCMを作ったし、ジャーナリズムの世界では、中央公論社の出版部を創設し、処女出版の『西部戦線異状なし』をセラードブックスにしたてた。日本が敗《ま》けたとたんに、「これからは中共貿易だ」と見きわめて、正体不明の商事会社を作ったが、すぐつぶれた。

共産党員（後に離党）でありながら、三笠宮はしょっ中遊びに来るし、書庫開きをかねて宮さまの指導でダンス大会を主催する。

錚々《そうそう》たる学者や文学者がやってきて談論風発する。その隣の部屋では、思想警察の手でぶちこまれた時に留置場で知りあったヤクザの親分が遊びに来ており、これも遊びに来た刑事と、花札をしていた。

田宮虎彦によると「服部さんの心の中には、学者と同時に小説家もいた」という人物だった。吉川英治によると「執拗なほど、この人間社会に粘りをもっていたものが、服部史学であり、服部的人生と彼自身の人間臭であった」。

福村書店（現・福村出版）社長は「矛盾の中のよさ。人間が生きている」といい、三笠宮崇仁は「どう見ても赤旗より『袈裟《けさ》』の方がよく似合う先生」と評した。大内兵衛は「鎌倉山の山道を谷に下りてまであるき、花を語り、草をつんだこともある。なにしろ二人がよると、話しがはずんで、帰るのを忘れる」という友だった。

そういう服部之総を、三枝博音が適確に表現した。

「之総は『しそう』とよんだ。私たち親しい友人なかまでは『のそう』とよんでいたことがあった。これは彼の風貌にかんけいがある。彼があらわれてくると、あたりの空気をやわらげて、みんなを自分のなかにとりこんでしまうような之総の表情や動作は、ずいぶん多くの人が感じとっていたこととおもう。『のそう』ということばがある。『のざん』（野散）にも通じ『広辞苑』によれば『官の管理外の山野』のことだというように説明されてある。之総は学問においても生活の活動においても、管理外的なところがあった」

その「野散」の服部家の家風を、司王国第一代の皇帝の姉が支えていた。ハスキーたちは、この家へ米を運び、カリカワスグラードとは異質の、神経ののびやかさを食って帰るのだった。彼らは、当時教習所内で「二・一スト」の演説をぶったり、檄文《げきぶん》を撒《ま》いたりした仲間たちを見た足でこの家に来ると、「急造左翼ではないホンモノがいる」と安心した。ホンモノは、急造左翼や急造民主主義者に対して、こんな歌を詠んでいる。

コムニストのたたかひはつねに清《すが》こゝろ伴ふものと知れりや彼等

添ひ通すぬしをわすれてのぼせた妾《わたし》　愛想つきるもむりはない
　いふまでもなくぬしは労働者階級《プロレタリアート》のこと也

そして服部のそう（ヽヽ）は、遊びのわかる人だった。たとえば娘の縁談が決ったときの即興歌。

　僕それをうけて山崎梓杖《しじょう》に贈れるざれうた（即興）

シソウの娘を
シジョウが貰《もろ》うて
もめん一丈
おなかにまいたら

びっくりするよな
お嬢がうまれた。

服部之総が、司王国の若者たちを面白がるのは当然といえた。彼は、この時代に、口先で大義名分と理を説きながら、裏で要領よく生きるよりも、表街道を大手を振って歩く実生活のディレッタントになれ、といった。

「なあ皇帝よ。民衆というものは常にこういう型で抵抗するものだよ」

走りの勘三はいわれている。

「酒に上中下の三種ある。上の酒は酔えば天下国家を楽しませる。中の酒は、自から楽しんで人に迷惑を及ぼさない。下の酒は、己が苦しんで人に迷惑を及ぼす。勘三、お前の才質ではとうてい上には及びもつくまい、せめて中になれ」

ジェネラル・グラントは、昔はこうでしたが今はこうやってトンネルを掘っていますと、国父に報告した。すると服部之総は「君、それがインダストリーというものだよ」と、時代的、歴史的、経済的価値の変遷を熱っぽく教えてくれた。アンドレ・ジープは唯物史観の本を漁《あさ》ったし、ポールは美声で『関の五本松』を歌って国父を喜ばせた。

そして彼らは、またカリカワスグラードに向って進軍するのだった。旅の博士の命じたダイヤに乗るべく上野駅に立った彼らは、西郷隆盛の隣にヤミ屋の銅像を思い描いた。彼らの想念の中の銅像は、旧軍の飛行服に長靴、背にリュック、口に洋モクをくわえて、札束を勘定している男の姿であった。
「では出発。司王国民衆歌、はじめ」

真白き白米　緑ののりまき
思い出す身も　今は涙
恋し昔の　日の丸弁当
せめて食べたや　夢の中

王国は原子元年から三年にかけて、全盛を誇った。

「勘三、どうやら皇帝を退位すべしの天命が下ったようだ。慎んで拝受しようと思う」
初代にして二代なき王国の皇帝、天忍鉾建天駆石川養治命がそう断じたのは、A・A四年（昭和二十四年）春のことだった。〝天命〟はいくつもの啓示が重なっていた。まず現象としては食糧事情の好転だった。

《㊋割る野菜・魚》都内へも記録的な入荷。市場取引額は公定価格を割った。（『朝日新聞』昭和二十三年七月二十七日）《11月から二合七勺》天候不良を見込んでも、11月から米その他の主食が増配され、二合七勺（三八五グラム）に引き上げできると、総司令部当局が言明（同・昭和二十三年八月二十八日）《台湾バナナ入荷》（同・昭和二十三年十一月二十五日）《野菜類の統制令撤廃》（同。昭和二十四年四月一日）

銀シャリエをとりに行く必要が徐々に薄れてきた司王国は、憲章が空文化しはじめた。一方で、二十四年春は、王国の民の過半数を構成していた鉄道教習所生の卒業の年だった。皇帝やハスキーたちの名誉のために書いておくが、彼らは遊民ではあったがよく勉強もした。彼らは三年間の飢餓時代を過した岡の上の寮を降りて、それぞれの職場に別れなければならなかった。彼らは、いわば〝国鉄士官学校〟でこれだけ勉強した自分たちこそ、新しい風をもちこめるという期待を抱いていた。だが配属された職場は、意に反していた。信濃川工事局を希望したジープは上野、ポールは新宿、グラントは大宮、サバは横浜の、各保線区という具合だった。

誰もが、帝国軍隊という巨大な組織が壊滅したあとに、唯一つ残った日本最大の巨大組織国鉄の、何重にも構築された機構の最下層に組みこまれた。機構の頂点には旧帝大組、次に国立高専、その下に私立大学と、軍隊のように階層がはっきりしていた。

「来たれ！　新時代の若者」の広告で、それなりの夢を抱いて入学した彼らの中でも、特に、陸士、海兵出の復学を閉ざされた青年たちは、ここでも三年間のノートを活用できなかった。彼らは現場に配属されると、外地から帰参してあふれた職員数のために、降職させられ、保線区のさらに一階級下の分区で、一作業員に落された。特に国鉄内部から入学した組には、制服の袖についた一本の黒い蛇腹のうれしさは、幻影だった。彼らは、司王国時代の明るい諧謔《かいぎゃく》に満ちた歌とはうって変った、自嘲の歌を聞いた。

線路工手が人間ならば
電信柱に花が咲く

現場に入って間もなく、国鉄は定員法に基く九万五千人の行政整理に着手した。

《「遵法闘争」を指令。国鉄労組、ストと同じ効果をねらう》（『朝日新聞』昭和二十四年七月二日）

五日後「下山事件」が起った。

彼らは、国鉄を辞めていった。教習所はGHQの指令でつぶされた。ポールは郷里に帰り、三十歳を過ぎてから大学に入り直した。現在はゴム会社の経理課長である。サバは、運送会社を経営している。ハムは三つの会社を経て、某社土木部長である。五本松は、ハスキー仲間の噂によると、布団屋の番頭とも、伊東の駅前で温泉旅館の旗を持って「お宿はお決りですか」と旅客を誘っている姿を見たともいう。グラントは某企業で公共的な建設工事の責任者になり、岩盤の厚さよりも何が何でも反対の〝住民パワー〟の権利意識の掘削に悪戦苦闘しており、飢餓時代から三十年後のデモクラシーに懐疑的である。

一方、共産党員で国労専従役員になったジープは、その民主主義を奉じる立場である。「グラントさんがやっている仕事は、国家目的、資本目的のために住民の小さな平和を圧殺していいのか」。彼は現場に入ると「国鉄労働史上最大の汚点〝0号指令〟」をきっかけに、かつて米をかついで十国峠をバスよりも早く駆け降りた体力を、組合運動に投じた。

グラントはそんな彼を「父が死に、いい兄が死に母が死んで一人だった彼は、司王国という一刻《ひととき》の童話《メルヘン》の世界に保護されていた。それが急にナマの社会に放り出されて、逆に直剣に悩んだ。共産党に入ったのはその結果だろう」と推測した。

「童話は、いつまでも童話のままではいられないのです」

司の青年たちは、ほとんどが戦後の混乱さえなければ、それぞれの家庭や学校で自分の民主主義を築き得る環境にあった。それがGHQから〝デモクラシーをどうぞ〟といわれて、〈多数決なんて、バカ臭くて〉と思った若者たちだった。その思いが、遊びを生んだ。

彼らには、官製民主主義よりも、夢の王国の遊びの方が楽しかった。

司王国第一代の皇帝は、国鉄在職の傍ら早稲田大学で商学を学び、A・A九年、留学生になって日本を離れた。高度経済成長突入前夜である。彼の留学を伝え聞いた懐かしき狩川の住民たちは、「養治サ、そんな唐天竺《からてんじく》に行ってどうなさる」と不思議がった。

皇帝は、はじめてシアトルに着いたときアイスクリームを食べ、世の中でこんなにうまいものがあるのかと、驚いた。それは同時に、カリカワスグラードの真珠色の銀シャリエが、王国の生存目的であった時代の、遊民精神からの、はるかな距離を感じさせた。

とはいえ、皇帝はあくまで皇帝の資質を失ってはいなかった。彼は、制限されたドルのほかに、藤娘の人形を持てるだけ持って船に乗り、船内の外人や寄港先で、ドルにひっくり返した。シカゴに着くと、藤娘は当時の金で百ドルに化けていた。

皇帝は滞米九年。チュレーン大学で工学を学び、帰国すると、ロッテ嬢なる妃をめとった。噂は、かつてのカリカワスグラードの、貞子かっちゃや、伝右衛門とっちゃに嵐の如く伝わり、彼らは、「養治サが、ロッテガムの娘サもらったでがす」と感嘆した。

いま、皇帝は世界中に国籍の違うハスキーを駐在させ、自在の語学力を駆使して、足りないテクノロジーをAからBに移す仕事をしている。コペン、パリ、ニューオリンズがすぐ目の前にあり、帰鳥倶楽土は、霧《ミスト》の彼方《かなた》になった。

彼らの、飢餓時代のバラエティショーは幕をおろした。司王国は、〝戦後史〟という書物が綴られはじめると共に消滅した。消滅の前夜、ハスキーたちの最後の活動は、国父・服部之総令嬢の移送であった。令嬢は、国父の故郷〝島根県浜田で胸を患っていた。余命いくばくもないと知った彼らは、ひどい苦労をして令嬢を鎌倉山に運んだ。その時、旅の博士・早川の英生と、走りの勘三・植木の昌一郎は、元・ハスキーから借りた国鉄の制服を着、無料パスの写真を貼《は》り変え、鉄道用語をマスターして乗りこんだ。二人は〈これが王国最後の遊びだな〉と感じていた。

彼らは令嬢をタンカで満員列車に運び、その上で武勇なんぞ忘るべけんや、にぎりめし百十一個、下駄十二足、塩一升、米一斗をかついでいた。司王国最後の大輸送だった。彼らは、当時の映画『我等の生涯の最良の年』をもじって「わが生涯の最良の旅」と笑った。だが、鎌倉にたどりついた令嬢は死んだ。国父・服部之総は「ヤレヤレ、粱子は死んだか」とひとことといった。ハスキーたちは〈ヤレヤレ、王国は消えたか〉と思った。

こうして、司王国は影を消した。彼らはそれぞれに散って行き、米のあとには単なる友情だけが残った。帰国した皇帝はテクノロジストとして実生活を営まねばならなかった。ホモルーデンスから、新幹線時代のホモモーベンス（homo movence）になった。

元・皇帝の宮殿は公団住宅の一棟である。

王国の民たちは、彼らのユートピアの消滅を、何のセンチメントもなく見送った。勘三は〈我々は遊んでいたのだ〉と自分にいい聞かせた。〈そうなんだ。遊びに飽きた子供が、

日暮れて自然に散っていったんだ。懐かしむ者も居ない。哀しむ者も居ない〉

皇帝も、また同じ思いだった。

〈飢えが満たされたいま、友情でつなぎとめておくのは、司王国がもっとも軽蔑したセンチメンタリズムそのものである。それは感情の浪費だ〉

「そうなんだ、皇帝。老子の思想でいえば、悲しいと嬉しいは同じものなんだ。悲しみがあるから嬉しさがある。司は、飢えがあったから笑いがあった」

と勘三がいった。皇帝は答えた。

「三十年の昔、革命の理論と一杯のメシがあった。我々は一杯のメシと遊びを選んだ」

「喜劇というのはいいものだ。自分が喜劇を演出すればなおいいものだ」

「そうだ。王国はもともと存在しなかった。存在しなかったものは、故に変貌しない。変貌しないものは、故に消滅しない。だから王国は同窓会を開かない」

彼らにとって戦後三十年は、架空の王国を霧消し、拡散するに充分な時間だった。〃帰鳥倶楽土〃のあの杉皮の屋根に黒板塀の参謀本部は、とりこわされて町の公民館になった。王国は、戦後の陽炎《かげろう》のような存在だった。最初から観念のユートピアであったから当然といえる。だが、はっきりと存在した「国鉄教習所」も、いまは王国同様、陽炎のようだった。国鉄を訪ねると、「初耳です」「そんな学校ありましたか?」「国鉄の部外者が半数も在籍したというようなユニークな学校はありません」「そういえばありました。残念ながら学籍簿も何も、いっさい残っていません」という。彼らのバラエティショーは完全に幕を閉じていた。

だが、バラエティショーとは面白いものだ。演ずるもよし、見るもよし。

幕が下りたあとで、彼らは二十数年後に新たなショーを味わった。皇帝はある日テレビを何気なく見ていて声をあげた。

「あっ、あいつは！」

画面にはハイジャックの道化師・ポール中岡が写っていた。彼は三十年前、陸軍航空隊で皇帝の部下だった。いつまでたっても単独飛行ができず、アメリカさんがやってきた時は白い布を振れば助かる、と言い、グライダー隊にまわされたあの男だった。

旅の博士・早川の英生は、やはりテレビの画面を〈へえーッ⁉〉という思いで眺めていた。彼が千葉の戦車隊で主計官であったころ、長岡出身の上官がいた。そこへしょっちゅう通って来ては「ねえ、軍の仕事をくださいよ。同郷人のよしみでお願いしますよ」といっていた男がいた。その男がいま、しゃべっている。

「国民の皆さん。わが党は、福祉と自由社会を……」

内閣総理大臣・田中角栄だった。

（『諸君！』一九七四年十二月号）

鐘の鳴る丘——二十五年めの戦災孤児

東京からやってきた三十八歳の医師品川房二は、赤い三角屋根の見える丘を上りながら〈あれから二十五年か……〉と思ってみる。〝緑の丘の赤い屋根〟は、〝トンガリ帽子の時計台〟で、きょうも〝鐘が鳴る〟はずだ。

群馬県赤城山麓《あかぎさんろく》のこの丘を、鐘の鳴る丘「少年の家」という。

二十五年前の少年は、浮浪児と呼ばれていた。ここは、そういう五人の少年が、一人の復員兵と暮した丘である。そして〝トンガリ帽子の時計台〟は、その後七百人を超える孤児たちの人生に時を刻んだ。

鐘の鳴る丘「少年の家」には、新しい住人が増えた。新しくこの丘につれてこられた七十人は、もはや生命の針が止まる瞬間を待つだけの、特別養護——つまり、寝たきり老人である。

鐘は、親に捨てられたゼロ歳から、子に見放された九十四歳の死を待つ老人の耳に、桜の間を縫って鳴る。

丘の家の第一期浮浪児であった品川房二は、聴診器と白衣をいれた鞄《かばん》をさげてやって来た。二十五年前の浮浪児の、房二の名刺にはこうある。

東京大学医学部第四内科

彼は、医学博士、文部教官である。

品川房二は、元の名を斎藤房二といった。菊田一夫のラジオドラマ『鐘の鳴る丘』が、世相史の数行でなく、まだ「時代」そのものであったころ、彼は靴磨《くつみが》きの少年であった。

彼には五人の仲間がいた。いや、正確にはおとなが一人いる。少年の家の主宰者、復員兵・品川博である。

品川は「国破れて山河あり」の感慨よりも焼け跡の浮浪児に心を痛め、敗戦の一年後に、郷里前橋から東京まで自転車をこぎ、自ら浮浪者の群れに入る。彼は、浮浪児たちの符《ふ》牒《ちょう》まじりのことばを覚えることから始める。

「昨日はノガミ（上野）は狩込みがあるらしいのでヤバイ（危ない）からジュク（新宿）へ行った。ロップ（財布）拾ったらチギチョウ（十五円）入ってた。ジュクでアオカン（野宿）して朝になってブクロ（池袋）へ行った。ゲソミガキ（くつみがき）からオトシマエ（ピンハネ）とってまたノガミへ来たが、今日はしけてて朝からシャリコケ（飯めき）だ」

彼は少年たちとこんな会話をかわせるようになって後、経過を省略していうと、浜松の戦災孤児収容所に無給職員として住みこみ、一人の少年と出会った。孤児・斎藤房二は、まだ小学生であるのに、もう煙草を覚えていた。

房二は、静岡空襲で父を失い、母は火傷《やけど》を負って死んだ。房二は母や兄弟といっしょに転々とするうち、ゴクツブシのように扱われて家を飛出し、ガード下に寝る少年となった。やがて浮浪児狩りで捕えられ、この収容所に送られ、風の便りで母の死を知った。したがって、墓のありかも知らない。十二歳の斎藤房二は、収容所を三度脱走し、そのつど捕まっている。

房二は、少し目尻の下がった優しい顔だちで、いつも年上のボスにいじめられていた。房二はもちろん学校に行っていないが、ほんとうは頭の良い子であった。品川博は、やがて新設された施設「葵寮《あおいりょう》」に移るとき、この斎藤房二をつれていきたいと園長に願い出た。

品川には、ひとつの思惑があった。これから勤める葵寮に入ってくるであろう少年たちは、浮浪児でも強者《つわもの》ばかりである。鳥籠に捕えられた荒々しい野鳥を慣らすには、落ちついた優秀な飼鳥がいる——。うっかりすると、その鋭い嘴《くちばし》で目の玉をえぐりかねない野鳥たちが、一網打尽に捕えられ、葵寮に送られてきたのは、それから一週間後のことである。昭和二十二年も夏に入ろうとしていた。

六十人の野鳥たちは、汗と垢《あか》で異臭をはなち、ぼろぼろの衣服は寝小便と泥にまみれていた。長く伸びた頭髪には虱《しらみ》が巣食っている。

彼らの大半は、ヌマカン族であった。

ヌマカン——沼館というらしい。

少年たちは東京暮しの浮浪児で、夜になると、東京駅を午後十一時に発車する最終列車にもぐりこみ、終点の沼津に着くと同時に飛降りて駅の構内に身をかくす。やがて駅が静まりかえり、職員の姿が消えたのを見とどけると、再びもぞもぞとそこかしこから現われ、汽車に乗込んで夜を明かし、翌朝の沼津発一番列車となったこの汽車で、生きるために東京に帰る。

少年たちは、これを沼津旅館、略してヌマカンと呼んでいた。

さてその朝、寝込みをいっせいに襲われ、この葵寮の鉄格子に監禁された沼館組の少年たちは、

「銀シャリもってこい！」

「煙草吸わせろ！」

「大人のうそつき野郎！」

と、刑務所の暴動さながらに暴れ、やがて諦《あきら》めて静かになった。

この少年たちのなかに、斎藤房二が、後の青春を分けあう四人がいた。

伊藤幸男は、斎藤も含めて五人のなかではいちばん手におえない不良少年であった。父

は満州で戦死し、母は病気で死んだ。彼は、小学五年生ですでに煙草を吸っており、片ことのパンパン英語を話した。他の浮浪児が小便のにおいと虱をばらまいているのに、彼だけは小ぎれいで、涼し気な裾刈《すそが》りである。

旧制中学を中退し、ずいぶん長い間偽名を使っていたが、実は本名を宮内文平という十五歳の少年は、やせこけて目ばかりがぎょろりと光り、どう見ても人相の悪い浮浪児であった。彼は、字がものすごく上手で、いつも日記をつけていた。

いちばん歳下の伊東寿一は、繊細な神経の持主で、父は空襲で即死、母は行方不明であった。十一歳の彼は放浪癖があり、時々脱走してはつれもどされた。寿一はいつも野良猫を抱き、頬ずりをしていた。

鈴木彰は、仲間から言わせるとかなりおっちょこちょいのところがあり先生の品川博の目には、気のいいところがある少年で、いつも人のあとをついていくというタイプであった。

少年たちは、逃亡、入所、逃亡、入所をくりかえし、プラカードを掲げてデモをし、こんな歌をつくった。

我々はさすらいの
戦災孤児の労働者

今日は東　あすは西
日本国中只《ただ》で乗る
太陽よ　銀シャリよ
みんなおいらについてこい

品川博や少年たちが、夕方になると、箱形のラジオから聞えてくるひとつのメロディーに耳かたむけたのも、このころのことである。

ラジオは歌っていた。

〽緑の丘の赤い屋根　トンガリ帽子の時計台　鐘が鳴ります　きんこんかん……

昭和二十二年十二月五日は、品川博と五人の少年たちにとって、記念すべき日であった。この日、品川博は、寮を出た。彼にとって、少年たちは「同志」であった。

葵寮の鉄格子が問題になり、職員間の内紛や思想的対立が表面化した。疑問を抱いていた品川は、役所がつくったものでない自分たちの「家」を建設しようと決心し、旅立つ日であった。

寮を出た彼らは、リュックを背負い鍋釜《なべかま》を背負っていた。野球のバットや洋傘をかついでいる少年もいた。伊東寿一は、三毛猫の茶目を鳥籠に入れて抱いていた。
彼らは互いに誓文を書き、名を連署した。
品川　博（群馬三十歳）印
斎藤　進（宮内文平の偽名）（愛媛十五歳）印
鈴木　彰（岡山十三歳）印
斎藤房二（静岡十二歳）印
伊藤幸男（大阪十二歳）印
伊東寿一（静岡十一歳）印
品川博は、誓文と連署のあとに、こんな一行をつけ加えた。
「この子供達は浮浪児ではありません。浮浪児狩りには絶対に連れて行かないで下さい」
落ち行く先は、茨城県古河《こが》の寺の一室である。そこは品川の縁者の寺で、ひとまずここに仮の宿をとり「少年の家」建設を目指そうとした。だが、寺は地元の住民の反対にあい、わずか一夜で六人は上野の地下道に寝ることになった。
師走の地下道の淡い電灯の下は、復員乞食《こじき》や男娼《だんしょう》や、浮浪児であふれていた。古巣にもどった少年たちは、嬉々《きき》としてこんな仁義を切るのであった。
「おひかえなすって、おひかえなすって、手前生国とはっしましては遠州でござんす。遠州遠州と申しましても、石松で名高い森町ではござんせん。歴史に聞えた三方《みかた》ヶ原《はら》、チンピラ浮浪児もふるえ上がった、鉄の格子の葵寮、鉄の格子で六カ月、すいとんかぼちゃばかり食ってはいたが、いささか筋金が入ったしがねえ戦災孤児の旅烏《たびがらす》でござんす。頭《かしら》を含めておいら六人、親はなくとも子は育つ。仮寝の宿の地下道も皆さん方とは筋違い。チャリンコ、カッパライは真っ平ご免、げそ磨きはしていても希望は高し富士の山、愛と誠のヤサを建て、六人仲良く暮すまで、苦難の道を奮闘努力、奇特な御仁《ごじん》は切に御援助……」

それからの彼らを、駆け足で書いておく。少年たちは、靴を磨いて食物を得た。地下道生活の後に、寺の住職が奔走して地元をなだめ、彼らを迎えに来、その後の一カ月を寺から靴磨きの道具をさげて少年たちは東京行の汽車に乗る。

やがて少年たちは、品川の故郷前橋に、離れを借りて移り住む。

医学博士品川房二、当時の斎藤房二は、はじめて上州の地を見たとき、二つの印象をもった。

なんと風の冷たいところだろう。それに、男がねんねこを着て赤ん坊をおぶっている……。

彼らが、菊田一夫を東京に訪ねたのは『鐘の鳴る丘』の放送が始まってから一年後、昭和二十三年七月のことである。

彼らは、劇中の主人公加賀美修平に会いたいといった。少年たちとさして背丈の変らぬ

菊田は、

「加賀美修平は架空の人物です。モデルなんかおりません。収容所と経験者の話を聞いて作りあげた人物です。マッカーサー司令部の命令でね」

と笑った。彼らは落胆し、それが通りすぎると、〈よし、それならぼくらで〝鐘の鳴る丘の少年の家〟を実現させよう〉と思った。

それから、赤城山の麓《ふもと》の村に、赤いトンガリ屋根の時計台が立つまでの、彼らの労働や年月を縷々《るる》述べると、それは所詮「感動美談」の上塗りになりかねない。

いま、目の前の、かつて靴磨きであった医師は、「さして懐かしいとも苦労したとも思わぬ」というのである。

猫を抱いて師走の浜松を出てから、寒空に古寺を追われ、地下道に暮し、上野、有楽町の靴磨き、魚の行商、アイスキャンデー売り……と、転々と生きた六人が、最初に建てた家は、八畳二間であり、玄関に、小さな赤いトンガリ帽子の時計台のある家であった。

それから二十五年、いま鐘の鳴る丘は、居を移し、時計台は建てかえられ、敷地約一万二千坪、建坪千坪のわが家となった。

少年たちはその後、マッチ箱のレッテル張り、ブロック製造、犬の飼育、鯉の養殖……と、時代とともに生きる手だてを変えた。

いま、この丘には、百人の子供たちと、七十人の死を待つ老人が、花や動物と暮している。

そして、二十五年後の斎藤房二は、大学入学のときの手続きの必要から、品川房二と改姓し、医師となって東京からやってくる。


菊田一夫が過去の人となるよりもはるか前に、五人の浮浪児はそれぞれの人生を得、この丘を下りていった。

少年の家第一号の品川（斎藤）房二は、高校を終えると、二年間をこの丘につれてこられた子供たちの指導員として暮し、その金を貯めて、医学部に入り、眼科を専攻する女性と恋をした。だが、いかに東大内科の医学博士であるとはいえ、かつて靴を磨いていた浮浪児は、恋人の両親に許されず、既成事実をつくるしかなかった。したがって、彼のアルバムには、結婚式の写真も新婚旅行のスナップもない。いま二人の子の父である品川房二は、上の子が小学校に上がるとき、やっと戸籍を整えた。

満州に出征したまま帰らぬ父のあとを追うように母が逝《い》ったあと、妹と他家に預けられ、ある夜、金太郎と熊が角力《すもう》をとっている模様の着物（それは、母が縫ってくれた）に母の位牌《いはい》を包みこみ、窓から脱け出して浮浪児の群れに入った伊藤幸男も、この丘を下りていった。彼は、少年たちが靴磨きから野球場のキャンデー売りに転じた時も、おれはやっぱり靴磨きがいいと、上半身裸で銭形平次捕物帳に読みふけりながら、あいかわらず靴を磨いていた。沼館の浮浪児狩りでつかまった時、パンパン英語を話した彼は、後に明治学院大学を中退し、縁あってアメリカに留学した。

いま、ミスター・イトウは、アメリカ国籍をとり、アメリカ人の高校で、フランス語とスペイン語を教えている。

彼が、渡米して七年後に、この丘に〝錦を飾った〟とき、品川博は思わず泣いている。伊藤は、美しい娘と知りあい、アメリカに帰る一週間前に式を挙げた。

だが、花嫁がミセス・イトウとして、夫の教え子たちに会うまでには、当時の移民法で三年を待たねばならない。

帰米した伊藤は悩み、アメリカの生活をひきあげ、日本に帰ることを決心した。するとそれを聞いた生徒たちが「イトウを帰すな」と、全市をデモして歩き、結局、ジョンソン大統領が移民法を改正して、花嫁を迎えた。

孤児であった伊藤はすでに父親で、愛児の名をジョージ、日本文字で譲司と書いている。

斎藤進という偽名を使っていたやせて目ばかり光った宮内文平は、少年たちの最年長者として、少年の家のリーダーをつとめた。だが、ヒロポン中毒にかかり、金を持出しては薬に代え、とうとう強制入院のためこの丘から去った。

彼は義母のいる故郷の松山に帰り、〝暴力団的な悪い親分ではなく、人の面倒をよく見る太っ腹の親分〟にひろわれた。親分は市会議長にのし上がったが、どういうわけか字が書けない。浮浪児のころから字が上手で、いつも日記をつけていた宮内文平は、親分の秘書的存在として頭角をあらわし、信用を回復した。

彼はいま、商事会社社長として、松山の目抜き通りに社を構え、自分より背の高いファッションモデルの、べっぴんの奥さんをもらって、幸せである。

彼は、飛行機の切符を送って、品川博を道後《どうご》温泉に招いた。その後も、〝鐘の鳴る丘〟のお祝いの時には必ずかけつけ、寄附をしているという。

放浪癖があって、いつも先生と追いつ追われつしたものの、三毛猫の茶目いとしさについてきた伊東寿一は、ブロック工場で働いていたが、故郷の静岡に帰り、ごく普通のサラリーマンになっているらしい。放浪癖がなおらぬか、あるいは、鐘の音の記憶を断ち切りたいか、五人の少年のなかでは、いちばん疎遠な存在になってしまった。

どこかの町の片すみで伊東寿一は、いまも猫を飼っているか——。

ドクター・房二の言によれば「五人の中でいちばんおっちょこちょい」の、気のいい鈴木彰は、五人のなかでいちばん早く結婚をした。子供はもう中学生である。

彼は、この丘の家で身につけたブロックの技術を生かし、緑の中に二つの家を建てた。白く塗った〝ホワイトハウス〟、あずき色の〝清研寮〟。彼は、秋田生れで二つ歳上の丸々と太った保母さんと、トンガリ帽子の時計台の前で、かしこまって結婚写真を撮り、東京で暮すために丘を下りた。

妻は東京で保育園の園長をやり、彼はなんでも、タクシー会社の課長であるはずだ。

ここを出ていくまえに、これだけは仕上げて「少年の家」の記念にするんだと、彼が残していった建物には、いま、もう戦争のかげりもない世代の母や父に棄てられた幼児が、鐘の音を聞いて遊んでいる。あるいは孤児、片親で養育能力のないもの、環境の悪い子、極度の貧困家庭の児、親に虐待される子。

トンガリ帽子の赤屋根は三度建て替えられ、二十五年前の時計はもう動かなくなって、食堂の一隅に「記念品」として身を休めている。

鐘はあいかわらずつるされているが、いま、この丘に響く音は「鐘の鳴る丘」のオルゴールに変った。

そのメロディーを聞いても、あの時代のざわめきも、笠置シヅ子の歌声も、ＤＤＴの白さも、ララ物資の横文字も、思い出す術《すべ》のない子供たちである。

そして、あの時代に〝父〟であり〝母〟であった世代は、いま寝たきり老人になってこの丘に運ばれ、黙って「鐘」を聞いている。老人たちは眉《まゆ》ひとつ動かさず、オルゴールの響きに思い出話をするでもない。一部屋八人のベッドは、二十五年前の動かぬ時計にも似て、ひそ、ともせず静まりかえっている。

老人たちのために、時おり東京から帰ってくる品川房二は、大学入学のときに、浮浪児・斎藤の姓を捨て、園長と同じ品川姓になったことを、大失敗だった、と思っている。その名にいまだになじめないのである。

医師品川房二は、五人の仲間が、それぞれ自分の生活を求めてこの丘をあとにしたのは、当然のことだとも考える。

品川に、ひとつの悩みがある。

園長には、いいしれぬ世話になった。そして、この鐘の鳴る丘は、まぎれもなく一人の復員兵と、自分たち五人の浮浪児が、素手でつくりあげたものだ。

園長への恩や、その思い出から、するっとぬけられるなら、いっそどんなにラクかしれない。だが、それでは〝恩を仇《あだ》で返す〟ことになってしまう。それ以上に、この丘には、断ち切っても断ち切れぬものがある。どうして棄てられようか。さりとて自分の生きる道とのギャップを考えると、結局、「私のように、つかず離れずにいるしかない」とつぶやくのである。

品川房二は、あの時代とちがって、百人からの全職員を、ただ〝奉仕〟だけで雇ってゆけるものかどうか、疑問に感じている。社会事業をかくれみのにしていると、決して長続きはしないだろう。

家を自分たちで造る——という〝あの時代〟が、もう終ったことを品川房二は知っている。

二十五年後の浮浪児は、断ち切れぬ思いで聴診器を耳にあてるのである。

そして、センセイ……と合掌して迎える老人たちを診ながら、ふと〈私はこういう道を歩いてきたほうがよかったのだな〉と思うのである。

あの時、もし浮浪児になっていなければ、表具屋を父にもった私は、高校を卒業して多分どこかの工場の、職工になっていたかもしれぬ。どちらを幸せというべきかは知らぬが、この丘の、トンガリ帽子の赤い屋根が、鐘の音が、私の人生を変えたことだけはたしかだ。

品川房二は、暗くなった丘の道を下り、東京に帰る。

「じゃあ」と別れを告げる園長の品川博は、今年五十五歳である。

彼は、結婚をしないままこの歳になった。

時おり「何か大きな仕事をする人は、その人の一番大切なものを捨てろ」というシュバイツァーのことばを思い出すことがある。

シュバイツァーは音楽を捨てた。自分は、気がついてみると結婚を捨てていた。ただそれだけのことだ。だからといって、別に見えをきった人生を生きたわけではない。もしいま自分に体力と余力があれば、ベトナムに少年の家を造りたいのだが……。

園長は子供たちの待つ家に入り、品川房二は、木の間がくれに赤い屋根の見える、丘の麓に立った。

彼は昨年の暮、二人の子供をつれてアメリカ旅行をし、伊藤幸男と久しぶりに会った。その時の二人の会話は、トンガリ帽子の時計台への感傷よりも、お互いの現在の暮しむきの話で占められていた。

伊藤は日本の民芸品をアメリカで売るのだとはりきっていた。彼は達者な英語を縦横に使っていた。

二人は、二十五年前の伊藤がはじめて覚えた英会話が、

「ハロー　プリーズ　シューシャイン」

であったことを、お互いおくびにも出さずにいた。

品川房二は雨あがりの道を東京に帰った。靴が汚れた。今夜、医学博士・品川房二は、その靴を磨くだろう。彼は、靴だけはいまだに一度も他人に磨かせたことがない。家族の靴も自分で磨く。

昔、彼はそれで生きた。

いま、それは、彼の人生を塗りこめた余技となっている。


（『サンデー毎日』一九七三年四月二十九日号）

遺族の村――靖国法案と遺族たち

ひとの家の大黒柱サ勝手につれてって、妻も子も太平なものうちすてて行ったども、あんちゃ（夫）は帰って来なかったナス。お国に三百六十五日拝んでくれじゃねども、せめて春、秋の二回ぐらい、天皇陛下さまにもハア、拝ませてやってもええじゃなかべすか。あんちゃは、天皇陛下のおんためと教えられたもんでやんすよ……。

岩手県下閉伊《しもへい》郡岩泉《いわいずみ》町は、山襞《やまひだ》の町である。北上山脈からえんえんと広がり、東のはては太平洋に臨む。神奈川県全域とほぼ同じ面積をもちながら、人口二万一千五百人、五千三百世帯。日本でいちばん広く、人口密度はもっともまばらで、民社党系の町長を擁し、生活扶助世帯の率も高い。

この町にも「遺族会」はある。いや「ある」などというものではない。岩手県遺族会から遺族の家の世帯数比が「おそらくいちばん多いだろう」と、あらかじめ知識を得て訪ねた町だった。

役場の台帳には、昭和四十九年五月現在で四百五十二家族が登録されている。息子をなくした家、六割。夫を失った家、三割。その他一割。

遺族は向うの山かげの部落に二十戸、この川沿いの谷間に十戸と散在している。尼額《あまひたい》地区は、盛岡から三時間を走りつづけた単線の鉄道が、終点になろうとする手まえの部落で、斜面の畑作と近郊への出稼《でかせ》ぎにたよる兼業農家の集落である。遺族の数は年ごとに減り、年額二十九万六千円の公務扶助料（いわゆる遺族年金）を受けとる家は十一家族になった。つまり、地区→県→国とつながる「日本遺族会」に、会費を納めている家族である。

三十数年まえ、鎮守の森に無事を祈願し、村の真ん中に一カ所だけあるバスの停留所から「さんこくめしば食い終えて、涙かくして軍歌サ歌って行きやした」人、「そのまんま、隣の部落サ用足しに行ぐようなかっこうでハァ、バンザイの一声もきかず、見送りも受けずに行きやした」人と、峠を越えて出征する姿はさまざまではあったが、男たちのなかに志願兵は一人もいなかった。

やがて男たちは「骨箱《こつばこ》に骨などね（無い）。名札ッコ一枚でやんした」という姿で、胡桃《くるみ》の大樹と山吹のおい茂る村に帰ってきた。

結局、尼額の部落は二十二人の戦死者をだした。二十二人の「遺族」は、三十年目になって十一人に減った。この地区のまとめ役をしている上川原タマさん（六十三歳）は、台帳を見ないでも、帰ってこなかったあの人たちを即座にいうことができる。

「あそこがハァ、ニューギニア、あそこがラバウル、あの家はフィリピン……」
遺族　妻・似内ユウ、六十三歳。
遺族　妻・上川原タマ、六十三歳。
遺族　妻・下川原キヨミ、六十三歳。
遺族　父・上野貞三、八十四歳。
遺族　父・坂下金太郎、七十六歳。
遺族　母・前角地トミ、八十二歳。
遺族　父・沢口広治、七十六歳。
遺族　父・中村清蔵、七十七歳。
遺族　父・橋本平吉、七十二歳。
遺族　父・砂子安太郎、八十歳。
遺族　母・山崎チヨ、七十八歳。

なんのために戦争に行ったべと思うでナス。小野田さんでも横井さんでも、億という経費かけてバンザイバンザイで迎えて、死んだ人間はおらだつ遺族が勝手におがめといわれればハァ、腹も立つし情け無えでやんすよ。

日本遺族会の会員が、年平均三パーセントずつ自然減少しているように、この尼額の部落もまた、遺族は年々高齢化し、半分に減った。十一戸の遺族感情は、表現の語彙《ごい》はそれぞれにちがうが、「靖国神社」に関しては帰するところ「ダベ！」の短いひとことで用が足りる。ダベ！　が、博多の遺族にとっては博多弁、津軽の遺族には津経弁になったところで、おおむねこの短いうなずきあいは、赤穂浪士の「ヤマ！」「カワ！」の合いことばのように、強固な連帯語であることに変りはない。

　そのつながりあう心情が、短く挿入したことばである。たとえば、夫をニューギニアで失った上川原タマさんの「ダベ！」にたどりつくストーリーはこうだった。

　夫は、栄次郎と申しやした。三十六歳で死にやした。まんず声がよぐて民謡がじょうずな人で、わたしにも子供にも怒ったことのね人でやんした。夫は、「オラは現役サ行って二年もおカミのメシば食ってきた身だから、戦争ということになると、自分たちがまんず行かねばならね。そのためにおカミはオレたちに白いメシばくわせた。いざ召集が来れば、わが妻に何を言いのこそうと思ってもヒマもことばもねもんだべ。いまのうちに山の境でも畑の境でもなんでもオラに聞いとくべや」が口ぐせだったナス。

　夫はまた「召集で家を出た日が命日と思え」と、何度もくり返しておりやした。そうでねば、戦死公報が何ヵ月したら来っぺえ、何年したら来っぺえと思うて心がしずまらぬと、かたくいいつけたナス……。

それから予想どおり赤紙がやってき、夫はお蚕を巣に入れ終えた梅雨の晴れ間に出征した。「涙見せるなということでござんすから」、一人を負い二人の娘の手をひき、わざと離れて新緑の村道を行った。いま思うと、ぜったい帰ってこない人を送りながら、帰ってこないとはぜったいに思えなかった。どの親も妻も、おたがいにどこの人が死んでもうちの人は帰ってくる、と信じていた。「そして三十年ば過したども、待っても待っても誰一人、帰ってこなかったでやんす」

前の年に、アッツ島が玉砕していたので、「北サ行ったか南サ行ったかわからなければ安心できねから、どうしても北か南かだけ教えてくれ」と頼んでおいた。しばらくして便りがきた。夫は「わたしが便箋サ三枚分の字を、ハガキ一枚にびっしりと」綴り、(1)子供を大事にしろ　(2)おまえの体は大丈夫か　(3)家をしっかり守ってくれと書いてはいたが、一度、二度、目を皿のようにして読んでも〝北〟も〝南〟もない。

あきらめて「妻へ」の宛名をしげしげと、いとおしくながめていると、差出人の上川原栄次郎という五つの字の間に、ケシ粒よりも小さな文字が埋れていた。

「まんず虫メガネでしか見えねよな字だったモ。ニ　ュ　ー　ギ　とありやんした。あーあ、ニューギニアだベサ、と思いやんした」

戦争が終って二年目の村は、やっぱり蚕のころだった。ただの四角い箱が還ってきた。夫はかねがね「オレの遺骨を受けとるときは長男に受けとらせてけろ」といっていたので、五歳になっていた一人息子が、手渡される骨箱に向って、母より一歩、前に出た。

……子供は、さぞ重いものだべと覚悟サしてたモ。わたしが遺骨に手を添えようとすると「いらね！」とわたしの手サふりはらいやんした。だども、あの人の骨ば持ったとたん、両手を上にのけぞらせやんした。子供の覚悟にくらべて、あの人の骨はあんまり軽くてよろけたんでナス。子供は不思議そうに振ってやんした。骨箱は開けちゃなんねえといわれたども、開けてみると鉋《かんな》かかったようなかからねような板に、名札っコ一枚きりでやんした。

上川原家の表札から夫の名が消えて、代わりに「遺族の家」という灰色のプレートがかかったものの、丈夫な夫だったから「もしや」をくり返して三十年になる。ただ、あの名札っコ一枚きりの英霊を受け取ったときは「自分が生きてるかぎりはこの気持はおさまらないものと思うども、やっぱし月日はありがたいもんだモ」と感じるようにはなった。

むしろその月日のなかで、戦後二度参った靖国神社の思い出のほうが、年ごとにつらくなる。家にいるときは話し相手があるので、生きているか死んでいるかと気にすることも少なくなった。だが、靖国神社の、薄暗がりから響いてくる簫《しょう》の音にあわせて、神官の「ただいま皆様のみ霊《たま》が天下《あまくだ》る音です。いままで夫なり子供なりに伝えたいと胸のうちにしまっていたことを、ここでお伝えください」ということばを聞くと、〈あの人は、ほんとうに死んだのか！〉とつくづく考えて、戦死公報よりも心がつらくざわめく。団体で参拝したなら〈わたし一人ではない〉と、なまじ力のつけようもあるが、遺族・上川原タマさんにとって、靖国神社は「一人で行ってはつらすぎる。一回行けばいいところ」なのである。

上川原さんは横須賀に嫁いだ娘の家に長逗留《ながとうりゅう》しても、靖国神社には失礼したままで帰ってしまう。

「恥ずかしい話でやんすが……」

ほんだら、あの人が兵隊サ行ぐどき、何ていって送り出したべ？　銃後は心配すんな、あとはひきうけた。死んだら神さまにしてやると約束しやした。だども、おカミは何をひきうけてくれやした？

村の遺族たちの「ダべ！」の感情を町単位に拡大すると、国政レベルの二つの雛形《ひながた》を見ることができる。「日本遺族会」（会長・賀屋興宣氏）と「靖国神社法案」である。

町では毎年八月に、町当局主催の戦没者追悼式が行われる。会場と式次第は「いっさいの宗教色を省くため」に公民館を使っている。台帳に登録された四百五十二人の遺族全員に招待状が出されるが、式の参列者は七割を欠けて約三百人である。この数字がとりもなおさず、遺族の現状を象徴している。

県主催の追悼式は赤飯にゴマと塩、漬け物の弁当を遺族に配っているのだが、それではかわいそうだというので町当局は「ふんぱつして魚や肉サつけやして、酒出してくれという爺さんもいるだが、飲めねえ人には不公平になりやんすから」酒まではやめた。が、あとは献花用の菊が季節には早いため値がかさんだりで、あわせて三十万円を支出している。にもかかわらず三人に一人の割り合いで返事もこない遺族があり、しかも年々少なくなる傾向にあるのは、「ダべ！」の痛みの通じあう世代が遺族会から確実に減っていることによる。

いっぽうで、国から支払われる年金の額も関係している。戦死者の父または母、あるいは妻は、最低二十九万六千円の公務扶助料を支給されるが、兄弟は年間三千円の祭祀料《さいし》である。同じ遺族会の会員であっても「会費も払えないなんてバカらしい」と思うし、息子や夫を失った者の嘆きにくらべて、兄弟のそれは薄く、さらに血が薄くなれば嘆きもまた三十年の年月に風化される。

息子を中支で失った後藤松枝さん（六十五歳・旅館業）は、上部団体の県遺族会から懸命にテコ入れされて、戦死者の息子の世代で青年部をつくろうとした。だが息子たちに希望者はなかった。町の遺族会には、未亡人たちが組織している「黄菊会」があり、後藤さんは「せめてハァ、黄菊会の息子が集まってくれればと思うが、青年には遺族会よりも野球大会のほうが楽しいんでやす。それに、みんな都会に出ていきやんして、残ったもんは農家の手不足でそれどころではないのス」という状態である。

例証は他にもあった。遺族たちは、むかし針葉樹の苗木をもちあい、町の唯一の観光資源として名高い龍泉洞の近くに「遺族の森」をつくった。だが森はいま訪ねてみると熊笹が茂り、下枝は伸びていた。

手入れをする人手が減るいっぽうなので、とうとう借地を返す決議をしたばかりだそうだ。

尼額からさらに川をさかのぼると、二升石《にしょういし》という部落がある。杉の木立に囲まれた寺は、曹洞宗長安寺といった。本堂の脇に「殉難報国諸英霊」の堂があった。昭和三十一年に、近在の部落の人々の寄進で建てられたもので、九十柱の「英霊」が祀《まつ》られている。位《い》牌《はい》を納めた遺族たちの回向《えこう》は、盆と正月の二度おこなわれる。ここでも、昨年来たのに今年は姿を見せないという人がぽつりぽつりとあらわれ、上野隆全住職に調べてもらうと、一割の「英霊」が宙に浮いたままであった。

住職は、実際に息子をなくした夫をなくしたという人は熱心に来るが、あとの代になると英霊は「風化していく」という。

そういう目減りは、上部団体の「日本遺族会」にも顕著である。財団法人日本遺族会は、年金受給者百万（うち父母五十～六十万、妻四十万）、非受給者（遺児・兄弟その他）四十～五十万人の、計百数十万人によって組織されている。全戦没者は約二百十二万人だから、残る七十万人の遺族は、未組織といっていい。

遺族会を村にたとえれば、確実に〝離村と過疎化〟が進むにしたがって、残された父母と妻たちは、農村特有の地縁、血縁に加えて〝遺族縁〟という連帯に収斂《しゅうれん》するのも、また無理からぬことである。そして、胡桃《くるみ》と山吹の群生するつづら折りの道を、たくましい農夫の背を見せたまま二度と帰ってこなかった息子や夫への悼《いた》みと、よくもまあ生きてきた〝あん時〟の記憶を「ダベ！」の短さにこめてうなずきあうしかない。

減っていく町の遺族たちは、自分たちだけの行事をもつことになる。それは、五月ならば盛岡の護国神社参拝、農家のとり入れが一段落した秋の温泉旅行、八月の遺族会主催の慰霊祭である。あるいは寺の住職がつれて行ってくれる恐山《おそれざん》。

さらに、遺族たちの最大の行事に、〝聖地巡礼〟がある。だがこの春、靖国神社参拝の申込者はゼロだった。因《ちな》みに、岩泉町の遺族で、靖国神社に一度も参拝していない人が半数はある。

日本の国がハァ、寝るか起きるかという一大事だからと、息子サもってたっただが、あとは知らんというのは無情でなかべすか。それじゃお国が立たんと思いやすよ。だども国家というもんは、そんなもんじゃなかんスかとも思うたり。

岩泉町の町費による〝宗教色ぬき〟の追悼式は、以上のような風土を背景にしている。式は、八月十五日に天皇の臨席のもとに政府主催でおこなわれる武道館の「全国戦没者慰霊式典」の岩泉町版と思えばよく〝宗教色ぬき〟は憲法によっている。

日本国憲法第二十条　信教の自由は、何人に対してもこれを保障する。いかなる宗教団体も、国から特権を受け、又は政治上の権力を行使してはならない。

②何人も、宗教上の行為、祝典、儀式又は行事に参加することを強制されない。

③国及びその機関は、宗教教育その他いかなる宗教的活動もしてはならない。

同八十九条　公金その他の公の財産は、宗教上の組織若《も》しくは団体の使用、便益若しくは維持のため、又は公の支配に属しない慈善、教育若しくは博愛の事業に対し、これを支出し、又はその利用に供してはならない。

この小さな町の追悼式は、それ自体が政治的火種になりかねない。まず、革新系町会議員の列席拒否である。民社党系の町長は、主催者としての立場と、弟を戦死させた遺族の立場で出席するが、三十人の町会議員のうち、党籍のはっきりした社会三、共産一は、たてまえとして列席を拒否している。「それよりも、もっと町費の使い道があるはずだ」という理由なのだが、遺族たちは他に原因をささやいている。

それは、遺族代表がのべる「靖国神社国家護持法実現」のくだりに対するアレルギーにちがいない。岩泉町遺族会会長・八重樫協二県議の弔辞に、次のような一節があった。

……現在においては、自由主義圏あるいは共産圏共に相通じている戦没者の栄誉に対する国家護持という点について運動を続けておりますが、この道はなかなかけわしいものがあります。（略）戦争による悲劇は我々で沢山だ、くり返すべからずという合言葉として平和を守りつづける覚悟です。壇上の英霊におかれては我々の運動に加護あられる様に念ずると共に御導き下さらんことを願うものであります。

こういう〝政治色〟に席を同じくすることを避けるため、革新系町議は出席しないのだろうというおおかたの臆測のなかで、例外がある。社会党町議の一人が、あいさつをし、司会者もつとめた。だが彼は〝革新〟であるまえに、兄を戦死させた〝遺族だからとうぜんだべ〟という立場である。

そこで遺族は、いう。

「共産党であろうと社会党であろうと、出征兵士はあったはずだべ。戦死者はあったはずだべ。なぜ一日も早く英霊の安心してやすめる法案を認めないでやんすか。オラ、どうしてもそこんとこがわからね」

その思いは、反語として町の実質的な遺族会会長・阿部鉄五郎氏（養鶏業）の言にもつながる。阿部氏は「酒もなく牛乳を別れの盃にしてひっそりと出ていった長男」を、ルソン島で失った。昨年、骨のひとかけらでも、と念じて出向いた南の島で、機関銃手だった息子の部隊が、一尺四方の穴に五人埋めてはサラッと土をかけ、五人埋めてはサラッと土をかけ、まあこの辺だったろうがいまだにどうなっているかはわからない、という死に方であったと聞いて「いやあ、国というのは無責任なものだべと感じやすけん、せめて靖国神社だけは遺族まかせでなく国で責任もてねえか」と憤っている。

そこで〝反語〟が生れる。

「（靖国神社国家護持法を）やってくれれば、自民党でも社会党でも、もちろん共産党でもいいんでガス。やってくれねえからしょうがねえ、自民党に頼ることになりやんす」

しかし、仮定の話として共産党が国家護持法を推進すると言明したら、はたして共産党に投票するかどうかと考えると、別の遺族はさめた声でいうのだった。

「靖国神社だけで生活できるものではなかべすか」

この町の遺族の人々の共産党観に、共通の視点があった。ひとくちにいうと「共産党は〝惰民〟をつくる」という怯《おび》えである。

「野坂参三や宮本顕治先生の意思はどうかは知らねえすが、ハァ」少なくともわが町の共産党は、なにも難儀して働くことはねだべ、オラが生活扶助、医療扶助をもらって来やんすから……がいきすぎている。なぜかといえば、すっかりたちなおって、もう扶助の必要がなくなった人間を、今度は扶助の切れ目が（共産党との）縁の切れ目になりはせぬかという怯えからか、どうしてどうして扶助を返上させてくれないでナス。

おかげで、町の医者からはもう全快したといわれると、扶助の証明書もらうがためにわざわざ盛岡あたりの知らない医者へ、汽車賃かけて出かけて行き、結局は赤字でやんす。人間は、立ちなおれば自分の力で生きていきたいものでやんす。共産党は地区のために一生懸命やってくれるだども、過ぎたるナントカの深情けで、表面は困った困ったオラは貧乏だといいながら、かげでゆったりとした暮しをする人間を増やすような気がして、おカミのお世話にならず必死に働いてきたオレたちには、とても靖国とはひきかえにできねでやんす……という声を、一人ならず、それも離れた部落の人々から聞いた。

とはいうものの、上部の指令一下、なんでも自民党に投票しようという気にもなれない。上川原タマさんは、自民党の強行採決を知って不愉快であった。ましてその翌日、遺族会会長、事務局長、そして関係代議士が田中総理の私邸に〝お礼詣で〟をしたことは、なおさら不愉快だった。

「自民党のおかげで、は願いません。行ってお辞儀もする必要はないでナス。個人に頭バ下げる必要もねでやんす。個人でやるものではねでやんす」

タマさんは、つけ加える。

「何年かかっても自然になっとくの上で、野党も与党も、いかさま国で拝まねばならない神社であると思う神社にしてほしい。それでこそ、夫たちは安らぐというものでなかべすか」

だが、タマさんのこの意見は、ひとたび「日本遺族会」という自民党支援団体にトータルされると、もちろん消え失せてしまう。それは、三十年前、彼女の夫が自分の名前の間に、ゴミのような小さな字で書き送った、ニ　ュ　ー　ギ　の文字よりもはるかに微力な意思伝達にすぎない。

さげる頭は遺族だけでもいいでナス。だども、やっぱりおカミの命令で行ったでやんすから、おカミに責任バとってもらいたい。

神奈川県津久井郡は、岩泉同様〝僻地《へきち》〟である。山梨県と境を接する農山村地帯なので、〝神奈川の北海道〟とも呼ばれている。

郡の戦没者千百十五人の階級が、地域の性格をあらわしている。佐官一、尉官四十三（うち准尉十一）、下士官百八十五（うち伍長百）、兵長以下七百六十五、軍属五十九、満州開拓団五十九、その他三人。厚生省の統計では、戦没者中、兵長以下は二分の一だが、津久井郡では三分の二以上が兵である。

郡内四ヵ町を歩くと、慰霊碑の数の多さが目につく。いわば〝わが町の靖国〟をそこかしこにもっていて、総数二十九。日清、日露から終戦までの碑が十三、戦後の碑が十六というわけになる。〝町の靖国〟の揮毫者《きごうしゃ》は「元帥侯爵山県有朋」「陸軍大将田中義一」「陸軍大将荒木貞夫」から「内閣総理大臣佐藤栄作」まで、まさに一将功なり万骨枯れている。

碑は、戦前と戦後にはっきりとした差がある。昭和二十七年をかわきりに、戦後にたてられた碑のうちの五基が「靖国神社宮司筑波藤麿」の手になっている。戦前のものには一基もない。

二年前、津久井郡遺族会『二十五年のあゆみ』誌が出版された。賀屋興宣会長がよせた「一体となり懸案解決へ」という一文は「私どもは、靖国神社国家護持の実現はじめ英霊顕彰の道をきりひらき」と述べている。

町長のあいさつには「戦没者各位の偉勲を後世に伝える貴重な文献であります。社会道義の昂揚《こうよう》からも誠に時宜を得たものでご同慶にたえません」とある。

さらに、岩泉とくらべて大きなちがいは、城山町の場合、遺族の靖国神社参拝の費用の一部が町費から支出されていることである。

巷《ちまた》の靖国の多さや、りっぱな本に見るかぎり、この町の「ダベ！」は完全な総意と思われるが――反対者がいた。

小川武満氏（六十歳）は、医師でキリスト者でもある。無医村だったこの町で医療と伝道活動をするために住みついて二十年になる。小川氏は弟二人を満州とフィリピンで失っている。

氏は、遺族とキリスト者の立場から「靖国神社法案」に反対を表明し「キリスト者遺族の会」（一九六九年結成）の会長でもある。ただし氏はあくまで「靖国法案」に反対しているのであって「靖国神社」そのものに反対しているのではない。だから〝宗教戦争〟のように矮小《わいしょう》な受取り方をされるのは本意でなく、たがいに宗教として認めあえるはずだし、靖国神社は必要があれば残り、必要がなければ残らないだろうと考えている、
さて、小川氏はこの〝典型的な遺族会〟の町で「靖国法案研究会・津久井集会」を開いた。そのときの反応が顕著に遺族会の性格をあらわしていた。

まず、町の遺族会会長に出席とあいさつを頼んだところ「お前はいったい何ものだ。遺族はみんな靖国法案に賛成だ。この集会が法案賛成の集会なら出席するが、そうでなければ出席できない。私は靖国法案を、今度の国会では通すように代議士によく話してある。はっきりと賛成なのだから法案研究などする必要はない」と、大声でどなりつけられたという。

また遺族たちに直接あって、法案の賛否にかかわらず、いっしょに研究する集会だからと出席を頼んだが確答はなかった。

とくに城山町役場では、町の老人会で二泊三日の旅行を計画し、集会の当日にも老人会の役員会を開くことにしたので、小川氏の立場からすると、集会への意識的牽制《けんせい》をされたと感じている。政治がからみはじめるのはこのあたりからで、小川氏は社会党の町会議員を通じて戦争未亡人百五十五人の代表に出席を働きかけたり、公明党、共産党等靖国法案反対の立場にある野党議員を支持する遺族たちに協力を求めた。

さらに名簿に記載された約一千人の遺族に案内状を送った。そうした準備を通じて、小川氏の手応えは「無理だろう」と悲観的なものだった。だが、当日になって驚いた。三十人をこす老人が集まった。ほとんどが見知らぬ遺族である。そのうえ、町会議員の遺族やキリスト者遺族の会の有志も参加して、集会の参加者は五十余人になった。

集会はまず遺族会創設の主旨にさかのぼり、終戦後の遺族たちが戦犯者のように白眼視された時代に、経済的に助けあう相互扶助の立場で「遺族厚生連盟」として出発したこと、政府の遺骨収集活動への不満や批判等をまくらに、本論の靖国神社法案と靖国神社にまつわる歴史を論じて、約一時間半の講演が終った。講演中、遺族はひたすら沈黙したままで、野次もとばないかわりに、終っても拍手ひとつ起らなかった。

講演が終ってから、沈黙の出席者たちは、自分の夫や息子や父親がどこでどんな死に方をしたか、という自己紹介をはじめた。それにつれて、靖国神社法案への反対意見も出はじめた。たとえば未亡人の藤川さんは「夫が靖国神社に祀られていることを恥ずかしいことだと思っている」と告白した。

もちろん、法案賛成の遺族もいて、町会議員の遺族が「講師は英霊を批判したが、国のために戦場に出て国のために死んだのだから、その人たちの生きざま、死にざまは問わず、皆英霊ではないか」と反論した。

対して、講師の西川重則氏（改革派教会靖国問題委員長）が、こう答えた。

「英霊の決定権は、遺族の側にはなく、国にあって、この法案では、総理大臣にある。敵前逃亡と認められたものは、けっして英霊に祀られない。たとえ英霊として祀られ、国が盛大な慰霊祭を行なったとしても、そんなことで遺族の心は、ほんとうに慰められるでしょうか？　私は遺族として、けっして、慰められない。皆さんは、この法案が通ったら、はたしてほんとうに慰められると思っていますか？」

野次も拍手もなかった会場に、はじめて反応があって、それは拍手だった。

集会が終ると、ある遺族会の幹部や法案賛成派の有力者が名刺をさしだし、なごやかなうちに終ったそうだ。このささやかな研究集会は、「国のために死んだ英霊を国が祀って何が悪い」という遺族会の太い根に、〝論理〟の鍬《くわ》を浅いながらも打ちこんだといえる。かといって、幹を揺がすほどの力にはなっていないし、遺族の感情が論理でゆらぐほど底の浅いものではない。〝感情〟は「ダベ！」のひとことで通じあう連帯をもっているが、〝論理〟は何十倍ものことば数が必要で、賛成派にはそれが饒舌《じょうぜつ》とひびく。そして政治の場になると、醜悪な〝問答無用〟である。

余談ながら、小川氏は靖国法案反対の立場を明らかにしたあと、地域遺族から村八分的扱いをうけたりのリアクションはまったくなかった。人間関係も変らない。ただ、あくまで噂《うわさ》ではあるが、町が無医村時代からの長年の診療活動を表彰しようと思っていたら〝あんなこと〟をしたのでとりやめにしたという風聞が聞えてきた。真偽のほどはわからない。

町内の平静さにくらべて、小川氏の反対活動を知った他県の遺族から、脅迫状まがいの手紙が数通とどいている。

革新議員たちはいいやすよ。「あんたがいうとおりだべ。遺族の気持はよくわかるしそのとおりだが、なにしろ憲法で禁止されてるでナス」そこんとこがハア、オラにはわがらね。オラのいうことが「そのとおり」なら、憲法が間違いでやんすか?

二つの村を歩いてみると、前出のようにさまざまな毛細根がある。だが、いったん村から町、町から郡、郡から県、県から「日本遺族会」と、根が太くなるにしたがって最後は自民党という太い幹に育っている。幹を養っている末端の細い木の根は、かならずしも自民党に養分を送っているとは思っていないし、現に岩泉のある遺族はいっている。

「わたしは賛成ではありますが、国家護持をエサにされちゃあかなわんでナス。そのへんが、自民党のハラの黒いところか白いところか、判断がつかねえで惑わしいでやんす」

「オラは、国で祀ってくれるの賛成だが、おめえは賛成か反対かの存念《アンケート》を中央から訊《き》かれたことはいっぺんもねでやんす。法案に賛成なら自民党支持だべと思われるのは迷惑でやんす」

「上のほうからサ、恩給上げてけろで一週間も徹夜で圧力加えたりしてる人もあるんだから、今度の選挙も賛成議員にいれてくれろといわれやした。賛成ではあるが、困ったもんでナス。靖国さまだけで世の中よくならねでやんすから」

もし自民党が、靖国神社国家護持法を、日本遺族会という〝票田〟確保の方便と考えるなら〝毛細根〟たちはそれほど甘くはないというのが、実感でもある。

その実感から、強行採決にひと月先だって九段会館でおこなわれた「靖国神社法必成国民集会」（昭和四十九年三月十三日）の、自民党議員たちの〽やると思えばどこまでやるさぁ式のヒロイズムと興奮ぶりを見ると、いささかこっけいとしかいいようがない。

会場には『オリンピック・ファンファーレ』『君が代行進曲』『軍艦マーチ』が耳を聾《ろう》し、議員の演説は明らかに「強行採決」を示唆していた。

予定どおりの強行採決で〝中央の偉いサン〟が総理にお礼参りをする寒々しさを、僻地の六十をすぎた未亡人がはっきりと見すえていることを、彼らは知るべきである。

ところで、末端にいけばいくほど〝中央〟で計算した票田の厚みが薄くなるようだが、同時に「靖国神社国家護持法」の法案内容も、ほとんどの人が知らないまま〝賛成〟の手をあげている。

いったい「靖国神社法案」とはどのような法案なのか。自民党の議員立法として上程されるまでの経過と、過去四度の廃案のいきさつは省略する。

法案は八章三十九条と附則の二十三条から成っているが、論点は三点に集約することができる。ひらたくいえば、(1)（政府や地方自治体が）公に金を出すこと (2)（国家が）公に祀ること (3)（天皇・総理・自衛隊などが）公に参拝することで、いわゆる「国家護持」といわれる。関連する条文は次のとおりである。

（目的）

第一条　靖国神社は、戦没者及び国事に殉じた人人の英霊に対する国民の尊崇の念を表わすため、その遺徳をしのび、これを慰め、その事績をたたえる儀式行事等を行ない、もってその偉業を永遠に伝えることを目的とする。

（解釈規定）

第二条　この法律において「靖国神社」という名称を用いたのは、靖国神社の創建の由来にかんがみその名称を踏襲したのであって、靖国神社を宗教団体とする趣旨のものと解釈してはならない。

（戦没者等の決定）

第三条　第一条の戦没者及び国事に殉じた人人（以下「戦没者等」という）は、政令で定める基準に従い、靖国神社の申出に基づいて、内閣総理大臣が決定する。

（経費の負担等）

第三十二条　国は、政令で定めるところにより、予算の範囲内において、第二十二条第一項の業務に要する経費の一部を負担する。

2　国は、靖国神社に対し、政令で定めるところにより、予算の範囲内において、第二十二条第二項の業務に要する経費の一部を補助することができる。

3　地方公共団体は、靖国神社に対し、第二十二条の業務に要する経費の一部を補助することができる。

いっぽう憲法は、「いかなる宗教団体も、国から特権を受けてはならない」「国及びその機関は、宗教教育その他いかなる宗教的活動もしてはならない」（二十条）「公金その他の公の財産は、宗教上の組織若しくは団体の使用、便益若しくは維持のためこれを支出してはならない」（八十九条）といっている。

結論をいえば、靖国法案はあきらかに憲法違反である。そこで、靖国神社は宗教団体ではないという堂々たる詭弁《きべん》が第二条に登場する。

この〝非宗教〟の論理をおしすすめていくと、靖国神社そのものと遺族会の靖国願望の間に破綻《はたん》が生じる。

一例をあげると、靖国神社は戦後ＧＨＱの指令でいやいやながら宗教法人にされたのであって、本来は大日本帝国陸海軍所管の神社神道で、布教活動の伴う教派神道ではないという神社側の論拠がある（だがまてよ〝死ねば九段で神になる〟は、最大の布教ではなかったろうか）。だがこれは「大日本帝国」というスポンサーを失った靖国神社が、宿命的にとらねばならなかった戦後の〝身すぎ世すぎ〟の弁のようだ。なぜなら、昭和二十六年に施行された宗教法人法で、神社が主体的に選択する機会を与えられたときは自由意思で「宗教法人」の名のりをあげ、東京都知事に認証を求めている。

そのとき神社ははっきりとうたったはずだ。

「本法人は、明治天皇の宣《の》らせ給うた『安国』の聖旨にもとづき、国事に殉ぜられた人々を奉斎し、神道の祭祀を行ない、その神徳をひろめ、本神社を信奉する祭神の遺族その他の崇敬者を教化育成し……」（三条、傍点筆者）

法案第五条には「靖国神社は、特定の教義をもち、信者の教化育成をする等宗教的活動をしてはならない」と述べている。とすると、靖国神社は自分で唱えた存在そのものが否定され、まさに〝仏つくって魂入れず〟であるのを異としないことになる。

つまるところ、たんなる名簿保管所になった靖国神社は、もはや遺族の〝靖国願望〟とはほど遠くなるはずだ。たとえば岩泉の遺族・後藤松枝さんが語った実感を満足させることができるとは思えない。

「三十ミーターはあるべかな。遠くのほうからおごそかな音がオレの頭の上さ通りやして、息子の霊が天からおりてくる音だときかされやんした。不思議なもんでナス。信ずればそういう気ィになるものでナス。やっぱしあすこは神さまがいると思いやした」

因《ちな》みに、靖国神社を宗教と思いますか？　と、この町の遺族に訊くと答えはこうだった。

「思いますべ。神であろうと仏であろうと、手をあわせて頭サ下げるものは宗教でやんす」

「むつかしいことはわからねども、私は靖国神社サ参《めえ》って、ナムアミダブツといいやした」

非宗教論議以前に、法案は不気味である。附則第十二条は、法案成立時には宗教法人靖国神社は解散させられると規定しているのだが、立法によって国家が宗教性を否定したり解散させる権限をもつことは、刃を返せば戦前の国家神道をつくりあげた論法にも通じて、背すじが寒くなる。

靖国神社法案の第二の問題点は「英霊」という言語神経への批判である。

金沢大学教授戸頃重基氏（倫理・哲学）は、「侵略戦争に駆り出されて戦死した者をなぜあえて英霊とよぶのか。不幸な犠牲者というべきではないか。英霊という呼び名は、ナショナルな宗教感情を利用して、かつての侵略戦争を〝聖戦〟として合理化することにもつながっていく発想法だ」と批判する。

この論をさらに発展させると、内包するもっと大きな危険に気がつく。

こころみに、第一条の（目的）と、第三条の（戦没者等の決定）をつなげると、法案の文脈はこうなった。

「国事に殉じた人人の英霊は、政令で定める基準に従い、靖国神社の申出に基づいて、内閣総理大臣が決定する」

靖国神社は、由来からして限定的にしか戦没者を祀っていないといわれる。ひとくちばなしのようにあげられる例だが、〝国民的偶像〟西郷隆盛でさえ、明治の天皇政府に弓ひいたという理由で除外されている。明治から敗戦まで「国事に殉じた人人」はとりもなおさず、つねに天皇の政府に従順だった死者が英霊とされていた。

いかに国事に殉じようと〝朝敵〟に英霊の市民権は与えられなかった。

戦後はどうか。先に書いたように「国事に殉じた人人の英霊は、政令で定める基準に従い、靖国神社の申出に基づいて、内閣総理大臣が決定する」。

これは、まっぴらだ。生存者叙勲ひとつをみても、いったい何をもって一等から七等までの人間の価値をきめるのかと、いつも思う。一等と二等の差もわからないし、七等と等外の差もわからない。人間（政府）が人間（国民）の〝等級〟をきめるなど、傲慢もはなはだしい。まして〝英霊〟をや、である。〝英霊〟は「政令で定める基準」で、「おめでとう、あなたは英霊です。残念でした、あなたはただの死です」とふりわけることができるか。だいいち「国事に殉じた」は、時の政府によって視座も変るはずだ。

たとえば、共産党にとっては、小林多喜二や幸徳秋水、あるいは弾圧で獄死した〝同志〟はまさに「国事に殉じた人人」という解釈も成りたつだろう。

戸頃氏によれば、靖国法案とは「死者の間にこの世の政治的判断に基づく差別を持ちこんで霊に対する冒瀆行為をおこなっている。もちろん日本軍によって殺された異国の軍人や多数の民衆の霊が靖国神社に祀られているはずがない。空襲で死んだ民衆もまた国事に殉じたのではなかったか」という法案である。

さらに敷衍《ふえん》すると、東北大学教授宮田光雄氏（政治思想史）の鋭い指摘がある。

「なぜなら、死の意義づけを国家に求めることは、逆に国家が生の意義づけの主体となり、人間存在の価値基準を国家権力がみずから設定することになるからである。それは、現実には、既存の体制にたいする批判の言動を国家からみた非価値ないし反価値として追求し抑圧する危険な誘惑を生まずにはいない」

「人間の価値基準は国家が決めるものではない。さもなければ、それは全体主義に通ずるであろう」（『朝日新聞』昭和四十六年二月十六日）

死者の価値を決定する総理大臣は、おりから生者に対して「五つの大切、十の反省」を決めようとしている。生者は拒否能力があるし、〝私〟は〝私の子供〟に〝私流〟の五つの大切、十の反省、を与えてやることができるが、なにぶん死者には拒否権がない。

死者に代って、肉親が靖国神社に祀られることを拒否し、「霊璽簿《れいじぼ》抹消」を求めた遺族のグループがある。「キリスト者遺族の会」の角田牧師以下八人である。抹消の要求理由は、(1)戦没者の死は、遺族にとって悲しむべきことであり、戦争はけっして法案にある〝偉業〟とは思わないこと、(2)慰霊とは宗教的行為であり、あくまでも各自の信仰においておこなうべきであること、だった。

それに対する神社側の池田権宮司《ごんぐうじ》の答えが「キリスト者遺族の会」機関紙に紹介されている。

権宮司によれば、靖国神社創建の主旨及び伝統とは、「明治天皇の戦死者を一人残らず祀るようにとの御聖旨」であり、したがって「遺族や第三者が祀ってくれとか、祀ってくれるなとかいわれてもそのような要求は断わらざるをえない」という論だった。（第八号）

「祀ってくれ」はともかく「祀ってくれるな」という意思が、神社にとってたとえ奇矯《ききょう》なものであっても、「明治天皇の御聖旨」が、百年後のいま現に生きている人間の意思を拘束するというこの回答はなお奇矯である。

私的な一宗教法人の立場でそうなのだから、「国家の神社」になれば、なおさらのことと思われる。

理屈はどうあれ、なっとくできねでやんす。国が必要で「おまえ、来い」とつれていったまま返してくんねなら、国が責任バもって祀るのはあたりめえでなかべすか。神主がやろうと和尚《おしょう》がやろうと、牧師がやろうと、どうでもいいでやんす。

だが、実をいうと、岩泉の町で（つまり日本中の町々で）靖国神社法案に関する反対の論理は通じにくい。

五十代、六十代で「若い」黄菊会の未亡人も、八十前後の父・母たちも、こういう論に対してはいつもおだやかに答える。だがそのたびに、心のうちの「ダベ！」はますます強くなる。そして、「ダベ！」と、背中あわせのことばがあった。

「結局は、この気持は味わった人間でなければ、遺族でなければわからねでやんす。息子にもわからね」

挿入した遺族たちのことばの底に流れる共通の感情を、うんとひらたくいうと、

「国家よ、オトシマエをつけてくれ」

であり、

「約束手形をおとしてくれ」

ということになろうか。

この感情の前には、「憲法」は無力である。そして、取材者自身もまた、自分のことばのうつろさを感じてしまう。

『あの人は帰って来なかった』（岩波新書）という本は、奥羽山系に位置する岩手県和賀郡横川目村の戦争未亡人九人の聞き書きだが、著者（大牟羅良氏との共著）の菊池敬一氏（北上市立二子小学校校長）が、同じ思いを味わっている。

「未亡人の一人といっしょに、靖国神社にお参りをしたときのことでした。私自身もシベ

リアに三年間抑留されていましたが、私は死んでいないからそんなに強烈じゃない。だが、傍らで拝んでいる人をみて、私たちの介入してはならないもの、そこまでふみこんではいけないものを感じました。それは、尊重しなければならない」

菊池氏が聞き書きをはじめた動機は、戦争によって父や夫や息子をもぎとられた遺族に、人間としての憤りはみんなにあるはずだ、ただ何かが覆いかぶさっているのだが、その覆いをとりさって本音を聞こう、という気持だった。そこまではよかったが、つきつめて最後に残った一枚の覆いには、どうしても手がとどかない。菊池氏にはこう聞えた。

〈自分の夫や息子を、犬死と認めるわけにはいかない。三十年前のお国の約束どおり信じつづけたい〉

というしがみつきであり、叫びだったと気がついた。それを否定する権限が、はたして自分にあるかと思うと、それは、ない。

そういう感情のしがみつきに対して、憲法や法律というものは、この土地の人々には、もともと自分のものではない。自分の力の及ばないもっと別世界の力だと認識しながら生きてきた歴史を背負っている。法律というものはおそろしいものだ、オレたちを守ってもくれるが威嚇や束縛もする。憲法がどうあろうと、本質的にはオラたちの生活はオラたちでつくっていくんだ、という自衛のほうが信じられる。だから〝非宗教〟論議もかげろうのような存在でしかない。現に、この地方では、宗派にはあまりこだわらない。死者がでると、昼間は曹洞宗（昔、お城の殿様からお貸しさげになったもので）の和尚をよんで葬い、夜は自分の家の仏壇の前で浄土宗の（隠し念仏の伝統があって）葬式をやるというのも不思議ではない。

神道の神様は、農事の儀式でいつもお世話さまだし、だから、靖国神社の舎殿で「ナムアミダブツ」や「ナムミョウホウレンゲキョウ」を唱えるのも不自然ではない。

そこで、いっさいの理論を濾過《ろか》した沈殿物《ちんでんぶつ》が〝英霊〟に集約する。靖国神社は、そのはるか彼方《かなた》にあるのだった。

さて、靖国は手前で二つのパイプにわかれていて、片一方は〝英霊〟につながるのだが、もう一方の茎の「戦争なんてまっぴらだ。死んで神さまだなんてきれいごとはまっぴらだ。もう二度と国の世話にはならない」という管が遺族の間になぜ細いのでしょう、とたずねると、菊池氏は、

「かつて存在したいのちの叫び、ムダには死ななかったと信じこみたい自己主張と、それを証明するために、国が苦労するくらい靖国の鳥居に金をかけなさいよ、という一つのレジスタンス」

と答えた。

「あんたたちにはわからない」「ダベ！」という結束は、さらにこれ以上減ることだけが確実な未来で、絶対に増えることのない〝縁者〟同士の「先が見えているわびしさ」によ

って、なお強められる。
結束は、つねに政治の利用するところとなる。

とんでもねでやんす。戦争のつらさをいちばん知っているのは遺族でナス。もう一度、息子よこせといわれたら、監獄サ入れてもやりません。それでももっていくなら、わたしが刺しちがえてもやりません。こんどは絶対に勝つ戦争だとお国が保証してもハア、銃もつ指バ斧《おの》でぶった切っても、いやでやんす。靖国神社サ祀ることが、軍国主義の復活だなど、ウソでナス。

毛細根の人々を、一本の幹に見立てて票田とみなすのが〝現世利益《げんぜりやく》〟の利用なら、ひとつの思想やモラルで律しようとする考えもまた、利用の一つである。元陸軍中将佐藤賢了氏の「靖国神社国家護持の急務を訴える」(『民族と政治』昭和四十四年三月号)がそうだ。「靖国神社を国家で護持することは『国家を道徳の本源とする』ことに通ずるからである」「また今次戦争は日露戦争とともに究極においては列強の東亜侵略と世界の植民地秩序に対する反抗であって、軍事戦では敗北を喫したとはいえ、植民地秩序は破壊され、広義の戦争目的は達しられて、英霊の犠牲は世界史上に尊い、偉大な業績をのこしたのである。まことに尊崇すべきことである」

「伊藤公は『神道は宗教ではなく道徳だ』といった」

あるいは、自民党の元憲法調査会会長稲葉修氏の発言。

「国はウソをついてはいかんということだ。国はかつて『国のために死んだものは、国の責任で靖国神社にまつる』と約束した。戦後二十五年間、その約束を守らないままにきている。国がウソをつくことが、政治、道義の乱れのもとになる。公害をたれ流す、他人はどうでもいい、国なんかどうでもいい、という乱れのもとだ。約束はたとえ間違った約束でも守らなければならない。まして、この約束は間違ってはいない」「しかし、いまの日本が戦前になどもどるはずがない」

――いったい、日本は何のために二百万人もの〝英霊〟を生んだのか。陸海軍の管理する超神道靖国神社が「国家を道徳の本源とする」象徴であった結果「遺族会」が生れたのではなかったか。

国家の道徳の呪詛《じゅそ》から解放されて、それぞれが多様な市民の道徳を手さぐりした三十年ではなかったか。とりどりの市民の道徳に、一網打尽の投網《とあみ》を打つような思いあがりは、迷惑というものだ。

靖国神社を、信仰とするか、フィクションと考えるかは、あくまで個人の精神領域の問題である。国家がふみこむ権利は、ない。

神州不滅、死ねば「神」になると〝布教〟した国家のウソを棚上げして「約束を守る」は、牽強附会《けんきょうふかい》というものではないか。

あてごとと褌《ふんどし》と、時の権力者の「はずがない」は、いつも向うからはずれると、相場がきまっている。いまの日本が、戦前になどもどるはずがない――は「もどらないはずがない」のネガとポジである。

記録映画で見たのだが、学徒出陣の壮行会で演説をする東条首相のうしろで、歯を見せて笑っている人がいた。戦後、首相の座についたその岸信介氏を見て、そのときのフィルムを思い出したが、あのとき、このフィルムの中の為政者はすべて過去の人で「もう一度雛壇《ひなだん》に上るはずがない」と思ったのは浅慮というものだった。

権力者の〝はずがない〟を信じるはずがない。

よもやと思っているうちに、「へ、結局はこんなはずではなかった」と、声低く語ることになる。

従順で、国家を信じたから三十年後のいまも国家にツケをまわしている遺族の一人、阿部鉄五郎氏は、戦争の話にふれていった。

「東条さんが生きていて、大東亜戦争に勝っていたら、どんなにまあ忙しい国になっているかと思うでナス。大陸サあっち行け、南方サ、こっち行け……」

遺族は、二度と行かねでやんす――といった。遺族たちは、靖国神社国家護持を〝歴史の帳尻〟にしようと願っているのだろうが、それが実は二冊めの白いノートの第一ページにならない保証はない。

遺族への「気持はわかる」をこのさい脇におくと、遺族はいま、「歴史の試薬」の役割を課せられているようだ。

見田宗介氏の「死者との対話」＝日本文化の前提とその可能性＝という論文がある。

> 一人一人の私的な外傷体験を一つの強靭《きょうじん》な歴史意識へと構成し、未来形成力をもつ内的な信念としてつかみなおして立ちあがろうとする時に、どのような論理あるいは心情を媒介としてこの転轍《てんてつ》をなしとげるかということは、それぞれの民族のもつ文化の可能性を実践的に展望する上で重要なポイントとなろう。
>
> たとえば私はある文化では〈Ohne uns!〉（ぼくらはごめんだ！）が、他の文化では「きけわだつみのこえ」が、このような人びとの合言葉として成立し機能してきたことに注目したい。なぜならば〈Ohne uns!〉が死者たちとのはげしい断絶への志向をもっているのにたいし、「きけわだつみのこえ」は反対に、死者たちとの断絶をはげしく拒否しているからである。（『現代日本の精神構造』弘文堂刊）

年平均三パーセントずつ減っている日本の遺族は、社会階層として見るかぎり、率直にいって〝消えゆく階層〟の宿命を負っている。「歴史の試薬」として、「一人一人の私的な外傷体験を一つの強靭な歴史意識へと構成し、未来形成力をもつ内的な信念として」転轍をなしとげるか、という課題に耐えるには、高年齢化してしまった。代って、息子たちがかつての自分たちの世代になっているが、ここで、もうひとつ松田道雄氏がいう「現実」(『私のアンソロジー』筑摩書房刊)を味わわねばならない。

各世代は神からめいめいの作戦正面をあたえられている。生きるというのは、このあたえられた正面と格闘することだ。他の世代がその正面をどんなにみごとにまもっているにしろ、自分の正面との格闘には役にたたない。ひとの格闘する姿をみて、いくらか興奮したり、ときに軽蔑したりするだけのことだ。その興奮と軽蔑のなかにつくりだされる想像を、自分の正面にぶっつけて、そこに抵抗を感じたら、それが現実というものだ。

遺族の村から帰って、靖国神社を歩いた。境内の「ご由緒」の説明文を、二人の女子高校生がノートに写していた。学校の社会科に使うのだそうだ。彼女たちは、

一身をかかげて国難に
殉ぜられた人々の勲《いさおし》を

というくだりになって、つかえた。

殉と勲が読めず、教えてあげると意味を訊《き》かれた。「フーン、ありがとう」といい、それから彼女たちは、「ね、拝んでいこうか」と、舎殿のほうへ歩いた。

靖国神社は、そういう神社のままでいい。

「国家を道徳の本源とする」というかけ声がなくても、参拝者は年ごとに増えている。

(神社側発表)

昭和二十一年……二〇万人
二十五年……一〇〇万人
三十年……三五〇万人
三十五年……四六〇万人
四十年……五一〇万人
四十五年……五八〇万人
四十八年……七〇〇万人

たとえ国家護持にしたところで、崇拝の気持がとたんに変り、数が増えるものでなかろう。

「国家の手で靖国神社を護持しても、官僚任せにするのではない。総理大臣始め政府も国会も自衛隊もあげて靖国神社に参拝し、民衆ももとより国家護持を謳歌《おうか》してともに参拝す

る。恐れ多くも天皇皇后両陛下も正式に御参拝を願うのである。全国民挙げて靖国神社をお祀りするのである」(佐藤賢了氏)

という甘美なイメージは、〝英霊〟として帰ってきた夫の骨箱をあけたとき「名札っコ一枚でやんした」のと同じフィクションに変るかもしれない。それに気づいたとき「妻へ」と書いてよこした軍用葉書の、ケシ粒のような、あの「ニューギ」の文字の実在感の方を、遺族はあらためて大切に思うかもしれない。なお、靖国神社法案附則によれば、成立後の靖国神社は、次の各団体と同じ扱いをうける。

第十九条　所得税法＝野菜生産出荷安定資金協会
第二十条　法人税法＝水資源開発公団
第二十一条　印紙税法＝木船相互保険組合
第二十二条　登録免許税法＝水資源開発公団
第二十三条　地方税法＝農地開発機械公団

税法上のものとはいえ「野菜生産出荷安定資金協会」と同じ靖国神社に〝国家道徳の本源〟や、〝せがれ来たぞや会いに来た〟を感じるか、〝こんな立派なおやしろに／神とまつられもったいなさよ／母は泣けますうれしさに〟(『九段の母』)という〝内なる信仰〟を選ぶか――「靖国神社法」は、そういうパラドックスの上に立っている。

(『潮』一九七四年七月号)

Ⅳ

ガン病棟の九十九日

一本の電話

結婚して十二年になるが、妻が哭《な》くのはこれが三度めだった。

その夜、私の仕事に対して、ある賞をいただくことが決まったという報《しら》せの電話を受けていた妻は「ありがとうございます」と震え声で言ったまま絶句し、受話器を私に押しやると、台所に駆けこんで水道の蛇口をいっぱいに開いた。彼女は嗚咽《おえつ》を子供たちに気づかれまいとしているようにみえた。だが、いまになってわかるのだが、あのときの妻の神経は子供にはなく、私に嗚咽の意味を穿鑿《せんさく》されることの怖れに集中していた。

私は、妻の涙が、あまりにも重苦しかった一日の終りに、思いがけぬ報せを聞いた戸惑いのせいだろうと考え、そのまま今日の昼間病院でもらった痛み止めのカプセルを服《の》んで眠った。夜なかになって、私は小便をしに起きた。放尿をしながら、もう「きのう」になったが、がんセンター病院の外来患者用トイレで見た落書きを思いだした。薄い水色に塗ったドアには、駅や公園の便所にもあるその種の稚拙な落書きにまじって、ひときわ大きな籠文字《こもりもじ》があった。

「神様、私の癌《がん》を治してください」

その横に別人の字で、

「齢をとったらもうだめだ」

と、か細く弱い筆圧で書かれていた。

そうだ、私は好奇心のあまり、いや、怖いもの見たさで、といった方が正確かもしれない、用を終えたのにわざわざ隣の便所にも入ってみたのだった。すると、あった。

「先生、早く薬を発見してください。お願いです、早く！」

ストーブのある部屋にまだ灯《あか》りが点《つ》いていて、妻が起きていた。私はふざけて言った。

「カミさま、私の癌を治してください」

見ると妻は、私の下着にフェルトペンで名前を書き入れていた。入院の準備のようだった。それだけのことに、私は無性に腹が立ち「おい、早く寝ろ」と怒鳴った。それから十二月の夜気に冷えた布団《ふとん》にもう一度もぐりこみ、「神様、私の癌を治してください」と書いた患者は、私のようにまだこれから幼い子を育てなければならない若さなのだろうか、それとも、もう子に背かれるほどの齢かさなのだろうかと考えたように思う。そしていい気なもので、怒鳴られて私を見上げた妻の眼の赤さを、寝不足だなと片づけたほどだから、私は思い遣《や》りのある夫ではない。

妻の赤く腫《は》れた目は、先刻の嗚咽の続きのようだった。あとで、ずーっとあとでわかったのだが、その日彼女は、私の右肺が「癌」に冒されていると、医師からはっきり聞いていた。そしてほとんどの癌患者の配偶者のケースと同じように、彼女は「癌は本人に告げるべきではない」という信仰に遵《したが》おうと覚悟を決めた。彼女が、あの時水道の栓をいっぱいに開いたのは、その日一日中、独りでこの訓《おし》えに忠実でいた緊張感と重圧感が、一本の電話で崩れたせいだった。

がんセンターに行ってください

禍福は糾《あざな》える縄のごとし、の一日は昨年十二月十一日のことだが、そいつはいきなりやって来たわけではない。

梅雨のころ、右の胸から肩胛骨《けんこうこつ》にかけて、激しい痛みが突きぬけた。こういう場合、多分ほとんどの人がそうするように、私は開業医を訪ねた。一軒めは家の近くにあり、医師一人で五つの診療科目を掲げ、待合室はいつも患者であふれている。二軒めはいつ行っても患者の姿を見たことがなく、医師は診察室で所在なげに詩集を読んでいた。その二軒が、神経痛だ、肝臓が疲れているねえ、ほう、血液中の尿酸の含有量が高いよ、いえ、写真を撮りましたが胸は正常です、首の骨がずれているから痛むのです……と、つまりは誤診をくりかえしている間に半歳がすぎ、冬になって血痰《けったん》が出た。私は国立療養所東京病院を訪ねた。開業医があわてて、結核だろう、と言ったからだった。

「結核か。えらいことになったな」

と、私は傍らの妻に言った。診察してくださったI先生の奥さんと私の妻が知り合いということもあり、I先生は妻に向って「奥さん、結核ならいいですね、いまなら治せるんですよ。奥さん結核ならいいですね」と、何度もくり返された。私と妻は、この病院に来るまで、結核と考えただけで暗澹《あんたん》とした思いでいたが、I先生の言葉を聞いているうちに、夏の日の雨雲のように広がるある怯《おび》えを抑えきれなくなった。

〈これは癌かもしれないぞ〉

実をいえば、私は開業医に通っている間に何度か、この痛みは肺癌によるものではないか、と訊《き》いたことがある。たまたま読んだ新聞の医学記事に書かれていた症状と〈似ている！〉と思ったからだった。だがその疑いは医師に一笑され、そのままになっていた。

それから三日後のことだった。I先生は私たち夫婦を別室に招き入れて、

「まあお掛けください」

と言い、レントゲン写真をライトビューワーに挟《はさ》んだ。

見ると、右肺の鎖骨の下が、肋骨《ろっこつ》三本分にまたがって楕円形《だえんけい》に白く抉《えぐ》れていた。I先生は、一呼吸おいた。それからきわめて事務的な口調で、それでいて「事務的」を粧《よそお》う辛さをにじませて、さり気なく言った。

「結核菌が出ませんでした。明日、すぐに癌研かがんセンターに行ってください」

そして、あした私が訪ねるだろう癌病院の医師に渡すようにと、検査の結果を書いた紙を封筒に入れていた。

「癌だというのではないのですよ。最悪の場合からチェックしておく方が安心ですから」

という先生の声が、何枚もの鼓膜の向うから聞えてくるようで、それは二通りに聞えた。私のなかの素直なこころは〈それもそうだ〉と言ったし、芽生えはじめた猜疑心《さいぎしん》は〈ほうれ見ろ、ものの本に書いてあるとおりではないか。こんなセリフを何かで読んだことがあるぞ〉と執拗《しつよう》にくり返した。じっさい、猜疑心というものは底なし沼のようだ。部屋を出て廊下を歩きながら、私はいま貰った封筒が糊《のり》づけされていないことに気がついた。なぜ封をしないのだろう。ははあわざと安心させるためだ、と思ってしまい、中身を見ると血液がどうの、と書いてあった。「どうの」の部分は横文字と数字で、私にわかるわけがなく、まるで呪文《じゅもん》のようだった。

大きなレントゲン写真の袋をかかえて病院を出ると、花壇の葉牡丹《はぼたん》の暗い赤紫色が、氷雨に濡れていた。あと二十日もすれば正月だというのに、何てことだ。

ほとんどがノイローゼですよ

翌日、私と妻は早起きをした。家からがんセンターまで、二時間はかかるだろう。私は一人で訪ねてもよかったのだが、背中の痛みはしょっちゅう撫《な》でてもらっている方がらくだし、それよりも、なぜか癌病院というところは、独りで行くにはふさわしくない病院のように思えた。医者は「あなたは癌です」とは言うまい。「あなたのご主人は癌です」と言うということではないか。

それにしても待合室は何という患者の多さだろう。がんセンターのロビーの、およそ二十脚ほどの赤いソファーは人で埋まっていた。

順番が来て、私は医師と向いあった。医師は、私が持参した結核病院からのあの〃呪文〃を無表情に見ると問診をはじめた。ひと通り聞き終ると、短冊型の検査用紙に、ボールペンでつぎつぎに書きこみはじめ、その間黙ったままだった。私は沈黙が気づまりで、さっきからの医師のことばに関西訛《なま》りを嗅《か》ぎとって「先生お国は？　私は――県です」と言ってしまったが、そのとたんにむらむらと自分に腹を立てた。医師に阿《おもね》る必要などこれっぽっちもない。いったいおまえは、何を期待しているのだ。どうやら私は、医師の背中に見え隠れして、じっと私を窺《うかが》っている癌におべっかを使ったようだった。そして腹をたてた。医師と郷里が同じだからといって、私の癌（もしそうだとして！）が消えてなくなるものではあるまい。

私は、先刻から訊きたかったことを、おずおずと訊いた。「この病院で検査を受けた人の何割が癌ですか」。すると医師は「ほとんどがノイローゼですよ」と答えたが、ボールペンの手は休めず、視線は検査用紙に落ちたままだった。

「検査がたくさんありますから、とりあえずこれを受けて来てください。その間にこちらの方に残りの検査を説明しておきます」と医師は言った。私はまず処置室で二十CC分採血され、血液検査で耳の血を取り、レントゲン室で写真を撮り、廊下とんびで結構いそがしかった。その間、妻は医師と向いあっていた。癌をめぐるストーリーにはつきものの「あとになってわかったことだが」という断り書きをここでもしなければならないのだが、私はそれからのことを、およそ四カ月後になって無理やり妻から聞いた。それによると、妻はその日すぐに結果が出るものと思っていたので、こわくてこわくてならなかった。妻の怯えは、病院の自動ドアを開けた時から徐々にボルテージを高めていたようだ。ドアが開くと、すぐ目に入る色彩があった。フラワーショップの華やぎと、正面の柱に貼《は》られたポスターの色だった。癌の検診を恐れずに受けよう、という啓蒙《けいもう》のためのポスターなのだが、一面に赤紫色のインクで印刷され、近づいてみると、癌細胞のある臓器の拡大写真だった。妻はその色が怖くて、それからの病院通いの百日は、柱の脇を目を伏せて通ることになった。

本山でもガンは禁句

さて、彼女はいま、私が居ない部屋で医師と向いあっていた。すると医師が、

「あなたはどういう立場の人ですか」

と訊いた。妻はとっさに〈これは、何かある〉と感じ、「患者の妻です」と答えてから「あの……」と訊いたのだそうだ。あの……主人はやっぱりそうでしょうか？

医師は、七〇パーセントその疑いが濃いが、あとの三〇パーセントについては検査してみないとわかりませんと答えた。そして看護婦に、ベッドの空くのを待っている入院希望者が今日は何人かと訊《たず》ね、ゼロだという答えに、ほう珍しい、こんなことはめったにないことですよと言いながら、「入院手続をとりますか？　その方がいいと思いますが」と助言してくれた。妻は頷《うなず》きながらクスンと鼻をすすり、私が部屋へもどってくるといけないので、何気ない風に化けた。検査が終って、私は妻からその話を持ちだされ、またしても怒鳴った。私の言い分は「まだはっきりしないのに、なぜ入院手続をとるか」というものだった。妻は困りはてたようだ。すると、窓口の女性が「必ずしもここは癌の人だけじゃありませんよ」と言った。私はそのひとことで、毎日片道二時間あまりもかけて検査に通うのも大変だし、これから次々に受けねばならない検査は相当きついものだと聞かされていたので、一応申込むだけ申込んでおくか、という気持になった。妻は、ホッとしたようだった。

奇妙なことだが、この日病院で交した会話の中に、癌という言葉は、ほとんど省略されていた。医師は「七〇パーセント（癌の）疑いがある」。私は「まだ（癌だと）決まったわけじゃない」。妻は「あの……やっぱりそうなのでしょうか」といったが、癌の本山に来て癌を禁句にする神経は、私だけではなかったようだ。後に「癌患者」となって病棟に入ると、仲間たちは「この病気」と呼んでいた。

ともかくも、足早の冬の日が暮れて、私はすっかり疲れたが、（またしても今にして思えば）妻はもっと疲れていた。なにしろ、家への帰り道、私は「ノイローゼがほとんどですよ」を口に出してくり返すことができたが、妻は「七〇パーセント疑いが濃い」を反芻《はんすう》しながら、口に出せない辛さをかかえていた。妻はその夜、もっと辛くなった。

私は背中の痛みを、ご贔屓《ひいき》の北島三郎が歌っているテレビでごまかしている間に、妻は、あるだけの十円玉をもってさり気なく家を出、商店街の公衆電話で、例の結核病院のＩ先生のお宅に電話をし、今日のがんセンターの一部始終を話した。そして、実はこの間からのお口ぶりで何かあるような気がしておりました、私、覚悟ができていますから本当のことを教えてください、と問いつめた。Ｉ先生は、電話口で黙ったのち、声を変えて、「奥さん、しっかりしてくださいよ」と言った。妻は、「はい」と答えると、先生はまた、「奥さん、しっかりしてくださいよ。大丈夫ですか」と、三度同じ言葉をくり返され、妻はそのたびに「はい」と答えて、何枚めかの十円玉を投じた。するとＩ先生は、

「実は、ぼくの方の検査ではっきり出ていました。ご主人は癌です」

とおっしゃった。「七〇パーセント」が一〇〇パーセントになった。妻は、しばらく何

も言えなかった。I先生は続けて、稀《まれ》には精密検査をしてみると癌ではなかったというケースもあるから「奥さん、絶望してはいけませんよ」とおっしゃった。妻は礼を言って電話を切り、まだ子供たちに晩ごはんを食べさせていなかったことに気づいて唐揚げ用の肉を買って帰り、滾《たぎ》った油に何度か涙を落した。

それからしばらくして、妻はまたI先生に電話をした。癌ときまったのなら、他の病気の患者さんの多い病院でお世話になる方がいいように思う。今ならまだ主人を何とかごまかせると思いますので、という相談だった。

I先生は、いつもの優しさに似ず厳しい声で答えられたそうだ。いま移すとかえって不自然だ。がんセンターの検査が終った時点にしないとご主人は気づきますよ。

「それから、私の方でお引受けするのはいいが、ただしご本人が病院を変ることを納得しなければ、できません」

妻の一日は、そんな一日であった。

彼女は私や子供たちが眠ったあとで、私の下着にフェルトペンで名を書きながら〈たくさん書かずにすめばいいいな〉と念じていた。たくさん書かねばならないようでは、入院が長くなるのだった。入院が長くなれば、多分死に近づくだろう。私はそうとは知らず、小便に起きて言ったものだ。

「カミ様、私の癌を治してください」

パジャマ一着あれば

通院で検査を受けている間に、ベッドが空いたという報せがあった。十二月も半ばをすぎていた。

入院の日の朝、ランドセルを背負って畑中の一本道を歩いていく二人の娘の後ろ姿が、〈いつの間にあんなに大きくなったのだろう〉と私を驚かせた。まだおしめのとれない息子だけが、両親と外出できるというのではしゃいでいた。実をいえば、私も少しはしゃいでいた。入院という初めての体験に、ちょっと昂奮《こうふん》していたようだ。私はこの時もまだ検査が終るまでの入院だと信じていたし、一日のうち一時間は〈癌かな？〉と思い、残りの二十三時間は〈まさか、この若さで〉とたかをくくっていた。テンノウヘイカやキシシンスケがあの齢で癌にもならずにつやつやしているのに、なんで私が先に癌になるんだ、などと、ほんとうにそう思っていたが、あれはどういうロジックなのだろう。

がんセンターは、運河の向うにあった。だから、橋がかかっていた。私はこんな橋をどこかで見たな、そうか網走だ、とおかしくなった。網走刑務所の正門に通じる道にも橋があって、こちらはシャバ、向うはムショ。囚人たちは橋の中ほどで立ち止まり、川面《かわも》に己《おの》が姿を写してシャバと別れを告げるといわれているそうだが。癌病棟への橋は、癌患者を写すには水面から高すぎ、運河の水は汚れすぎていた。

私の入る病棟は七病棟だった。入院案内書によれば「内科、放射線科（胸部）」であった。エレベーターは三階で停まり、私と妻は、おそるおそる降りた。病棟はひどく暗く、廊下を行き交う看護婦の白衣や、患者のパジャマが、深い海の底でほの白く動く魚のように見えた。だが、病院生活に慣れてみると、光度はべつに暗くもなく、まして白衣が深海魚のように動くなどという感覚はあり得なかった。多分、私の神経がそうさせたのだろう。

私と妻は病室に案内された。二人部屋で、誰も寝ていない部屋だった。鉄枠の白い塗料がところどころ剝《は》げたベッドは、シーツだけが糊がきいていて、たった今取り替えたばかりのようだった。私は、不意に、〈このベッドに寝ていた人は、死んだ〉と思った。それは確信に近いものだが、根拠を問われると答えようがなかった。あとになって、やっぱり私の根拠のない確信は当っていたようだ。私の見たかぎり、患者が危篤状態になると、同室の患者は他の部屋に移されるようだった。従って、死ぬと、部屋はベッドが二つ同時に空くのだった。遺体が霊安室に運ばれると、看護婦は、たった今「遺族」と呼ばれるようになった家族の涙や、いやそれ以前に、死を覚《さと》った患者の涙や、注射の汚点《しみ》を吸いこんだシーツを取り替え、新しい患者を迎えるようだった。だから私は、入院した日にさり気なく「部屋を移っていただくこともありますのでそのおつもりで」と言われている。

その、多分きのうか、おとといか、一人の癌患者が息を引きとったであろう窓際のベッドに腰をおろし、妻と私は顔を見合せた。おい、何もすることがないよ、困ったな。これからずーっとこうなのだろうか。そうだ、パジャマに着替えるか。考えてみれば、ここはパジャマ一着あれば暮せる所なんだ。去年の春につくったチェックのスーツも、札幌の地下街で釧路行きの夜汽車に乗る前に買った皮のジャンパーも、なんにも要らないんだ。靴も要らない。一日中スリッパでペタペタと音をたてて歩くか寝ている、そういう所に来たんだよな。

信仰はおもちですか

私は新しいパジャマに着替えた。それからボクサーのようなガウンを着た。入学式の日に新しい服を着せられた小学生のようで照れくさく、妻の顔を見て笑った。妻は少し歪《ゆが》んだ顔で笑って「似合うわよ」といった。

「おい、もう帰っていいよ」

「いいかしら」

「うんいいよ。どうせ検査はそう長くはかからないだろうし」

すると妻は「あまり楽観しないでね」と、前よりも顔を歪めた。息子が、おしめに包まれた尻を家鴨《あひる》のように振り、「バイバァーイ」と言った。妻はエレベーターの中から、「がんばってね」と言った。

病室に帰って、私は改めて窓から外を見た。部屋は外来診療棟と治療棟にはさまれた中庭に面していて、景色といえば窓枠ばかりだ。向いの棟の屋上に、遠くで建築中のビルのクレーンがゆっくりと動いているのが、ただ一つの動線だった。十二月の空は青かったが、窓枠で四角くひきちぎられた空だった。首を捩《ねじ》ると、主の居ないベッドだった。私はどんな患者が入って来るのか心配になった。私にわかっていることといえば、女ではないということだけだった。

そんなことを考えていると、看護婦がやって来た。彼女はまだ若かった。二十一、二歳に見える。こんなに若いのに、彼女は新入りの患者にこんな質問をし、それは彼女の趣味ではなく、この癌病院の習慣に準じているようだった。つまり、彼女の仕事だった。

趣味は何ですか？　ご自分の性格をどう思いますか？　親族の死因は？　癌でなくなった方はいますか？　この病院へ入院されて、どんな心境ですか？

もちろん彼女はいきなりこう訊くわけではなく、最初は例によって病歴だった。それから食べものの好き嫌い。つまり、無難な質問が、じわじわと癌に近づいてくる。

煙草は一日に何本吸っていましたか？

それからさっきの質問になり、最後の質問が、このまだ娘っぽい看護婦の口から発せられるには、重大すぎた。彼女はこう言ったのだ。「信仰はおもちですか」

その瞬間、私の中のあらゆる神経の中から、猜疑心だけが、ものすごい勢いで噴出した。そして、私の体中の神経が漏電し、医師や看護婦の一言に確実にショートし始めた。

私は「いえ、別に。信仰はありません」と答えながら〈そうか、死ぬ時の用意か〉と思った。じっさい、癌病棟は、猜疑心に満ちていた。それはもう宿命というしかない。癌患者の心の安寧は、この猜疑心をどう突き破るかにかかっているると、私は後になって気がついた。

看護婦が出て行き、私はまた独りになった。隣のベッドの患者は、今日は入りそうにない。四角い空を眺めて夜を待った。白いものがふわ、ふわ、と空に舞い、視界から消えた。よく見ると、鳩の胸の羽毛だった。アナウンスが二つあり、夕方のそれは、

「外来患者さんにお知らせいたします。本日十六時、ニッサンビルに爆弾をしかけたという連絡が築地署よりありました。新橋演舞場方面には近寄らないようご注意下さい」

という「外界」からの声だった。

夜になって、もう一つ聞えた。

「――さんの、ご遺族の方……」

と呼び出していた。今日も、少くとも一人、亡くなったらしい。私は改めて〈ここは間違いなく癌病棟なのだ〉と思った。

この日は、月、水、金の男子入浴日に当っていたので、早い風呂に入ることができた。二人も入ればきゅうくつな湯船の中から大きな声が聞えてき、初老の患者が「キョウトポントチョーニフルユキモオー」と気持よさそうに歌っていた。私は「――さんの遺族の

方」と「お座敷小唄」が同居する癌病棟にあっけにとられ、この人は癌なのだろうか、と疑った。

初老の人は、見慣れぬ顔の私に気づいて話しかけてきた。

「あなたは、どこ？　肺ですか？」「ハイ」

「私は胃です。胃は早ければイイんですよ」

と、語呂合せのような会話をし、「じゃ、お先に」と上るのだった。どうやら私は、とても不思議な所へやって来たようだ。死が日常化している一方で、信じられないのんきさがある。

ワカメの味噌汁、少しの漬物、魚の角煮少々、じゃが芋ときゅうりのサラダ、の夕食が終ると、がんセンターの長い長い最初の夜が来た。私は、そういう夜が、この先九十九夜も続くことになるとは想像もしなかった。

遠くへ退院……

それからの百日を、日を追って克明に誌す紙幅はないが、どんな日も、癌病棟の朝は六時に明ける。看護婦が検温と脈搏《みゃくはく》を数え、前日の大小便の回数を記録していくと、一日が始まる。私は、どんなに長い夜もかならず明けるものだと、当りまえのことに気づいてひどく感心した。私の夜が長かったのには理由があった。きのう、癌病棟で最初に聞いた患者同士の会話のせいだった。七病棟には、記録室の斜め前の廊下にスプリングのくたびれた長椅子が一脚あって、喫煙所になっている。私は人恋しくなって出かけていった。すると、パジャマの具合や、看護婦との親しさから見て、病院にだいぶ長いと思われる男が話していたのだ。

「あの部屋の人、退院したの？」

「ウン、退院」

「近く？　遠く？」

「遠く」

「そう。遠くへ退院しちゃったのか」

「今月、これで三人めだよね」

「いや、もっと多いさ。あの部屋だけで四人はいるよ」

シクラメンの赤い鉢花を見やりながら、廊下の二人はこともなげだった。私は「遠くへ退院」が「黄泉《よみ》の国への退院」――散文的に言えば、「死」で、これで三人死んだね、いやもっとたくさん死んだよ、という話だと、容易に想像できた。「遠くへ退院」という言い方は、病棟に受け継がれた知恵なのだろう。

私は新入りの礼として、私の症状を話して会話に入れてもらった。すると、テレビのクイントリックスそっくりの患者が「へえー、それじゃあんたは重症だ。リンパ腺《せん》の腫れるのは悪性の癌ですよ」と言った。私はあまり直截《ちょくせつ》で面喰い「まだ検査中なんですよ。癌だと決まったわけではない」と答えた。クイントリックス氏は怒りだし「親切で言ってやったんじゃないか。リンパ腺が腫れりゃあ癌なんだよ」と言って部屋に戻った。私は、あの人はどこが悪いんでしょうか？　と訊ねると「あの人はね、からだ中のリンパ腺が腫れているんですよ」ということだった。

別の老人が、熱心に言い寄って来た。

「あなた、私はね、どこも悪くはないんですよ。癌なんかじゃないんですよ。こんな病院に居る必要はないんです」とくり返したが、他の人の話によると、老人は新しい患者が来るたびに「私は癌じゃないんですよ」と話しかけて、もう病院に長いそうだ。

私が眠れなかったのは、背中の痛みもさることながら、こういう会話の刺激が強すぎたせいだろう。看護婦は、昨夜、自分の患者が眠らずにいたなと、ちゃんと知っていた。

私は、思いきって、という感じでリンパ腺のことを訊いた。それは勇気の要ることだった。看護婦が「ええそうですよ。リンパ腺が腫れるのは悪性の癌です」などと（たとえそうだとしても）答えるはずがないのだから、ほんとうは〝勇気〟など、ちっとも要らない、「お早よう」と言うほどの気軽さでいいはずだのに、この病棟ではとても勇気が要るのだった。案の定彼女は「風邪をひいてもリンパ腺は腫れるのですよ。そんなに悪いことばかり考えるものじゃないですよ」と言った。すると私は、〈そうれ見ろ、クイントリックスめ！〉という気になり、そのあとで〈いや看護婦が本当のことを言うわけがない。ここは癌病棟だぞ〉と考えこんでしまう。

私のなかの「誰か」

もっとも、猜疑心も時には勇み足をするので、例の「信仰をお持ちですか？」がそうだった。〈ああ、死ぬときの準備か〉と神経がショートした数日後、看護婦に訊いた。看護婦の話によると、ええ、なかにはもう死期を悟って、牧師さんを呼んでほしいとおっしゃる方もありますが、それよりも宗派によっては大きな音をたててお祈りなさって同室の患者さんとトラブルが起きることもありますので、あらかじめ訊いておくのです、ということだった。そのかぎりでは実務的な質問だったわけで、私は〈なーんだ〉と安心するのだが、またあとになって、九州大学の心療内科が「生存癌患者と信仰の関係」を発表したという噂《うわさ》を聞くと、やっぱりなあ……と思い悩むという具合だった。癌病棟の患者の神経の針は、いつも極端から極端に振れ、主治医や婦長は、その針の振れ方をさり気なく観察しながら、患者と接していた。

主治医はS先生といった。先生は学生時代にレントゲン写真を誤診され、二年間を棒に振った体験から「日本一のレントゲン写真のよみ手になってやろうと思ったんですよ」と言われた。S先生は診察で、両脇の下を強く押えて「はい、結構です」と言うのだった。

私は、ミスター・クイントリックス・リンパ腺を思い出して、〈先生は、リンパ腺を気にしているな〉と不安だった。

私には一つの期待があった。通院検査中に、直径五・五センチまで腫れあがった頸《くび》すじのリンパ節に針を突きたてて、リンパ液を採られた時、これで癌かどうかがわかるという意味のことを言われていた。検査の結果は一週間後に出るという。そこで私は勝手な想像をしていた。一週間といえば二十日すぎだ。ある朝、S先生がメガネをきらきらさせて入って来られ、「おめでとう、癌ではなかったですよ。もうこの病院で治療する必要はありません。いいクリスマスになりましたね」と言ってくれるはずだ――。

その一週間が過ぎたが、先生はいつもと変りがなかったばかりか、ある日、この先だんだんつらい検査になって来るが、検査が終るまで待っていても損だから「もう治療を始めます」と言われた。私は、よろしくお願いします、と言ったものの不安だった。とうとう癌病院に組み込まれてしまったか、という思いであった。翌日から坐薬が出た。あとでわかったが、抗癌剤だった。私はなるようになれ、という気持でいた。

待ち兼ねていた〝戦友〟が入って来たのは、その少し前のことだった。歯科医のKさんは六十をすぎており、別の病院で気管支鏡の検査を受けている最中に、あまりの苦しさに失神してかつぎこまれたのだった。Kさんは歩ける状態になく、酸素吸入を受けていた。例によって看護婦が訊いたが「病気になって、いまどんな心境ですか」という問いに

「ザ・ン・ネ・ン・デ・ス」と肺腑《はいふ》からしぼり出すように答えていた。数日たって、Kさんは少し落着いた。そして「戦争で中国大陸を駆けまわったというのに。あの時は脚も体も強かった」と、聞かせるでもなく言った。六十余歳の〝戦友〟が来てから、病室は賑《にぎ》やかになった。といっても、華やかな賑わいではない。老いの奏でる音は概して醜悪でありもの哀しかったが、「生命」が傍らにあるというだけで妙な賑わいをみせていた。Kさんが部屋で演じてみせる音は、まず、咳《せき》と呼吸音。息を吸うとき、ゼーゼーという音が納豆のように粘っこく尾をひき、地獄の底から這《は》い上ってくるようだった。時々、放屁《ほうひ》の音がまじり、大きな声を伴った欠伸《あくび》が部屋中に倦怠感《けんたいかん》を漂わせた。食事が終ると、茶でゴボゴボと口を洗う音、それからチュ、チュッと歯を吸う音、しびんにほとばしる小便の音、そして高らかないびきで一日が終る。

私は病棟の老人たちを見ているうちに「同病相憐《あわ》れむ」という言葉は美しすぎる、と思った。私のいら立った神経では「同病目を背ける」というのが、正直な実感だった。そして、あの齢までは生きたくないが「神様、せめてあと二十年ほどの生命《いのち》を下さい」と言ってしまう。癌病棟に入ってみると、十年という歳月が、気の遠くなるようなとしつきに思える。健康でいる時は「十年しか生きられない」のだろうが、ベッドで、四角くちぎれた空をゆっくりと落ちていく鳩の羽毛を眺めていると「十年も生きられる」という思いに変るのだった。そして、六十代の患者が二人寄ると、きまって語り合うことになるあの感懐を、私は聞くことになる。彼らは必ずこう言った。

「若いときは戦争で、戦争が終ってからは子供を育てるのに苦労して、孫ができたと思ったらこのざまだ。せめてあと十年は生かして楽をさせて欲しいねえ」

「ほんとうに」

私は老人たちの「せめてあと十年」を聞きながら、〈この人たちの十年をこっちへ下さい。私にはまだこれから大きくしなければならない子供がいるのです〉と「誰か」に願っていた。そんな私は、まるで、「蜘蛛《くも》の糸」の、一番上を這い上っている男のようだ。私のなかの「誰か」は、その後、次第に影を大きくしていくことになった。

肺血管造影検査は、上膊部《じょうはくぶ》の動脈を切開し、そこから造影剤を流しこんで撮影する検査である。撮影が終り、切開部分を縫いながら「忘年会続きでくたびれちゃった」としゃべっている医師の声を、私はずいぶん遠い世界のできごとのように聞いた。だが、癌病棟にもクリスマスはちゃんとやって来るのであって、記録室の前に小さなクリスマスツリーが飾られた。

来年も西洋のお経を

がんセンターのクリスマスイヴは十二月二十三日だった。遠くから、クリスマスキャロルが聴こえて来、歌声はやがて階段の吹抜けをゆっくりと昇って来た。廊下の電灯が消えて、記録室と病室から洩れる明りの間を、白衣の群れが近づいて来る。医師や看護婦達が自主的に編成したキャンドル・サービスだった。暗くした癌病棟に聖歌が響き、いつもは薬をいっぱいに乗せて廊下を行くトレー車に、今夜はロウソクがいっぱいで、みんなゆらゆらと瞬いていた。看護婦が、一本ずつ患者に配り、さあ、いっしょに歌いましょうよ、と言った。

歩ける患者は歩いて、車椅子の患者は車で集まって来た。ロウソクの灯りが、病棟の廊下や天井に車椅子の巨大な影をつくり、患者がいっしょに歌うたびに、吐く息で灯が揺れて影もゆらいだ。歩くことも車椅子に座ることもできなくなった重症の患者は、病室のドアを開けてもらい、近寄り遠ざかる歌声に耳を傾けていた。

聖歌隊は歌いながら八病棟の方へ移動し、淡い光の波が、年末の癌病棟をひどく感傷的にした。さっきから、聖歌を聴きながら「ナマンダブ、ナマンダブ」と合掌していた車椅子の老婆が「来年も生きて西洋のお経を聴けるでしょうか」と言ったが、誰も笑わなかった。しばらくたって、それはずいぶん間のぬけたしばらくだったが、誰かが「大丈夫だよ、おばあちゃん。来年は家で正月だよ」と声をかけ、患者たちはそれぞれの病室にもどった。

その日、七病棟では看護婦たちが自費でクリスマスカードを買い、手わけしてメッセージを書きこんでは、患者の一人一人に配ってくれた。私のカードにはブレヒトの詩が書かれていた。

九回裏逆転満塁ホーマー……

検査は段々につらくなった。いま思えば、それはもう「癌か、癌でないか」の検査から「どういう性質の癌か」を調べていたのだが、私はあい変らずまだ望みを持っていた。

年末年始は、よほどの重症患者でないかぎり、家で正月を過すことになっているようで私も外泊することになった。それならば、外泊の前にどうしても確かめておきたいことがある。いったい私は、癌なのかどうか。

S先生に訊こうとしたが、病室で正座してでは怖ろしすぎた。それにこっちがかしこまれば、先生だってしゃべりにくいだろう。そこで、折よく廊下で行き合った日に、〈いまだ!〉という感じで、立ち話の気楽さを装って訊いた。たしか「ねえ先生、ぼくは癌なんでしょうかねえ」と言ってみたようだ。先生は、先生の趣味の音楽でいえば、八分休止符ぐらいの間をあけて〈えい、言っちまえ!〉という感じで答えた。「あなたが訊きたいなら言いましょう。はっきり言えば、いまのところその疑いが濃い」。そしてもう一度「はっきり言えば、ね」と言った。

で、私の方だが。

こんなとき、たしか「地面に吸いこまれるような」気持であったり「目の前がまっ暗に」なったりするはずだが、これはいったいどういうわけだろう。そんな気がしないのだった。

まるで他人ごとのようで「へえー、そうかね」といった按配《あんばい》だった。

S先生は重ねて「この病院から出て行けば病気を置いて行けるというならともかく、病気はどこへ行ってもついていくのだから、それよりどう治すか、どう闘うかを考えましょう」と言う。そこで私は、訊きついでに訊いたが、「先生、癌というのは死亡宣告と同じですか」とは、ずいぶん直截な質問だ。するとS先生は、「――さん、もしそうなら、ぼくは辛くてこの病院に十年も勤めておられない」

と、初めて笑った。私もいっしょに笑おうとしたが、あまりうまく笑えなかった。とんでもないクリスマスプレゼントをもらってしまったものだ。だが待て待て、年が明けると、きつい検査が二つある。その結果で、九回裏逆転満塁ホームランということだってあるんだから、と、私はまだそう思っていた。とはいうものの、その思いは以前にくらべて〈これは癌だ〉という声にずいぶん大きく侵蝕《しんしょく》されている。

春の蛇

その夜、私は猫を見た。こいつの声を、私は一度だけ聞いたことがある。戦友のKさんが入って来て間もなくのころだったが、深夜、注射針の落ちる音でも聞きとれそうに静まった癌病棟の廊下を、息を殺すように、ごろごろと通るストレッチャーの音がした。おそらく看護婦は静かに押しているのだが、なにしろ戦前は「海軍病院」と呼ばれていた時代ものの建物なので、廊下のリノリウムがつぎはぎだらけで、どうしても音がする。車の音は遠くから徐々に近づいて来、私たちの病室の前を通って、病棟のはずれのエレベーターの方に消えた。するとKさんが、暗闇の中から低い声で「死ンダ。霊安室へ運バレタ」と言った。

それからまたしばらくして、遠くで赤ん坊の泣き声がした。闇の中で、Kさんの息づかいがする。あれは、起きている呼吸だ。彼も眠らずに、赤ん坊の声を聴いている。泣き声はゆっくりと近くなった。だが不思議なことに足音も寝台車の音もしなかった。すると不意にKさんが、

「猫ダ」

と言った。

「…………」

猫だった。「足音もない」のは道理だった。猫が鳴きながら、深夜の癌病棟の廊下を徘《はい》徊《かい》しているのだった。猫は、そのまま私たちの部屋の前を通り、さっき遺体（であろう）が通った霊安室のエレベーターの前あたりまで行くと、扉が閉まっていたとみえてまた戻って来、そのまま八病棟の方へ遠のいた。私たちは闇の中で、お互いに深い息を吐いた。

私は、別棟の研究室から癌を移植された猫が檻《おり》を破って逃げたのか、と思った。翌朝、私

は久しく寄りつかなかった例の喫煙所へ行った。「夜なかに猫の声がしました」「猫？　ああ居るんですよ」

話では、三、四匹いるという人あり、いや、十何匹いるんだよという人もあり、諸説紛々であったが「がんセンターの猫」であることには違いない。ただし、猫たちは、厚生省直轄のこの国立病院で飼育されているわけではなく、勝手に入りこんでいるらしい。彼らは朝になるとこの病院から隊伍を組んで築地の魚市場へ新鮮な魚を食べに出動する。なんでも子猫を従えた家族もいるらしい。ご帰還は、ほぼ夕方の六時から七時の間で、そのころになると患者たちの食べ残した残飯が地下の栄養室のあたりに出るので腹をいっぱいにし、暖房のきいた廊下や階段の踊り場で快適な睡眠をとるのだと聞いている。

私が猫を見たのはその夜のことだった。「正直に言って疑いが濃い」と言われたのが、時間がたつにつれてこたえ、深夜何度も小便に立った。そして、まだ未練を捨てきれないでいる煙草を吸いに、暗い廊下を行った。すると、淡い電灯の下に、灰色のものが蹲《うずくま》っており、よく見ると猫だった。猫は、私をじっと見た。猫は廊下の左右に並んでひそとしている病室の、闇の底のベッドに横たわっているどの人間よりも太っていた。どう見ても、こいつは癌なんかでなさそうだ。

そのころ、私の手足の指は第一関節から先が腫れてふくれあがり、濃いセピア色に変り、爪はいやな紫色になった。互いちがいにして横から見ると、指先は蛇の鎌首のように見えた。酸素がまわらなくなっているからだそうだ。私は、今日も生野菜をもち、二時間かかってジュースをしぼりに来てくれた妻に手をひらひらさせて「おい、蛇だ。蛇が棲《す》みついた。蛇が十四だ」と言った。それから「やっぱり癌らしい」と言った。すると妻は、ぶるっと身震いをし「今年の春の蛇……」と言った。私は、「変なことを言うな」と妻を叱ったが、内心は穏やかでない。

　私はこの春、一メートルほどの長さの蛇を殺していた。啓蟄《けいちつ》のころのある日、木箱のスコップをとろうとした娘が箱の底でとぐろを巻き、鎌首をもたげている蛇を見つけた。爬虫《ちゅう》類が恐《こわ》い私は、こういう時はつかんで酒を飲ませて放してやる等という言い伝えどおりにできようはずがない。えいやっとばかり箱にふたをし、空地に運んで灯油をかけ、火をつけた。蛇は炎の間から、黒こげになった首をのぞかせ、尾はまだ動いていた。

　妻はその蛇を思い出し、私の指先に棲みついたように感じたらしい。私は、正月の外泊で家に帰った。そして蛇を埋めた穴を掘り起し、清めの酒を注ごうと思い、空地に出た。そうすれば、私の癌はなおるのだ。だが蛇の穴は新しく建った家の土台の下になっていた。

　外泊の間、私が体を動かしたのはその時だけで、あとは寝て暮した。なにしろ、体重が減っていたし、脚は驚くほど細くなっていた。正月の間、私は日がな一日、十本の指を見て暮した。私は〈ひょっとしたら、死ぬかもしれない〉という突然の怯《おび》えに責められた。

　こうしている間にも病気が進行しているのだと思うと、気が気ではない。本棚にたまたまあった癌ウィルスに関する本を開くと、吉川英治氏の死に方が書いてあった。氏の癌は胃から胆嚢《たんのう》、胆嚢から膵臓《すいぞう》、さらに左の乳と転移をして肺にきた。肺癌はリンパ腺へと転移し、神経を圧迫して「手が抜けるように痛み」、それから頸部《けいぶ》に移って首をしめ、失神を何度もくり返したのち、言葉も出ず字も書けず、最期は脳癌で亡くなった、とある。

私の「神経痛」はこれだったのかと思うと、一刻も早くがんセンターに帰りたくなった。帰って「患者」になりたい。私の診療カードとカルテの表紙には、一八四五九四という数字が記入されている。数字はがんセンター開設以来の患者の通し番号だった。

私は、がんセンターの、十八万四千五百九十四人めの患者なのだ。

苦しい検査の間

年が明けて病院へ帰ると、気管支造影検査だった。あらかじめ「つらい検査だけれど、がんばってくださいよ」と言われていたので「死ぬよりましでしょう」と答えると、看護婦が「やった人は皆さん、死んだ方がいいとおっしゃいます」と笑った。それも道理で、一粒の米や一滴の茶を間違って飲んだだけでも咳込んでしまう気管支に、麻酔をかけて(これがまた一苦痛だが)管を通し、造影剤を注ぎこんでは角度を変えて写真を撮る。

私はそのころ、自分が癌だと思いこむようにつとめていた。だから、この苦しい検査は、肺癌患者がどうしても受けなければならない洗礼なのだと考えた。洗礼を受けた患者たちが、後日、管をつっこまれて液を流しこまれている小一時間の間、あの苦痛を和らげるためにあなたは何を考えていたかと、話しあったことがある。

——戦争だな。戦地の苦しさにくらべりゃあ、なんだこんなものと思っていたよ。

——ぼくは子供の顔だ。

——チクショウ、チクショウと思っていた。

その話の終りに、中年の患者が声を落し「私はね、本当のことを言うと、家内のアソコを思い出していましたよ」と言ったが、妙にリアリティに満ちていてせつない。

毎週火曜日は回診日でもあった。目の前でやりとりされる主治医師同士の会話を、患者は毛穴までも聴覚にして、聞き洩らすまいとする。だが、所詮《しょせん》わかるわけがなく、ざるで水を汲《く》むはかなさに似ていた。回診のあとで医師たちが記録室に集り、自分の患者のレントゲン写真を示しながら症状や治療方針を説明し、意見を交換する。そのとき患者は、記録室のあたりをできるだけゆっくりと歩きながら、拡大されたレントゲン写真を、あれはおれの臓器ではないか、と盗み見しては何かを知ろうとするが、何も知ることができず、もう自分の生命を、完全に他人の手に預けてしまったのだという思いを強めるだけであった。

人目がなくなると

私の治療方針は、決まっているようだった。主治医のS先生から「手術が可能なので、年が明けたら外科病棟に移ることにしましょう」と言われていた。そこまで言われていながら、私は、自分が癌なのかどうかを、まだ知りたがっていた。癌だと思いこむようにはしていたが、考えてみればまだ一度も、医師から「あなたは癌です」と宣告されていない。宣告されていないいじょう、残された一縷《いちる》の望みまで断ちきるほど、私は強くはないのだった。そのころ妻は、私の振幅の激しい日々にふりまわされて、疲労しきっていた。彼女は、病院に来るとまず婦長に会い「主人は今日、何か変った様子がありましたか」とたずね「今日は不機嫌よ。昼間咳がひどかったのよ」と教えられたりする。それから病室の入口に立つと一度深呼吸をし、遠慮がちにコツ、コツと叩き、半開きにしたドアの間から私の表情を盗み見て、はじめて全身を現わすという具合だった。妻は私を観察し、私はそんな妻を観察するという、まるで尻を嗅《か》ぎあう犬のようだった。

癌患者の妻は、激しく疲れるものだ。知っていることも言えない、顔に出せない、癌のガの字にも怯えて暮さねばならない。彼女は、私が癌であることを、私の姉と実家の母親、そして、三年前に夫を喉頭癌《こうとうがん》でなくした親友の三人に打ちあけた。だがあまりの重圧感に、彼女は喘《あえ》いだようだ。いつか私は、彼女を怒鳴りつけたことがある。私が外科へ移って手術を受けると決まったとき、妻が先生を部屋に訪ねた。戻ってくると「叱られちゃった」と言った。手術をしないで済まないでしょうか、と訊いたらしい。すると先生が大声で「手術ができることを喜んでもらわなきゃ困る。だから、私は、女は嫌いなんです。何もわかっちゃいないんだから」と叱られた。

「へえー、それは痛快だ。さすがはS先生だ」と私はご機嫌だった。「で、それからどんな話を聞いた?」「それだけよ」

私はとたんに暴君になった。どうしてそれだけで帰って来た、医者というものは患者には何も言わないものなのだ。だからお前を行かせたのではないか。お前は自分の夫が癌か癌でないかを知りたくないのか、「えっ、どうしておれの病気をもっと詳しく訊かなかったんだ」と荒れる。妻は黙っているが、実は毎日のように婦長に「どうでしょうか、主人は癌と気づきましたか」と訊《たず》ねていた。

「今日、○○さんと××さんから電話があったわ」。その電話を、あいまいに答えたと、また怒った。「がんセンターに入院しておりますと、なぜはっきり答えないんだ。せっかく訊ねてくれているのに失礼じゃないか」と、杓子《しゃくし》定規に考える。そのころ、もう時間がたちすぎて「検査のために入院しています」が通じなくなっていた。妻は自分では癌だとわかっていても、できることならそう思いたくない。だが、応答している間に、深い淵《ふち》にどんどん落ちこんでいくようで怖くてならなかった。彼女はある時期、電話ノイローゼのようになってしまった。

妻の苦しさはまた、子供に父親が癌という病気だと教えられないことだった。迷惑をかける病気でもないのに、癌が世間から声をひそめて語られるのはなぜなのだろう。多分、死の影が色濃いからだろう。妻はその癌をとりまく気配を敏感に察知していたようだ。癌研付属病院長であった故田崎勇三博士が歯肉癌で亡くなったあと、発表された氏の遺言状に、こういう数行があった。「病名は慢性歯齦膜炎《しぎんまくえん》とし、癌と発表しないこと。これはまだ幼少な二人の女児の将来を考慮しての親心である（すなわち結婚の時の障害などになることを恐れるあまりの老婆心からでもある）」

癌の権威で、しかも科学者にしてこの遺言だから、私の妻の怯えをあながち嗤《わら》うわけにもいくまい。

と、私が書いているこんなことは、晩春の陽射しを浴びる紫の蘇芳《すおう》や深紅の木瓜《ぼけ》の花が見え、飼犬の声の聞えてくる部屋で生きているから言えるのであって、そのときの私は、木枯が窓をうつ癌病棟の住人であったから、神経はささくれていた。妻はそんな私の詰《なじ》り声に、人目がなくなるとよく泣いたのよと、あとになって話した。

「どこで泣いたんだ」

「病院で、ずいぶん泣いてたのよ」

彼女はがんセンターのなかで、夕刻になると人の気配がなくなる場所をいつの間にか探し出していて「いつも耳鼻科の前の廊下のソファーで泣いてたのよ」と言った。家に帰ると、子供たちが眠ったあとがその時間であったらしい。親は子に知られていないつもりでいたが、子はちゃんと知っていて、母親が病院へ出かけたあと、小学校四年と二年の娘と、おしめをつけた息子の幼い姉妹が、冷えた夕飯のおかずを黙って食べてくれた。子供たちは、近所の友だちと遊ばなくなった。遊びに行くと「お父さんの病気」を訊ねられるから、とてもいやなのだった。

足の細いあの人

外科病棟のベッドがまだ空かないらしく、内科で暮すうちに、とうとう三〇一号室の「あの人」が死んだ。一月十七日のことだった。私は、一度も「あの人」の顔を見ていない。三〇一号室は、私の部屋と廊下を隔てて向いあっていた。点滴注射や配膳や重症患者のレントゲン撮影の時など、しまりの悪いドアが開きっ放しになることがあった。そのたびに、冬の欅《けやき》の梢《こずえ》のように細い「あの人」の両の脚が見えるのだった。腰から上は、間じきりの衝立《ついたて》で隠れて見えないが、名札から男だということだけはわかった。寝巻きをめくって、看護婦に蒸しタオルで拭われているその人の脚は、ほんとうに葉を落した欅の梢のようだった。

もう動けなくなっている「あの人」は、脚を――肉がないので「骨を」といった方が正確だ――ベッドの上で組んでいたが、看護婦が二人がかりで組みかえさせるとき、折れはしないかと、こちらの病室から見ていて案じられた。あの足は、もう終ろうとしているこの人の一生で、何万歩歩いた足なのだろう。同室の患者が部屋を移ったので〈ああ、そろそろだな〉と思っていると、二日めの深夜に亡くなった。なぜか死ぬときは、きまって深夜か早暁だ。起きてみると、もう名札ははずされ、ひょっとすると体温が残っているかもしれない「あの人」のベッドに、朝のオレンジ色の光りが射していた。私は「あの人」の顔を見ぬままだったが、いまも何かのはずみに〝脚だけの知人〟を思い出してならない。

　その夜、どの病室も電気が点《つ》いているのに、三〇一号室だけがまっ暗で、翌日、シーツは新しくなり、新しい患者が、新しいパジャマを着て横になっていた。去年の師走の、私のように。

　翌々日、また死んだ。今度は早暁だった。女の悲鳴に似た哭《な》き声がし、叩きつけるようなハイヒールの音が駆けこんだ。妻なのか、姉なのか。しばらくして洗面に起きると死者のニュースは（別に珍しくはないのだが）もう伝わっていて、三〇二号室だということだ。へたなもじり方をすれば、

　棺一つ　行かぬ日はなし　癌病棟の冬

　という日々だった。

　私はどうやらだいぶ参っているらしい。このころ気がついたのだが、ベッドに仰臥《ぎょうが》し

てぞっとした。横向きに寝て、何気なく脚を重ねると、膝の骨と骨が「コポッ」という感触でまるで腕を重ねるように合わさった。肉が削《そ》げてしまっている。当然のことで、体重を計ると、健康時には六十四キロだったのが、五十キロになっていた。私は〈「あの人」の脚だ、あの人の脚と同じだ〉と震えた。そして、いま死んでしまうと、子供たちには私と、妻には死んだ私の母と同じ苦さを味わわせることになるな、「それはまずいや」と声に出した。私の父は、私が八歳のときに死んだ。「だから、やっぱりがんばらなければ」と、私はのろのろとパンツを脱いだ。例の抗癌剤の坐薬を挿入《そうにゅう》するために。しかし、なんという痛さだろう。坐薬を使い始めて一と月だが、朝夕二度使っている間に、ここ数年おとなしかった痔《じ》が出て、その痛いこと。私は、この薬を挿入しなければ癌には勝てないのだと言いきかせるのだが、痔の痛みの方が直截《ちょくせつ》で「癌なんて痔にくらべりゃあ、どうってことはない」と変な錯覚を起させた。

「前門の癌、コーモンの痔」と洒落《しゃれ》てはみたが、ついに悲鳴をあげて薬を投げた。

「癌なんて何だ。怖くなんかねえや」

だがその強がりは、一夜で消えた。どこかの部屋でまた死んだ、という立話が聞えてきたからだった。それから〝打率〟の高い日が続いたせいもある。〝打率〟というのは私の勝手な呼び方で、要するに私は毎朝、地下の売店で買った新聞を、まず死亡欄から見る癖がいつとはなしについていた。その日の訃報《ふほう》のうち癌で亡くなった人が、四人中二人なら打率五割ということになる。あの新聞の片隅の小さな活字の中に、癌という字がない朝(そんな日は滅多にないのだが)は、いい一日が過せそうだった。七割五分もの高率の日は、早く明日になってほしい――。

新しい戦友たち

「昨日撮った写真では、影が半分くらいに小さくなっていますよ」と、S先生がこともなげに言った。一月二十一日の回診のときだった。私は耳を疑った。〈とすると、癌ではないのかな〉と、神経はすぐに短絡するのだ。

「リンパ腺《せん》も小さくなったでしょう。薬がよく効いている」そのうちに婦長が「おめでとう、明日外科へ移れますよ」と報《しら》せに来てくれた。私は「おめでとう」という言葉の手ざわりを何度も味わった。そういえば、わが家の今年の正月は、子供たちでさえこのことばを遠慮していたようだった。

しばらくすると、婦長が一人の医師と部屋に入って来た。外科病棟で私を診て下さる主治医のO先生だった。O先生は視線が合うと、にこっ、と笑い「私が診せていただきます、どうぞよろしく」と首を斜めに会釈された。私は〈あっ、いい先生だ〉と思った。それは動物的な嗅覚《きゅうかく》でしかないが、私の職業上の経験から、かなり信頼できる。

翌日、気管支鏡の検査があった。

がんセンターで開発されたファイバースコープは、よその病院にくらべるとうんと楽だという評判だったが、それは比較の問題であって、肺に鏡を入れられている間、苦しくないといえば痩《や》せがまんだ。その上、鉗子《かんし》で肺の癌細胞をつかみ出されて、咳《せき》をすると血だらけだ。検査が終って、車椅子で運ばれ、新しい病室のドアを開けた。外科病棟、つまり三病棟二〇六号室が、これから暮す部屋だった。部屋に入ると、顔が三つ、いっせいに私を見た。新しい戦友たちだった。Kさんは浅草のハンコ屋さんで七十歳に近い。Sさんは川向うの鉄工所の職長で六十三歳。Aさんはアルプスの麓《ふもと》の都市で、従業員を十人ほど使っている不動産業だった。

主治医のO先生は「どうです、いい部屋でしょう。みんないい人たちですよ」と私の様子を見に来られた。入れ替りに、今までの主治医だったS先生が「移りましたね。がんばってください」と言ってこられた。私は有難くて胸がつまり、急に咳きこむと、痰《たん》は血にまみれていた。

私はこの部屋を、とても好きになれそうだった。奥に長い四人部屋で、窓からの眺めに「風景」があった。まず見おろすと、汚い中庭だった。給水管がむき出しで、コンクリートの庭はところどころ剝《は》がれている。だが、木があった。黒い二本の幹は八重桜で、窓から身をのり出すとプラタナスが見えた。目の下あたりに沈丁花《じんちょうげ》。木々はまだ芽吹いてはいなかったが、生きものの懐かしみを与えてくれた。そして、枝に葉が一枚もなくて有難い。もし一葉でも残っていたら、O・ヘンリーの短編のように、私はまた暗示を求めていただろう。

この窓は、正真正銘の生きものを見せてくれた。にんげんたち、だった。正面の建物は病棟で、白い外壁はうす汚れていた。こういう雨ざらしの白さをどこかで見たことがある。佐伯祐三だったか、それともユトリロのキャンバスだったか。病棟の窓々に、人間がいた。死にかかっていても人間だ。癌に棲《す》みつかれていても人間だ。私は向うの窓に向ってオーイと叫びたくなった。それからまだ嬉しいことがあった。まえの病室とちがって、この部屋には一日のうちの何時間か、太陽が射しこんだ。これでもう、私は見舞いにもらった小さな鉢植の福寿草を枯らしはしないかと、心配せずにすむ。せっかく芽を出したこの花を、開かせてやらないままに死なせると、癌に負けそうな気がしてならなかった。私は夕食が終ると、久しぶりに幸せな思いでベッドにもぐりこんだ。

と、鳴き声が聞えてきた。猫だ。猫が魚市場から帰ってきた。この中庭は、猫たちが朝夕通る道だった。

砂袋の重み

またしても、癌、だが、どうしてこうこだわるのだろう。もう訊《き》くまいと思いながら、私はO先生に「癌ですか」と訊いた。先生は、次に予定されているBAIの結果でわかると言い「安心して下さい、ぼくはごまかしても顔に出るから正直に言いますよ」と笑った。私は〈いよいよだな〉と思った。

ＢＡＩとは「栄養血管に病巣ができると血流が増えるのを利用して、栄養動脈から薬剤を注入し、患部に集中的に薬を分布させる」治療法だそうだ。私は裸になって手術着を着せられ、ストレッチャーに横たわって、地下室まで運ばれた。それから目隠しをされる。太腿《ふともも》の上、右脇腹の動脈を切り、切り口から血管にパイプを通すのだが、そいつはゴニョ、ゴニョ、という感触で腰から腹、腹から胸へと体の中を這《は》い上って来た。やがていくつかの検査ののちに、薬が注ぎこまれはじめた。看護婦が、三十秒単位で注入時間を読みあげる。私は目隠しをされている不自由さから、いつとはなしに〈どうしてこんな情ないことになったのだろう〉と今までのいきさつをふりかえっていた。動脈の切り口を、パイプがはずれないようにか、あるいは血の噴出を押えるためか、誰かの指が痛いほど押えつけている。で「神様、私の癌を治してください」の大きな字を思いだした時だった。Ｏ先生の声がした。Ｏ先生は、

「――さん、これは効くと思いますよ。楽しみにしていいですよ」とおっしゃった。私にはその自信に満ちた声が、天からの声のように思えた。「ありがとうございます」と答えながら、もう、この検査と治療が終ったあとで「私は癌ですか」と訊くのをやめようと思った。すると、気持がとてもらくになった。憑《つ》きものが落ちたようだ。看護婦の声は九分

三十秒で止まった。O先生の「もう二十五ミリやりましょう」と若いドクターに指示する声が聞えた。やがてまた、あの看護婦のよく通る声が「三十秒……一分です……一分三十秒です……」と始まった。私は〈秒読みのマドンナ〉と命名した。傷口の縫合が終り、目隠しがとれて拝んだ私の秒読みのマドンナは、なかなかの美人だった。

病室に運ばれると、切開した動脈の部分に、一キロの砂袋を三時間乗せて寝ていなければならなかった。夕方になって妻がやって来、「どうでしたか?」と訊くので、本当は麻酔が効いていて痛くはないのだが「すげえんだぞ、何しろ動脈の中をパイプが肺までニョゴニョゴ入ってくるのがわかるんだぞ」と答え、「見ろ、この砂袋」と、少し手柄顔をしてみせた。私は、徐々にトンネルの出口に近づいているようだ。

生きるだけ生きるさ

それにしても、癌病棟のなんという勝負の早さだろう。いや〝勝〟は、少くとも五年先にも生きていてこそだが、負けていく人の死は加速度的に早い。同じ年の瀬に入院し、談笑しあい、一刻の笑いがと切れたあとに襲ってくる〈そうだ、私は癌だった〉という凍るような恐怖感を共有しあった×号室の胃癌さんが、「もういけないらしい、あと十日だろうという話だ」となると、ここは現代の戦場のように思えてならない。

私の新しい〝戦友〟について。

浅草のハンコ職人のK老人は、手術後三週間で退院した。

入れ替りに「ごめん下さいまし」と、腰をかがめて入って来たUさんは、六十四歳だといったが、齢の割りにふけていた。おかみさんがいっしょで「なんだ、窓際のベッドじゃないのか。ま、父ちゃん俳句でも作んなよ」と言った。Uさんはあとで「うちのかあちゃんは五黄《ごおう》の寅《とら》だからきついのです」と言った。雑貨品の小売商。シベリアの収容所から遅く還って遅く子供を作り、二人とも今年で大学を出るから「やれやれ、もういいや」という安堵感《あんどかん》と「あと十年は生かしてもらわないと割にアワない」という思いが交錯している。U老人は、五日に一度くらいの割合で何度も同じ話をした。「私の兄さんが五十三。父さんが五十三、姉さんが五十三、みんな五十三歳で肝硬変で死んだから、あんたア、私は五十三を通りこした時、やれやれと思ったものですよ」

夕食を食べ終ると、Uさんは入れ歯をはずしてベッドに置くのだ。それから病院のプラスチックの汁椀にコトリと入れ、なみなみと茶を注ぐのだ。それからあの音が始まり、やがて部屋中を制圧する。チャカチャカ、チャカ。箸《はし》で入れ歯を表にし裏返しにし、何度も椀の中で洗う音だ。それからその洗った茶を、ズズーッと音をたてて吸い、底に残った入れ歯をカポッとはめ、歯をチュ、チュとひとしきり吸い終ると――がんセンター二〇六号室はこれから長い夜だ。

四人が思い思いのテレビ番組を、時間つぶしに見ていると九時だ。看護婦が「お変りありませんね。おやすみなさい」と言ってくれ、ああ、今日も一日終ったか。

しばらくすると消灯後の部屋の暗がりから突然、「ヒョッ、ヒョッ。ハハハハ」と声高の笑い声がし、これは鉄工所のS職長がラジオにイヤホーンをつけて落語を聴いているのだ。闇の中で、「かわいそうだねえ。なんとかならないものかねえ」とつぶやく時は、Sさんは哀《かな》しい浪花節《なにわぶし》を聴いているはずだ。カシャ、カシャという音は、口淋しいので罐《かん》からドロップをとり出す音だ。そのうちにイヤホーンをつけたまま寝息が聞えて来、夜中になると「ワアー」と絶叫し、悪い夢にうなされている。Sさんのうわ言はしょっ中だが、夢の中では決して笑わず、いつも怯《おび》えている。手術の前夜は、三度絶叫した。Aさんと私が、暗がりの中でそれを聴いている。

Aさんのおかげで、私は精神的にずいぶん助けられた。Aさんは二度めの発病だった。一年前に地元の大学病院の、放射線治療で治したはずだった。疑ってはいたが、癌だとは思いたくなかった。退院後日がたって、病気への神経が遠のいたころ、身内の人が、癌だったと不用意に洩らした。そこで一度に気力を失い、Aさんは奥さんが困らないようにと遺書めいた書類をつくった。ささやかな事業をしているが借金は一文もない。お前の知らない貸金はどこそこにいくらある、四人の子供の将来のために、財産をこう使え。

それから、小さな会社を自分がいなくてもやっていけるように権限委譲をし、奥さんに配当金が入るようにし、日本中の海と渓流で釣をしようと長い旅に出た。二カ月めに旅先の五島列島で血を吐き、一回めの発病からちょうど一年めの再発だった。周囲の人が、もう一度この前治療をした大学病院へ入れと勧めたが、いやだ、東京にがんセンターというところがあるらしいが、入るならそこに入ると言って、一人でやって来た。奥さんは、ほんとうはそうしてほしかったのだが「癌」ということばを言い出しにくくて悶々《もんもん》としていたので、夫の勇気に本当は降りない肩の荷が、少しばかり降りたような気がした。

私は、そんなAさんの〝実戦〟体験にずいぶん救われている。Aさんは、私が沈んでいるとよく言ってくれたものだ。

「——さん、生きるだけ生きるさ。私は今度ここを出たら、伝説でも信仰でも何でもいい、この病気にいいと言われるものは何でもやってみる。それで駄目だったら、車の排気ガスでも吸うさ。あれは気持よくいけるらしいよ。さあ、屋上へでも行きましょうや」

だが、そのAさんが、寝静まった病室のベッドに起き上り、合掌した両手を額にあてたまま塑像のように動かぬ黒い影を、私は何度も見た。眠ったふりをして——。

それは多分、「この病気になるのが、二十年早かった。女房子供に申し訳なくてならない」と、二人でしんみりし合った日の夜に多かったはずだ。

早朝の〝回診〟

そんな四人が、いつも連れだっていた。Uさんは途中で患者の立場から見ると謎《なぞ》めいた退院をさせられて通院治療になったので、代りに私と同じ齢のAさんが、他の病院からまわって来た。

ともかくも、いつも四人だった。若くて美人で心優しい看護婦たちに、六時の検温で起されると、戦友たちはこぶ茶で梅干をしゃぶり（癌にいいそうだと誰かが言ったので！）「会長！　行きましょう！」と号令をかける。鉄工所の職長のS六十老に「会長」という仇名《あだな》を献じたのは私で、大手術のあとSさんの咳が以前とすっかり表情を変えてしまい「オッホン、オッホーン」と聴こえるからだった。それは、がんセンターの屋上から見える外界のビルの中でも、大層立派なニッサンビルの会長室あたりから聴こえてくるにふさわしい風格の咳だった。だから、「会長」と呼ぶことにした。

で、私たちは早朝〝回診〟に出る。会長は手術後のせいもあって、肩を落し下を向いて歩く。すると会長よりも二週間ほど先に手術をしたAさんが「会長！　がんセンターに金は落ちてないよッ。胸をはって、上を向いてッ」と励ます。途中のロビーで、食道癌の老人が合流し、そのうちに「私もつれて行ってよ」と乳癌の中年女性が加わる。私たちは屋上まで上り、深呼吸をする。南を見ると、魚市場の賑《にぎ》わいだ。北を見ると高速道路はもう車が流れている。西を見ると新幹線がゆっくりと速度を加えはじめている。

ああ、みんなもう働いている、と、毎日同じ感懐を誰かが口にしてしまう。私は小学生の時に読んだ『君たちはどう生きるか』という本の一節を思いだしてしまう。コペル君という少年が、おじさんに連れられてデパートの屋上から下を見、「ご覧、人間が蟻《あり》のようだ。みんなさまざまに生きている」と教えられる。私はいま屋上に立って「どう生きるか」を考えるのだが、それはコペル君のように哲学をではなく、生理にかかわる生き方をまず模索しなければならない。癌で死んだ高見順ではないが「魂よ、おまえの言葉より食道の行為のほうが私には貴重なのだ」。私は TO BE OR NOT TO BE と、深遠にして悠長なことは言っておられない。私の「生き方」は、白米をやめて玄米食にし、肉の代りに野菜を食べ、毎日梅干を二つしゃぶり、のどが乾くと紅茶きのこを飲み、どうしても酒を飲まねば眠れない夜は、ウイスキーをやめてワインを少々……という「生きのび方」である。「どう生きるか」は、まず血液を弱アルカリにする努力で、哲学はそのはるか彼方《かなた》の借景になった。

屋上の、私たちは太陽に柏手《かしわで》を打ち、太陽に向って長い合掌をする。病気の前の私には考えられない行為だが、私の中で日ごとに大きくなっている「何か」がそうさせてしまい、「ありがとうございました。きのうは無事でした。今日も一日平穏でありますようにと誰かに言っている。ひょっとすると、これが神様というものかもしれない。

気やすくガンを引合いに出すな

合掌が終ると、みんなはやれやれと明るい顔になり、一週間前に手術で乳房を取られた乳癌女史と、これから食道を取られる食道癌老人が「サノ」「ヨーイヨイ」と声をかわして民謡を踊るのを、いよっご両人、とひやかして降りた。早朝の散歩には、もう少しコースがあった。私たちはそれから、外来診療棟を一巡するのだ。外来のロビーには、八時半からの診察受付を待って、まだ七時だというのにもうあの赤いソファーの半分が人で埋まっていた。ソファーの人びとは、病棟の方から出てきたパジャマ姿の私たちを見ると、癌患者への怯えのまじった好奇心を顕《あらわ》にし、視線が合うとあわてて「いえ、なんでもありません」という表情をつくろう。だからといって、私たちには、それを怒る資格はない。

数カ月前、外来患者としてこのソファーに座っていた私は、奥の棟から出てくる病人をそういう表情で見ていたはずだった。

癌患者を見る人々の怯えには、ずいぶん誤解があるようだ。怯えの本質はおそらく「必ず死ぬ人」を見る怖さなのかもしれない。背中に死神を眺めているようでもある。例えば最近読んだ黒岩重吾氏の随筆に「といっても、癌にでもなれば、私が幾ら従容《しょうよう》と死にたい、と思っていても苦痛にのたうちながら死ななければならない。現在、私が一番恐れているのは癌である」という一節があったが――。黒岩さん、私も私の戦友もまだ生きています。

美濃部都知事の三選出馬声明の一文は、おぞましいかぎりだった。「(私は) なりふりかまわず戦列に復帰いたします。ファシズムは、がんと同じであって、だれの目にもわかるようになったときは、もう手の施しようがありません」という文章を病室で読んだ日、私は、「そう気やすくガン、ガンと引合いに出してくれるな！」と怒鳴り、何事かと驚いた隣のベッドのAさんに、あとから理由をいうしまつだった。

ＮＨＫの園芸番組で、バラの苗木を説明していた先生が一本の根を示して「根頭ガン病種にかかっているから」と、苗木のまま捨てた。アナウンサーは「ああ、ガンですか」と言ったままだった。私は「なぜ悪い根だけ切って、残りの根で苗を生かせてやれないのですか」と訊いてほしかった。こういう思いは、流行語でいえば「弱者」の感情なのだろうが、人は弱者になってみないと「救済」の「され方」がわからないものだ。そういう私たちに、最初にお世話になった七病棟の美人婦長が話してくれたことがあった。

「癌といっても、いろんな種類のガンがあるのよ。早ければ治るものもあり、運の悪いものもあるの。ね、癌という字は、とても怖ろしく見えるでしょう？　だからここでは、〝がん〟と書いているんです。〝がん〟だと、〝癌〟よりもちょっとやさしくて安心できるでしょう？　治るがんも入るものね。がんばるのよ、男でしょう。私の父なんかもう五年も生きてるわ」

患者への心づかい

水飴《みずあめ》のように粘って糸をひき、きらっと光る痰と唾がひんぱんに出はじめた。O先生は「それでいいんです。ＢＡＩが効いてきたんですよ」と、予定のことのように言われた。

戦友たちが、それぞれの検査を受けに部屋を出、私ひとりが、冬と早春の間の陽の匂いを貪《むさぼ》るように吸いこんでいる昼下りのことだった。O先生が入って来られ、例のニコッ、のあとでおっしゃった。

「手術をしないで治療しようと思うんです。あなたの病気には、BAIと放射線がよく効くと思いますよ。どうでしょう」

私は、先生にいっさいお任せしますと答えたが、ほうら、またサイギシンというやつが鎌首をもたげた。内科から外科へ移る時に、「おめでとう」「手術ができるのを喜ばなきゃ」と言われている。その手術をしないということは、私は手術ができないほど悪いか、しても無駄か、どちらなのか。

すると別の声が言った。〈癌は早期発見をして手術をしないと助からないといわれている。だけどレントゲン写真ではよくなっているんだから、これはひょっとすると癌じゃないかもしれないよ〉

そこで、私はI婦長にさりげなくカマをかけたのだ。吸入室の前の廊下で行きあった時「ぼくのは発見が早い方ですか?」と訊いた。私はここでもまた、嘘でもいいから甘い答えを期待していた。答えには二通りあるはずだ。その一「早い……って、何のこと? あら、そんなこと考えてたんですか、苦労性の人ね」。その二（間髪を入れず）「早いわ。とても早かったのよ」というはずだ。

だが、婦長はしばらく考えていて「早い方じゃないかしらねえ」と答えた。私は愕然《がくぜん》とした。それから転移の可能性を訊き、病室に帰ったが、ぶざまにもベッドにもぐりこんだ。二時の検温にやって来た看護婦がどうしたんですか？といぶかり、婦長に報告したとみえる。婦長は部屋に来、「ごめんなさいね、私はあなたを傷つけてしまったようね」と辛そうに話しかけた。「でもね――さん、私はあなたがこの病院を選んでここで検査や治療を受ける以上は、それを前提に闘ってくれると思ったのよ。それにあなたには、それができる体力と精神力があるはずよ」

私は、無性に恥ずかしかった。三十八にもなって、なんて甘ちゃんだ。まるで親の関心をひこうと、拗《す》ねてみせる子供と変りはしない。おい起きろ。起きて言え。「はいわかりました。私は癌であります。当病院十八万四千五百九十四人めの患者であります。患者精神にのっとりがんばって闘病することを、誓います」と言え。

私のちょっとした表情の変化を認めたのは、まだ二十歳をすぎて間もない看護婦だ。そして彼女はすぐに婦長に伝えた。職務とはいえ、この病院の看護婦たちは、この若さで死生観のるつぼの中に身を置き、勤務が終るとやっと与えられている一DKの宿舎に帰り、ストレスを発散させるためには不十分な給料で働いている。いまここに居て心配気な婦長は、その娘たちを預かって、それからこういう甘えん坊の患者だ。

私は婦長の言葉のとおりだと思った。ここは「がんセンター」なのだ。年間十三万人を超える死者を出し、病死者の五人に一人の原因となっている癌の、唯一の国立専門病院なのだ。それでいてベッドは四百床余りしかない。運河の橋の向うには、この病院のベッドの空くのを待ち兼ねている患者が数えきれない。その貴重なベッドを占めている以上、私は癌であって何の不思議もない。

私は〈なあーんだ〉と思った。心の底から、とはこういう気持なのだろう。〈なあーんだ。ここは癌病院だった。癌病院だから癌患者〉〈要するに「死ぬまで生きる」ってことだ。癌でなくても河豚《ふぐ》にあたって死ぬこともあれば、三菱重工ビルの前を通りかかって死ぬこともある〉……とご遺族には非礼だが、そんな考え方になった。

T・K生、三十八歳よ、魯迅《ろじん》の「わが失恋」のように、いっそ戯れてみようではないか。

いとしい人は　御殿の奥、
あいに行きたし　自動車はなし、
頭を振って　豚のような涙。
賜わりものは　薔薇《ばら》の花、
お返しは何？　やまかがし。
さてこそ構うてもくださらぬ、
なぜか知らぬが——勝手にしろ。

患者も苦労なら医師も苦労で、そういえば、O先生が私の「癌でしょうか」の問いにこうまく答えられたことがある。「癌を癌ではないと誤診するよりも、癌ではないものを癌だと誤診する方が安全ですね」と、あの時はしてやられた。

私は婦長に「すみませんでした」と言いたいのだが照れ臭いので、その代りに「婦長さんも案外デリケートなんだなあ」と言った。「ぼくはそんなこと気にしていませんよ」。そして、心のうちでこの人に感謝した。いやこの人だけではない。がんセンターには、職員たちの患者に対する心づかいが各所に感じられた。たとえばレントゲン室の、あの機械を抱いて立つちょうど目の高さには、美しい睡蓮の花のピンアップ写真がとめてあった。肺機能検査室の、いちばん長く時間のかかる検査台に座ると、目の前の壁では、可愛い子猫が手毬《てまり》と遊んでいて、患者の苦痛をそらしてくれる。一日の食費予算がたった三百二十円で、調理場は節分に豆、お節句に紅白の餅菓子を添えてくれる。

血統書つき

それから二週間ほどたって、見なれぬ薬が配られた。変哲もない容器に入った濃い茶色の液体だ。飲んでみると、椎茸《しいたけ》のような味がした。一月末の癌の国際シンポジウムで発表され、このところ新聞や週刊誌が〝第四の薬〟として大きなスペースで取り上げているサルノコシカケから抽出した、ＰＳＫだった。ＰＳＫは、まだ実験段階で臨床効果を手さぐりしている。その薬がまわってきたわけだが、私は今度はもう大丈夫だった。Ａさんに見せて、「これで血統書つきの癌患者になった」と笑ったはずだ。するとAさんが今度は悩むのだった。あなたは物書きだから大切に生かしておかねばならない。自分は田舎の小企業のおやじだから、どうってことはない。だから自分には新しい薬が出ないのかな……。

私はあわてて「とんでもない。こういう試験段階の薬を使わねばならないほど、悪いってことでしょう」と言ったが、Aさんも私も、それぞれに半分の冗談と、半分の不安が交錯していた。もうやめよう。癌病棟のこういう心理状態は、書けば際限がない。

節分の日、夕食の小皿に豆が添えられた。Aさんは病室で「福ワアー内、癌ワアー外」と左手で豆を撒《ま》いた。私の娘は学校の作文に「鬼が家から出ていって、福が家の中へはいってきて、お父さんの病気をなおしてくれるといいなあと思いました」と書いていた。私は、妻が節分の豆を子供たちに与えるのを忘れなかったことに感謝した。妻は、私がとうとう完全に癌だと察知し、最後まですがっていた針穴写真機の細い光線のような望みを断ち切ったと知って、ほっとしたそうだ。あとになって言うのだが、なぜほっとしたかといえば、私が〈何クソ、と思ってくれるのではないか〉ということだった。そして、彼女なりに種々雑多な本を読んで立てた食生活のプログラムに、気むずかしい私が協力してくれるのではないか、という嬉しさだった。

さて、その節分の日から、放射線治療が始まった。リニア・アクセラレータ、略してリニアクと呼ばれる高圧X線照射の機械は、地下室にあった。最初の日、もう既に何度か照射をされたとみえ、片方の目が腫《は》れあがって痛々しい小児癌の坊やが、小児病棟からママの押す乳母車に乗せられて来るのに出会った。坊やは放射線科に通じる廊下まで来ると「ママ、この道はいや、この道はいや」と泣き、母親は辛そうであった。

患部にあわせてあらかじめマジックでつけられた照射野は、広く大きかった。胸に一面、鎖骨を横ぎって頸《くび》すじに一面。金属製の寝台に仰向けに寝ると、技師は照射管の鉛の部分を調節し、照射野に合わせる。それから重い鉄製のドアをガチャンと閉めて出て行き、私は厚いコンクリートの壁の部屋に一人だ。やがて巨大な機械が低く唸《うな》り、豆ランプが点《とも》り、ピーッという音がすると、いま、一回二百レントゲンの放射線が私の体をつき抜けているはずだ。

ソルジェニーツィンの『ガン病棟』によると、それはこう描写されている。

露出されている腹部の皮膚の細胞をつきぬけ、皮下脂肪をつきぬけ、所有者自身も名称を知らぬさまざまな器官をつきぬけ、腫瘍《しゅよう》の本体をつきぬけ、胃腸をつきぬけ、動脈や静脈を流れる血液をつきぬけ、リンパ液をつきぬけ、細胞をつきぬけ、脊柱《せきちゅう》その他の骨をつきぬけ、ふたたび背中の皮下脂肪と血管と上皮をつきぬけ、それから寝台の板をつきぬけ、厚さ四センチの床板をつきぬけ、セメントをつきぬけ、コンクリートをつきぬけ、更に土台の石材をつきぬけて、遂には大地そのものへと、厳しい

X線は流れた。(「新潮文庫」版、小笠原豊樹訳)

だが、この「巨大な量子の弾丸による猛烈な射撃」は、患者には痛くも痒《かゆ》くもない。照射されている時間は僅かで、二分もあれば量子の弾丸は、私を背と胸の両側から突きぬけて終えた。幸いなことに、積算数量一千レントゲンを超えたころから始まるはずの体の変調も、私には大したことはなく、食道のつかえと、一時間の午睡で回復する程度の倦怠感《けんたいかん》にとどまった。私は自分の体力が次第に回復しているのを感じた。この間まではそんな気にもならなかったのに、猛烈に音楽に飢えた。放射線科の廊下には、順番を待っている患者のためにいつもFM放送を流していた。治療の呼び出しが来るころには、たいていクラシック音楽をやっており、もしここへ通う二十五回の間に、スメタナの『モルダウ』が聴ければ再発しないで平均寿命まで生きられる、と、手前勝手なおまじないをしたが、モルダウの旋律は聴こえてこなかった。でも、もう私は、あまりがっかりせずにすんだ。

長い墓標の列

何度めかの治療のとき、異様なものに気がついた。それを異様——と見るのはむしろ私の異様かもしれないが、書類用の大きなキャビネットだった。その限りでは、異様でも何でもない。キャビネットの沢山ある抽《ひ》き出しには、番号がついていた。最初の札は「〜一〇八、〇〇〇」それからの抽き出しは順番に番号がせばまり、数千番ずつの増え方だった。抽き出しの中には、ぎっしりとレントゲン写真がつまっていた。だから、最初の抽き出しは、この病院の最初の一号患者から十万八千人めの癌患者だと推測された。以後、段々と数の増え方が減るのは研究や技術が進んで一人の患者の検査の仕方が、それだけ多角的になったために、収容できる人数が少いのだろう。

これは墓場だ。長い墓標の列だ。ペラペラのレントゲン写真に写し出された肺、胃、腸、骨、脳は、反乱を起した癌組織と闘って敗れた人びとの資料という名の墓標だ。私は灰色のスチールキャビネットを眺めているうちにそう思った。そして、私は、まだ〝資料〟になりたくないと思った。

そんな病的な神経が一方にあり、一方で、私の肉体は健康をとりもどしている。私は入院以来三カ月になろうとするが、目醒《めざ》めた時の勃起《ぼっき》がもう久しくなかった。三月の初めのことだった。どの記録室の前にも小さな雛《ひな》人形が飾られていた。放射線科の廊下は、シュトラウスのワルツが聴こえていた。三歳ぐらいのおかっぱの女の子を連れた若い母親がいた。女の子は、これから放射線を照射されるようで、若いママの彼女は、小児癌の愛児を抱いて、音楽にあわせてワルツのステップを踏んだ。

子供はキャッキャと声をたてて笑い、ママはもう一度ターンをした。彼女の春らしい淡いブラウンのスカートが揺れ、形のいい脚だった。私は不意に、ずいぶん忘れていた感情に襲われ、それから癌の子を抱いた母親にそんな思いを覚えたことに、罪めいた気持を味わった。

それからまたしばらくして、私は夢精をした。夢の中で、私の精液は虹《にじ》のように弧を描いて天井まで届いた。私の相手の女性は、死んだ母の顔だった。下着を替えるために起きると、廊下が慌《あわただ》しかった。ひそかに〝布袋《ほてい》さん〟と呼んでいた二××室の太った患者がいま死んだ。五年間再発のくり返しで病院を出たり入ったりし、全身十一ヵ所を切った上での戦死だと聞いた。奥さんが、看護婦の胸に顔を埋めて哭いていた。

放射線治療が終ろうとするころ、見てはならないものを見た。放射線科のO先生のノートの私の欄に「浸潤あり」と書かれていた。限局性のものだけならいいが、浸潤があると厄介だと、癌の本を読んでいたので、正直いって「これはいかん」と力が萎《な》えた。先生にそれを言うと「エンゲル係数の低い人間は困る」と笑われた。「田舎のおっさんやおばはんが、医者には信じられないような奇跡的な回復をすることがある。なまじ小賢《こざか》しい知識をもった人間は、知識の破片ゆえに思い悩んで病を助長させるのです。何も知らない人は、ハイハイと医師を信じ、もっと大きな力を信じて言われるままに薬を飲み、三度の食事をきちんととる。だから医師の処方を超えた回復を見せるのです」

「おめでとう」はまだ早い

南風が吹きはじめ、消灯時刻の九時になると枕もとまで霧笛が届くようになった。

春の岬《みさき》　旅のをはりの鷗《かもめ》どり　浮きつつ遠く　なりにけるかも

と、三好達治を想いだし、春だ、春だと少し昂《たか》ぶる。中庭の沈丁花の蕾《つぼみ》がはちきれそうだ。外出の許可をもらって、三カ月ぶりに街を歩くと、新橋演舞場の裏の采女《うねめ》橋のたもとの柳が芽吹いていた。銀座は歩行者天国の日で、歩いていると人に酔いそうだ。私は気が変になった。こんなにたくさんの人間がみんな健康で、私一人が病人だなんて、どうして信じられようか。誰か私のように、病人はいませんか？　癌でなくてもいいのです。

明日の月曜日からの一週間で放射線は五千レントゲンになる。すると、あのいやな内視鏡を胸の中につっこまれて、私の肺の焼け具合が、ミディアムかウェルダンかを覗《のぞ》かれる。「ね、もう一度のぞかせてよね」とO先生が言うので「いいですよ、その代り、私があと何年生きられると思っていらっしゃるか、先生の胸のうちを覗かせてほしいものです」と言ってみた。先生は、「そりゃ、無理だ」と笑った。数日後、先生は私の肺の中を覗きながら「おう、よく焼けている」と、まるでステーキを前にしたコックであった。

私の治療は、放射線と並行して、二度めのBAIで峠を越えたようだ。あの太腿の上の動脈から入ったパイプが、腰を過ぎ腹を通り、胸まで上ってきた。やがて、秒読みが始まり、薬が注ぎこまれはじめた。私は目隠しをされて、いつかフィルムで見た肺癌の細胞を網膜の裏に見ている。

癌たちは、なめくじのような形をしたり、鱏《えい》のようなひし形になったり、千変万化していた。いまその奴らに、私の肺動脈をさかのぼって来たパイプの筒先から、ベトナムの枯葉作戦のように薬が撒かれ、癌たちはのたうち、なめくじも死ね、鱏も死ね、みんな死ね――と念じたが、一介の物書きの修辞のように、癌は甘くはない。

リンパ節の剔出《てきしゅつ》手術が終ろうとするころ、耳もとでO先生の声がした。「(切開部を)縫う糸ですが、ナイロンと絹糸とどっちが好きですかア」ののんびりとした声が嬉しかった。私は赤い絹糸でやって下さいと頼んだが、赤は血の色と紛らわしいので「じゃあ黒にしましょうかア」ということになった。

その日から一週間たった日のことだった。O先生が入って来られ「来週の好きな日を選んでください」と言われた。あらかじめそのあたりだろうとは知らされていたが、改めて言われると、こみ上げるものがあった。先生は「退院の日」を選べと言っている。私は嬉しいのだが、ほんとうはもっと嬉しいはずだと思っていた。なぜ叫びだすような喜びがないのだろう。何かが欠けていた。「おめでとう」という言葉がないではないか。「おめでとう、退院です。好きな日を選んでください」なら、私はもっと躍り上るような喜びを感じるだろう。だが、それは無理なのだ。癌病棟に「おめでとう」は、まだ早いのだ。再発や転移という可能性があるかぎり「おめでとう」はお預けだ。だからだろう、O先生は雑談のついでに「まあ、この先五年間、私とつきあってください」とおっしゃった。癌は五年間再発しなければ、現代の医学では一応治癒《ちゆ》とみなされている。だから私の退院は、一種の保護観察処分付き仮釈放で、刑期満了ではない。この先私は「五年生存組」という〝人種〟の仲間入りをすることが、とりあえずの生存目標になった。「五年生存組」か、なんと、侘《わび》しい。おそらくこの先、腹が痛むといっては癌、頭が重いといっては癌――の転移ではないかと、薄氷を踏む思いの五年間（うまく生きれば）であろう。

だがその五年間を無事に過ぎたとき、私はふりかえって、私の人生の中で実は生きている気のしなかった五年間が、もっとも密度濃く「生きていた」歳月に変るだろうという予感がする。

気がかりな患者たち

癌病棟の一室で、主治医のO先生や若いK先生は、私の肺の音を聴くとき「よし」「よーし」と言いながら聴診器を移動させていた。それは、自分に言いきかせる声でもあった。

今の私は、花の色、風のそよぎにも、〈ひょっとしたら来年は見られないかもしれないから〉充分に味わっておこうと、欲深なものだ。よし、今日も終った、よし、今日もこれから一日ある、の「よし」が、私の生活の〝栄養動脈〟になるなら、私はむしろ癌に感謝せねばなるまい。癌を呪《のろ》うか、癌に謝するか、それはまだお預けである。

退院の朝、Aさんが「お別れだね」と言った。「いい天気で何よりだ」

病室の黄色いカーテンをひくと、あの白壁の病棟は、もう起きていた。二十四個ある窓々に、いつもの患者がいつもの朝を見せていた。三階の左から三つめの窓の中年の男は、昨日と同じようにベッドの上で体操をしている。もう少しすると、東を向いて合掌するはずだ。右へ二つ飛んだ窓から、いつもこっちの窓を見てはグレープフルーツらしきものを持って手を振る若い女は、髪を梳《す》いている。あ、気がついた。お早よう、退院なんだ、さようなら。その一階下の窓のおばあさんは、ベッドに正座して長いお経だ。隣の隣の窓は、鳩に餌《えさ》をやる女。左へ移って八重桜の梢《こずえ》がじゃまな窓の男は、やっぱりあのトランジスタラジオのような機械を首から吊《つる》している。なんでも、体内に栄養剤を送りこむ機械だとかいっていた。一階の右から二つめの窓の、寝たきりの老人に、点滴注射がもう始まったが、針がなかなか入らずに苦労している様子だ。ああ、あれは腕かと思ったが、脚か。ずいぶん細くなった。その隣の窓は、カーテンを閉じたままだ。昨日まで開いていたが。

がんセンターの窓という窓は、窓の数だけの人間の生き死にを写しているようだ。まだ若い伝道師の場合、癌が進行しすぎて手術ができなかった。牧師は死の間際に、自分は死ぬのではない、天国に召されていって復活するのだと言いながらも、病室の壁一面に聖書のことばを書いて貼《は》っていた。死の訪れをその壁のことばで守っている、まるで耳なし芳一のようだった。牧師は「目を閉じれば敗《ま》けだ」といって、寝ようとしない。I婦長が「おやすみいただきたい」と何度も説いたが、眠ると次の日に目が覚めないのではないかという不安が、彼を眠らせなかった。結局、目のうしろの筋肉が衰えて、牧師は目を閉じる皮が足りない、という感じで、見開いたままこと切れた。

七病棟の婦長は、後に挨拶に行った私に、こんな話を聞かせてくれた。

腎臓《じんぞう》がだめになり、機械で生きている闘病者がいたの。どんなに辛かったといって、一日に許される水分は、コップにこれっぽっちなの。でも、その人は頑張り、頑張りぬいて最後に「もう疲れた。自分で死を選ぶ」と言ったわ。そして「もういいんです。食べたいものを食べて死にたい」と言って、食べたの。そして、翌《あく》る日、彼は死んだわ。彼は前の夜、最期の晩餐《ばんさん》に何を食べたと思う？　ラーメンよ。一杯のラーメンで、彼は死を選んだの。「それにくらべると、癌は早いわ」と婦長は言い、口をつぐんだ。

退院する私に気がかりでならない患者がいた。二カ月ほど前に風呂で会った人だった。私と同じ齢かっこうで、湯から上ると、大きなメスの跡があった。肺を全部とった上で放射線をかけたという。「明日退院です。嬉しくて」「そうですか、どうぞお大事に」と言い交して別れた。彼は個室に入っていたうえに、美しい奥さんがいつも付き添っていたので、癌病棟には不釣合な華やぎをみせていた。

それから一と月半ほどたって、まぎれもなくあの美しい奥さんが、ベテランのS看護婦の胸にすがって、廊下で泣いていた。私たちは訝《いぶか》って、S看護婦に事情を訊いたが、彼女は「つらいことを言わさないで」と、それ以上の言葉を避けた。自然に知れたところによると、脳に再発したのだそうだ。私は、わずか二カ月もたたずに！と身震いした。「もう今度は助からないだろう」という噂《うわさ》の中で、奥さんは毎日のように衣裳《いしょう》をとり替えていた。どのスカートも裾まで長く、色鮮かで、患者たちは「ホテルと間違えてるんじゃないかね」と、眉をひそめた。

私が退院した日は、ここまでで、この先の話は、およそ一と月後のことになる。

通院日だったので、私は懐かしいあの病棟を訪ねた。見ると〝あの奥さん〟の部屋が空いていた。〈死んだ……〉

今朝だったそうだ。看護助手のおばさんがそれを教えてくれた。「ホテルのような洋服を着る」きれいな奥さんは、もう覚悟をしていたようで、ある時おばさんに話したところでは、夫は某大学病院の医局員だった。夫の母親も医師で、息子が今度は助からないことを知っている。そこで、姑《しゅうとめ》は嫁に頼んだのだそうだ。「せめて息子には、あなたの美しい姿を毎日眺めさせて、死なせてやりたい。あんな若い人生の最期に、看病やつれしてなりふりかまわないあなたの姿を見ながら死なせるのは、可哀そうすぎる。だからお願い、あなたは、あの子のためにいつも美しく着飾ってやってほしい」
「ホテルにいるような」奥さんは、そんな姿をしている自分を、患者や家族たちが、どんな視線で見ているかを知っているけれど、「いいのよ、私は」と言っていたそうだ。

白髪が舞った

死の話ばかりを書いてしまった。誤解を招くといけないので、今日——退院の日に、O先生から聞いた数字を書いておく。それを書くことは、私自身を勇気づけることでもあるので。

肺癌の場合、五年前の治癒率は六〇パーセントだそうだ。五年後、つまり私や戦友の場合の予想治癒率は、七二パーセントだろうという。数字の上では、私は、生きる確率の方が、死より高いのだ。だが、こればかりは、私は神さまにおまかせしよう。癌を病む前と後で、私の中に明らかに変った点が一つあり、それは神様という言葉を知ったことだ。

私は、初めてこの病院の患者になった日のトイレの落書きの主はどうしただろうと、何かのひょうしに考えてしまう。

「神様、私の癌を治してください」と書いた癌患者の生命に、〝神様〟はどんな匙《さじ》加減をお与えになったのだろう。とりあえずは、今日で見おさめになる向いの病棟を見ながら、私は〈いい病院だった〉と思った。

「――さん、猫だよ。ほら、あそこ」

とAさんが指さした。

見ると、もう顔なじみになった何匹かのうちの三毛猫が、陽だまりの中で長々と寝そべっていた。私は、せめて私がこの部屋を出て行く時まで、そのまま眠っていてくれないかと猫に願った。だが猫は、よっこらしょと起きると、背すじを弓のように反《そ》らし、周囲を睥睨《へいげい》した。彼女は「さあて、どこへ行こうかしら」と思案しているようだった。それから、満開の沈丁花の花の下を通って、やっぱり市場の方へ出ていった。

私がそのまま眠っていてほしいと願ったのは、猫の目醒めて、歩きだす姿が、まるで私のからだの中の癌細胞のように思えるからだった。あの猫のように、むっくりと起き上り、さあどこへ移ろうかと、たった二十三秒で軀《からだ》をかけめぐる血液にのって、からだのあちこちを闊歩《かっぽ》されては、かなわない。私は彼女が消えた病院の角を見ながら、あいかわらず縁起をかついでいる自分に気がついた。これじゃあ、まかされた神様もお困りだろう。

今日は回診日でもあった。時間が来て、O先生はいつもの笑顔で「これから退院です」と回診の先生に説明した。先生は「長い間ご苦労さまでした。よく頑張りましたね、ご苦労さまでした」とおっしゃった。私は〈ああ、いい言葉だな〉と聞いていた。この言葉を、もうすぐやって来る妻に、照れ臭いけれども言ってやらねばなるまい。部屋を出る私に、戦友たちが言ってくれた。

「もう、二度と帰ってくるんじゃないよッ」

私はふり返って、「お互いに」と答えた。

病院を出ると、私と妻はまっすぐに家へ帰らずに寄り道をした。私はなぜか小粋《こいき》な替《かえ》上衣《うわぎ》を作りたかったのだ。顔見知りの洋服屋を久しぶりに訪ねると、寸法をとっていた主人が「おやせになりましたね、ご病気でしたか?」と言った。

「ええ、癌をやっちゃって」

と答えると、テーラー氏は、

「またそんなご冗談を」と笑った。

外へ出ると、さっきから目にとめていたらしく、妻が、私の頭に白髪がある、

「病院に入る前はなかったのに」

と抜きとって見せた。私は、まだ蛇が棲《す》んでいる指にはさんで、思いっきり強く吹いた。白髪はとたんに見えなくなり、私があのちぎれた四角い窓からいつも眺めていた鳩の羽毛のように、ゆったりと宙に舞って見せてはくれなかった。

(『文藝春秋』一九七五年六月号)

田中角栄研究を書いて死んでいった夫

児玉正子
（著者夫人）

「ガンの患者学」を

庭で九官鳥が、ひとりでおしゃべりしている。うぐいすを真似たり、朝昼晩の挨拶をいっぺんにやってみたり、陽が沈むまでいつも大騒ぎをしている。

九官鳥がしゃべるたびに、ふと今のは誰だろうと耳を澄ませてしまう。みんなで言葉をおしえたために、子供たちのは高く、夫のは低く、音程を変えてしゃべるのだ。今の鳴き声は夫が教えたにちがいない。しかしあんな声だったろうか。もっと低くゆっくりではなかったか。そんなことを思う時、夫がいないということがどういうことか、よく理解できるように思う。

去年、思えばガンに蝕《むしば》まれていくさなかに「淋しき越山会の女王」を書き、その半年後に「ガン病棟の九十九日」を書かなくてはならなかった夫は、「ガンの患者学」を書き残すのが望みだった。退院してから間もない突然の死が、その夢を奪ってしまった。

夫が闘い、敗れた軌跡を、忘れないうちに記しておくことに心は動いた。たとえそれが、「ガン病棟の九十九日」をほんの僅かに補うにすぎなくとも、夫の望みの何百分の一かは果すことができるように思えたからだ。

木の芽どきに変調が

夫の躰《からだ》に初めて変調の兆があらわれたのは去年の木の芽どきだった。

木の芽どきという覚え方をしているのは、ちょうど庭の梨の木に新芽が顔を出しはじめた頃だったからだ。夫は、動物と植物とを問わず、生きているものが好きだった。犬や鳥や鯉を飼い、庭に草木を植え、その手入れをするのが愉しみだった。庭の葡萄で自家製の葡萄酒をつくるのを心待ちにしていたりした。

梨の木に緑の芽が出たとき、果樹は虫に弱いとかで、ある日殺虫剤を散布した。少し重さのある噴霧器を肩に、夫は熱心にかけてまわった。その日はそれほどでもなかったが、翌日から肩が痛いと言い続けた。その時、普段の肩こりならばもう治っているはずなのにずいぶん長いな、と私は妙な気がした。

夫の肩こりは昔からのことだが、光文社をやめてフリーのライターになってからは一層ひどくなった。一時間近く揉《も》まされることも毎度のことだった。

しかしその時の肩の痛みは、普段の肩こりと違っているようだった。もちろん、それは今思い返せばということであり、気にはなったが深く考えなかった。後に、躰が変だと気がついたのはいつ頃かと医者に質問されるたびに、夫は梅雨頃と答えていた。夫が梅雨時に固執したのは恐《こわ》かったからだと思う。たぶん自分でもわかっていた。ただ、木の芽時を認めれば、あまりにも以前から悪かったということを認めなくてはならない。それは同時に病気が深刻化しているということだ。それを認めたくなかった。今まで努力してやっと手に入れた様ざまなものを喪《うしな》うのが恐かったのだと思う。

昨昭和四十九年四月末のゴールデン・ウィークに、一家五人で旅行した時は、まだ充分に元気だった。館山まで泊りがけでドライブしたのだが、往復とも夫が運転した。それは実に久し振りの家族旅行だった。フリーになったのが昭和四十七年。

「フリーになれば好きな仕事だけして、夏は一カ月くらい子供と遊んで……」

と言っていたが、現実には光文社時代以上に休みはとれなくなってしまった。

ようやくやりくりして出かけた館山への家族旅行の最中も、しかし、夫は四六時中ぼんやり考えごとをして愉しまなかった。仕事のことを考えているのがわかるためか、子供たちもはしゃぎまわらなかった。

五月になって、今度は痰《たん》が出はじめた。それでも「今年の風邪はしつこい」と、風邪薬を飲んでいた。

梅雨に入って、肩の痛みはひどくなった。心配すると、「肩が痛くなるのは物書きの宿命だ」と言って私を安心させようとした。ちょうどその頃、宮田輝を〝庶民の神様〟ととらえ、「ふるさとの歌まつり」を、小規模の天皇巡行にたとえた「元祖〝ふるさと人間〟宮田輝」（『文藝春秋』49年8月号）を書いていたが、原稿を収めたあと一区切りつけて、近くの医者に行った。神経痛ではないかとおよその見当はつけていたが、それでも右肩の痛みがほうっておけないくらいに苦しくなったので、見てもらおうと決心したらしい。

神経痛と誤診

七月一日、近くの開業医でレントゲンを撮ってもらったところ、首の骨が少しズレていてそのために右肩の神経を圧迫する、そういう種類の神経痛と診断された。咳《せき》がでて肺の上が痛いということで一番怖《おそ》れていたのは肺病だったが、胸は心配ないということで一応安心した。週に一回、カイロプラクティックというマッサージの先生が来るので、その治療を受けてみるとよいということになった。実際やってみると、馬のりになって曲がっているものを逆にするような、ひどく苦しいものだったらしい。肩の痛みはますますひどくなる。

そんなことをしている時、神経痛のいい医者がいることを思い出した。私の友人が話してくれたのだが、その家のおばあさんが横になってもいられないほどの神経痛だったのを、五回注射しただけでウソみたいに治した先生がいるというのだ。面倒臭がる夫を無理に連れていった。それが七月の中旬だった。

その神経内科のK先生の医院は、人づてに知った人が訪ねるという感じのいつも閑散としたところだった。行くといつも詩集を拡げたり外国語を勉強していたりする。そんな先生を夫は面白がっていた様子で、後に他の綜合《そうごう》病院で検査しなおそうと提案した時も、「お前がすすめたからあそこに通っているのに、コロコロそんなに変えられるか」と怒られたほどだ。結果的には、十二月中旬にがんセンターでガンとわかるまで誤診に誤診を重ねられるわけだから、ここに連れてきた私にも責任の一端はあると思う。

K先生は血液を採り検査した結果、やはり神経痛と判断した。血液中の尿酸値が高く、関節などに尿酸がたまる、その部分から痛みが発するというような説明だった。薬をもらい、通っているうちに、少し状態はよくなってきた。しかしそれも一時的で偶然のものだったようだ。

八月、北海道の積丹《しやこたん》半島へ取材に出かけた。鰊《にしん》御殿の盛衰を書き下しで描くためのものだった。何度も足を運び、あとは真冬に一度行けば書けそうだと言っていた。その時も、あれほど水の好きな人が殆ど海で泳がなかったらしい。十分も水に入っていられなかったという。おかしいと私が言うと、夕方で遅かったからだと話を切りあげてしまった。

やがていくつかの仕事と並行して「淋しき越山会の女王」の取材が始まった。

肩の痛みは抜けないままに、仕事の渦の中に突進して行った。二週間に一度はそれでもK先生のところへ通っていた。ある日、『朝日新聞』の「ガン、どこまで治るか」という記事を見て、肺ガンと自分の症状とがあまりにもよく似ているので、電話でK先生に訊《たず》ねたところ、一笑に付されてしまった。ガンでなければ安心と思ったものの、咳が止まらないのがなんとなく恐ろしかった。

肩を揉んでいる時、夫に〝首〟ができているのにびっくりした。夫は胸が厚く、肩が盛り上がり、顎《あご》からすぐ肩になってしまうような太目の体型だった。その夫に、スッと首筋が通っていたのだ。それほどやせてしまっていた。脱毛が激しかったのも危険のシグナルだったのだろう。

綜合病院で検査してみたらと何度も言ったが、

「そんな暇のないのは、見ればわかるだろ」

と激しく怒られた。夫には自分の躰に対する過信があった。過信と言ってはかわいそうかもしれない。三十代の働き盛りの男なら、誰にもある〝自分の躰だけは……〟という根拠のない期待。しかし、夫は実に健康だった。虫歯もなく、大病ひとつせず、医師からは弾力性のあるいい肌をしていると讃《ほ》められるくらいだった。そして、実際、夏から秋にかけては、一日ゆっくり躰の検査をしている余裕がなかった。傍で見ていても恐いくらいに忙しかった。その危さはフリーのライターの宿命のようなものだったかもしれない。そして、夫の性格がそれに輪をかけた。

フリーになった直後、夫がしみじみとした口調で言ったことがある。

「仕事があるということだけで幸せなんだよ。中には、机の上の原稿用紙で紙飛行機を作って飛ばし、ぼんやり眼で追っているしかできない人だっているんだからね」

どんな仕事でも手を抜くことができない人だった。生活を維持するために無署名の原稿も書いていたが、もう少し手を抜かないと大変だとお友達が言うくらい、懸命に書いていた。どんなに忙しくても原稿は受けようとした。一度断わった雑誌が、再び注文を出してくれると、どんなことをしても引き受けようとした。

「一度断わったのに、もう一度児玉隆也に仕事をくれるということは大変なことだ。もし、今度断わったら、永久に注文は来なくなる」

躰をはってやりたい

独立して二年目に『文藝春秋』から初めて注文が来た。

そのときの仕事が「若き哲学徒はなぜ救命ボートを拒んだか」（『文藝春秋』昭和48年6月号）だった。評判がよかったのか次々に『文春』から仕事をいただいた。懸命に夫は取り組んでいたが、一方で悩んでもいた。周囲から児玉は仕事を選《え》り好みしているという声が入ってくる。それも今まで世話になった人からだったりする。どこどこの仕事しかしない。そんなことを言われるのが辛かったらしい。

そんなことから仕事の量は益々《ますます》増えていった。月の三分の一以上は地方に取材のために出かけ、家に居る時も眠る時間を削って書いていた。

女学校時代の友人が、三十代で家を建てしかも好きな仕事をしている夫を見て、うらやましいと私に言ったことがある。それを話すと、

「当り前だ、サラリーマンのように正味五、六時間しか働かない人の三倍は働いているんだ、そのくらいの報酬があってもいいだろ」

強い口調でそう言った。

『文藝春秋』十一月号の「淋しき越山会の女王」を書いている時にも痛みは増していたはずだが、私たちにはこぼさなかった。はじめこのデータは「田中角栄研究」の一資料として組み込まれる予定だったが、夫は熱っぽく自分にやらせてほしいと望んだらしい。

「フリーになって三年目、躰を張ってやってみたい」

夫には珍しい科白《せりふ》を吐いたという。それだけに際どい仕事をしているらしいことは窺《うかが》えたが、それがどれ程の事件を引き起こすか、私にはわからなかった。夫にも予測はつきかねただろう。外見的には、それを書いてどう変わったということもないが、毎朝五時半頃、郵便受けに落ちる微《かす》かな新聞配達の音でパッと眼を覚まし、待ち兼ねたように新聞を拡げ、むさぼるように急展開する〝田中金脈問題〟の記事を読んでいた。

夫はさらにやせた。

「でも、角栄さんが七キロやせてるんだから、俺が四キロやせても当然さ」

などと屁《へ》理屈をこねて自分自身を納得させていた。田中角栄自身に対して、夫はあまり敵意は持っていなかったように思う。どこから耳にしたのか、あれを読んだ角栄さん自身が、よくかけていると讃めていたというのをきいて安心しているようだった。

「今までの、よくぞここまでという〝今太閤論《いまたいこうろん》〟とも非道の成り上がり者という〝悪党論〟ともちがって、自分をよく理解してくれている、と言っているらしい」

秋の終り頃、イタイイタイ病の取材に北陸へ行った。帰ってくると「俺もイタイイタイ病かもしれない」と冗談まじりに呟《つぶや》いた。

十一月に入って、血痰を吐いた。しかし、それを誰にも知らせなかった。

たぶん結核でしょう

十一月の末に、また数回、血痰が出た。それまでどこかが少し炎症を起こしたのだろうくらいに甘く考えていたのが、どこかへ吹き飛んでしまった。驚いてK先生に相談すると、大方、気管支炎だろうという。夫は納得できなかったらしく、無理にレントゲンを撮ってもらった。

K先生は、紹介してくれた私の友人に、

「ガンだの結核だの、児玉さんは神経質すぎる」

とこぼしていたらしい。

しかし、レントゲンには大きな影が出ていた。その影を見て、K先生は、たぶん結核でしょうと診断した。夫は、その場でどうしたものかK先生に相談してみた。夫はそれほどK先生を信頼しきっていた。

結核は法定伝染病で本当は隔離して療養しなくてはならないが、今はいい薬も出来ているので私が治してあげよう、三日に一度かよいなさい、と言われた。

私は夫の口から結核ときいただけでショックだった。夕飯の仕度をしながらひとりでメソメソしていた。だがメソメソばかりもしていられない。夫は通院でなおすという。私は反対だった。子供たちに伝染《うつ》ることが心配だった。すると、夫は激しく怒った。子供を三人も抱えて、一年以上も療養所に入ったら、生活はいったいどうするんだ、それに、フリーのライターは名前を忘れられたらおしまいだ……。

私には子供の方が心配だった。仕事は完全に躰が元に戻ってからでも遅くない。ぜひ入院してほしかった。

「俺の仕事がどうなってもいいのか」

腹を立てて、書斎にとじこもってしまったが、夜遅く居間に姿を現わし、そんなに心配ならI先生に相談してみろと言ってくれた。I先生は国立療養所東京病院の医師で、私は奥様と知り合いだったのだ。

翌日、さっそくいらっしゃいといわれた。東京病院へ向うあいだ、これからの何年かを思うと暗澹《あんたん》たる気分で、結核、結核と呟いていた。I先生は七月一日に撮った写真を見ながら難しい顔をした。そして、

「結核ならいいんですよ、結核ならいいんですけどね」

と繰り返した。

検査の合間に食器や寝具の消毒はどうしたらよいのか、先生に質《ただ》した。すると、そんなことは気にしなくていい、と簡単に言う。K先生は、日光だの熱湯だのクレゾールだのについて細かく教えてくれたのにどうしたことだろう、と奇妙に思った。しかし、その時は「菌が出ない種類の結核かしら」と馬鹿なことを言い合っていた。

検査が終って家に帰ってくると、I先生のひとつの動作、ひとつの言葉に次第に別の意味が隠されていることに気がつき始めた。

不安になって、婦人雑誌の附録の医学書を二冊読んだ。読んでますます不安になった。二日後、検査のための痰を届けたついでに、思い切ってI先生に訊ねた。

「ガンではないのでしょうか?」

先生は答えてくれなかった。風土病とか雑菌とかの例をあげて、必ずしもガンとは言えないことを納得させようとした。

結核ときいただけで眼の前が暗くなったのに、もしガンだとしたら……。その日はそのまま家に帰る気がせず、近くに住んでいる友人を訪ねた。顔を見るなり、私はワッと泣き出した。

来るべきものが来た

翌日、夫と二人で東京病院に出かけた。外科ともう一人、計三人の先生が専門語で、難しそうな話をした揚句、I先生に別室に呼ばれた。私はいよいよ言われるなと恐れた。本格的な検査をここでしてもよいが、最悪の場合を考えて、チェックした方がよりよい、がんセンターか癌研《がんけん》で見てもらいなさい、もし何でもなければそれにこしたことはないのだから。そう言われた。夫は結核と信じこんでいるので、なるほどそんなものか、最悪のものからチェックするのかと納得し、ガンではないかと疑いさえしなかった。だが私の不安は際限なく拡がり出した。

この頃、夫の肩の痛みは最悪になっていた。あまり苦しそうなのでさすると、苦痛のあまりうめいた。夜は頻繁《ひんぱん》に起こされたが何をしてあげることもできない。ただ傍にいてあげると、いくらか気分はまぎれるのか、それを望んだ。

がんセンターでリンパの腫《は》れを計られた時、あらためてその大きさに驚いてしまった。ガンでリンパが腫れたらおしまいだ、という何処《どこ》かで眼にした説を思い出した。

いくつもの検査カードに様々のことがチェックされる。検査のために夫はセンター内の地図を与えられて、いくつかの場所を巡らされた。それを待っていると、医者から不意に訊ねられた。

「患者との関係は？」

いよいよくると覚悟した。しかしなかなか言い出してくれない。待ち切れず、こちらから、「心配はないでしょうか」と訊ねた。

「七〇パーセントの可能性はある。しかしあとの三〇パーセントは検査をしてみなくてはわからない」

涙がでてとまらない。しかし、夫の戻ってくるまでにはシャンとしなければ気づかれてしまう。三〇パーセントは望みがあるのだと自分に言いきかせた。戻ってきた夫もそんな私の様子は気がつかなかったようだ。

家に着いて、夕飯の買物に出た。そして公衆電話からI先生に、その日の報告がてら電話を入れた。I先生にはすべてがわかっていると思えたし、もし本当にガンならがんセンターではなく東京病院に入院させてあげたかった。できるだけ夫には気づかせたくなかったからだ。本当のところを教えてもらいたかった。私の言い分を聞き終るとI先生は、

「しっかりするんですよ。しっかりするんですよ、しっかりするんですよ！」

と三回繰り返した。

その時、決定的に夫がガンであることを理解した。つい数時間前まであった〝三〇パーセントの希望〟すらないことを理解した。

暗い耐えがたい絶望感でしばらく呆然《ぼうぜん》とした。どうしてあんな元気で病気知らずの夫がよりによってガンにかからなくてはいけないのか！　しかし、一方では、来るべきものが来た、と妙に納得するものもあった。

結婚した直後から小さいながら家を持ち、夫は雑誌記者として、生活するに充分なサラリーを家に入れてくれ、二女と一男に恵まれ、健康にも恵まれ、フリーになってからも今まで以上の収入を得ることができ、さらに新しく大きな家に移ることができた。――こんな幸せが果して いつまで続くだろう、いつか、どんな形でか、不意にこの幸せが崩れるにちがいない。私には、心の片隅にその不安がいつもあった。順調すぎる、幸せすぎる、そんな気がしていた。だから、最終的に夫がガンだとわかった時には、〝来た！〟と思い、〝これだったのか〟と思った。

買物から帰って来て、台所で調理していても、どうしても涙がこぼれそうになる。だが耐えなくてはならない。ガン患者の妻が辛いとしたら、悲しみがあまりに救いがないほど大きいことによるのではなく、その悲しみを誰にもぶつけることができないという点にあるのだと思う。とりわけ、常ならばその悲しみを分ちあってくれるはずの夫には、ほんのわずかでも絶望的な思いを表わすことが許されない。

その日は十二月十一日だった。七月一日に近くの開業医でレントゲンを撮ってもらって以来、実に半年もの間、誤診に誤診を重ねられてきたことになる。

十二月十一日、この日はまた文藝春秋読者賞の発表の当日でもあった。

がんセンターへの往復で、かなり疲労していたはずなのに、仲々寝ようとしなかった。候補作となっている「淋しき越山会の女王」がどうなるか、心配でたまらなかったのだ。十時までに連絡がこなければきっと駄目なんだ、と私により自分に言いきかせるように言っていた。十時を少し回ったところで何の連絡もなかった。がっかりした様子で「さあ寝るか」と言っている時に、ベルが鳴った。私が受けると、

「おめでとうございます、決まりました」

という『文春』の方の声が飛び込んできた。胸がつまり、夫に受話器を渡すと、台所で私は泣いた。それまで張りつめていたものがプッンと切れた。泣いてはいけない、決して悲しんでる様子は見せまいという緊張が受賞のしらせで一挙に崩れた。泣いてもいい状態になった。妙な言い方だが、やっと安心して泣けたのだ。

私が子供たちの前で涙を見せたことはあまりない。私の泣く姿を見て、小学生の娘たちが心配した。ここ数日のあわただしい様子にただならぬものを感じていたのだろう。

「お母さん、どうして泣いてるの」

すると、電話を終えた夫が娘たちに言い聞かせた。

「涙を流すのは悲しい時ばかりではないんだよ。嬉し泣きというのもあるんだよ。今、お母さんはね、嬉しくて泣いているんだよ」

嬉し泣きをしているという夫の言葉が辛くて、また泣いた。

心理戦争がはじまる

十二月十六日、がんセンターに入院した。夫には検査のための入院ということになっていた。夫には絶対にガンだと知らせない決心をしていた。

しかし、病院へ向う車の中で、はしゃぎまわる息子の也一を膝《ひざ》の上でしっかり抱きしめ、じっと前を見ている姿など見ると、もしかしたら夫にはすべてわかっているのではないかと不安になった。

十一日の夜で、ガンかそうでないかという疑念から解き放たれはしたが、その日以後、夫はどこまで悟っているかという、新しく、なお一層やっかいな疑心暗鬼を背負い込んでしまった。

入院当初は、夫も検査さえ終れば、ガンではないという身の証《あかし》をたてて晴れて退院できる、と考えていたようだった。しかし、検査の結果も知らされず、

「検査で時間をいたずらに費やすより、治療をはじめましょう」

と言われるに及んで、自分の病気と病勢についての疑いが芽をもたげてきた。そして、

私がどこまで知っているのか探り出そうとした。私が病室に見舞うたびに（もっともそれは殆ど毎日のことだったが）、私は夫がどこまで悟っているかを窺い、夫は私がどれほど知らされているか読もうとしてきた。もちろん、それはさり気なくであり、二人の間にガンという言葉が交されたことはただの一度もなかった。ガンという言葉を中心にして、その周囲を回りながら必死で相手の心の裡《うち》を読もうと努力していたのかもしれない。それは二人をひどく疲れさせた。

夫は神経の細かい人だったから、看護婦さん、医師、患者さんたちの、一言、一挙手一投足に喜んだり不安になったりしていたものと思う。今日は新聞の死亡欄にガン患者は少ないといっては安心し、検査の時の毎朝の吸入器がうまくいかないといっては悲観した。私も同じだった。毎日かよう道筋で、電車の乗り継ぎがうまくいき、交差点の信号が青ばかりだったりすると、きっと今日はいいことがあるにちがいないと思えた。その逆だと足も重くなった。

次第に検査も辛くなっていき、それにつれて夫の苛立《いらだ》ちも激しくなった。行くと必ず小さないさかいをした。そのたびに隣のベッドの患者さんは、そっと手洗いに立ってくれた。原因はいつも仕事先のことだった。注文を下さる雑誌社に、私が入院中の病院を曖昧《あいまい》にしているのが気に入らなかった。がんセンターで検査中だとなぜはっきり言えないのか、と責めた。しかし、やがて検査中では済まなくなる。結果はどうでしたと訊《き》かれるだろう。

その時、何と答えたらよいのか。

「お前は、俺のマネージャーじゃないんだぞ！」

ある日、そう怒鳴られた。旧知の間柄らしい方から仕事の依頼があった。それほど無理な仕事ではなかったが、ここしばらくは到底仕事は不可能だと思ったので、断わるような調子で応答した。それを夫に話すと、マネージャーのような真似はするな、女房が勝手にできるできないの判断などするものではない、今すぐ電話をかけて、主人に怒られてしまったからと先方にあやまれというのだった。自分が忘れ去られるのではないかという恐怖はかなりあったようだ。

〝枇杷《びわ》の葉療法〟で怒られる

病院へ通う道すがら親子連れに沢山ぶつかるのだが、私はそのたびに辛い思いをしていた。暮も押しせまった頃、ソニー・ビルの正面のデコレーションを二歳三カ月になる長男の也一に見せてやると喜ぶ、と夫が言い出した。「愛の泉」とかにコインを投げると美しい音がするという。しかし、夫はとても外出できる状態ではなかった。私は也一と歩きながら同じくらいの年齢の子を連れた親子を見ると、私たちは来年はこうやって歩くこともできないかもしれないと思えて、だらしなくも涙がこみあげてきそうになった。

私は、夫がガンであることは知っていたが、そして大分ひどいらしいことは推察できたが、お医者さまからは何も直接におしえられなかった。入院の日、病状を訊こうとしたが先生はスルリと体をかわして逃げてしまった。次の機会の時にも、自分の口からは何とも言えない、と逃げられてしまった。ただ、こうは言われた。

「一番いいのはやはり手術をすることです。それができない時は放射線を使う。あるいは化学療法で押えてから手術をするというのもある。いくつかある治療方針のどれが採用されるかで、判断してほしい」

結局、手術はできなかったのだから、病状はかなり悪かったのだろう。

暮から正月にかけて、十日余りの外泊が許された。それを迎えに行った日、先生にどうしても訊いておきたいことがあった。民間に伝わる治療法で〝枇杷の葉療法〟というのがある。夫の姉に勧められて、私も何でも試みてみよう、という気があったので、さっそくその講義を受けてきた。夫に話すと、いやだという。先生の許可を取ってこなければ絶対やらないという。仕方ないので相談すると、先生にはカチンときたようで、ピシッと言われてしまった。自分の方針に抵触するようなことはやめてほしい。枇杷の葉には少量だが砒素《ひそ》が入っている。そんなもので治るほど簡単なものではない。あなたの旦那さんは三期なんですよ。だいぶ進んでいる。

ガンには一期から四期まであって、もちろん四期が末期である。だいぶ進んでいるのは確かだったが、あとで分ったところでは三期ではなく、四期だった。

家に向う途中、枇杷の葉の件で先生に怒られた話をすると、夫は笑った。当然というのだ。そして、自分の病状はどうだといっていたか訊いてきた。それは答えようがなかった。枇杷の葉のことしか訊いてこなかったと嘘をつくとまた怒った。

「お前は自分の亭主の病気を詳しく知りたいと思わないのか、子供の具合が悪くて医者に行ったって、手当だけで安心して帰ってくるのか、なんで訊いてこないんだ」

その通りだが、だからといって、あなたは第何期のガンですとは答えられない。

放射線と化学療法で

今年の正月は暗かった。

縁起をかついで形どおりのお節料理は作ったものの、夫には食欲がなく、子供たちもひっそり過していた。笑い声すらも起こらなかった。

夫は咳と痰がひどくなっていた。「お父さん、大丈夫なの?」と私に訊かなくなった分だけ、子供達にも深刻なものに映りつつあった。

見舞がてらの年始客が来ると、夫はレントゲン写真を見せながら、

「どうもガンらしいんですよ」

と説明していた。その淡々とした調子に、とうとう悟ったんだな、それならそのように接しようと考えていると、またしばらくして夫の心が揺れ動いているのが見える。

イタイイタイ病の取材の時お世話になった朝日新聞社のNさんの慰めの言葉にすがりついて、何かの風土病かもしれないよな、雑菌が入ってこんな影を作っているのかもしれないな、とか言って一縷《いちる》の望みを捨て切れないようだった。

年が変わったら外科に移って手術をするということだった。ところが内視鏡で最後の検査をしてみると、どうもひどかったらしい。手術をしない方に傾いたが、〝手術さえすれば〟と私たちが思い込んでいるのを見て、とりあえず外科に移してくれた……というのが私の想像である。誰も何も教えてくれないから、勝手に推察するより仕方ない。外科に移ったもののなかなか手術をしてくれない。夫も私も不安だった。手術もできないくらい悪いのだろうか。

夫が私にその不安をぶつけて問い詰めるので、

「そんなに気になるのなら、自分で先生に訊いてみたら」

と言っておいた。夫は訊けなかったようだ。

O先生の話によれば、患者の中でも、男の患者は決して、直截《ちょくせつ》に「ガンですか」とは質問しないものらしい。遠まわりして探る。そのときも決して逃げ道のないような質問はしない。一方、女は、病室の三、四人がしめし合わせて、ひとりずつ「私は乳ガンですか」と順番に切り込んできたりするものらしい。夫も少しずつ探りをいれていたのだろう。

夫のガンは正式には低分化扁平《へんぺい》上皮ガンというもので、そういわれてもよく理解できないが、ガンも顔つきがそれぞれちがい、名はその特徴を現わしているものらしい。顔つきのちがいによって治療方針も変わってくる。

ガンの顔つきと手術をすることによる損得を計算した結果、放射線と化学療法でいくことが決定された。そこで、再度、外科から内科に移されそうになったらしい。

単に健康人は内科、外科というが、患者にとっては天国と地獄ほどの差異に映ってしまうらしい。患者たちからの耳学問によれば、外科から内科へはもう手の施しようのない人が入る。内科に移る人がいると、ああもうだめだと暗黙のうちに眼で語り合う。

夫はそれを知って、内科の婦長さんがベッドを空けて待っているというようなことをチラリと言った時、慌《あわ》てて断わったらしい。

「ぼくは、この外科が好きなんです」

あとできいてユーモラスに感じたが、夫は必死だったにちがいない。

早熟だった少年時代

夫は早熟で大人びた少年だったようだ。

昭和十二年に芦屋《あしや》で生まれ、同地で育った。幼くして父を喪い、経済的に苦しい少年時代を送った。新聞配達をはじめ様々なアルバイトをした。暮になれば餅つき、夏になれば甲子園のカチワリ売り。姉が早く嫁いだあと、母と二人で生活してきた。優等生だっただけに、全く自分の責任ではないお金のことでいやな目に会うのが辛かったらしい。夫のバックボーンには、いつもこの時代の口惜しさがあったようだ。

遠足に行く。芦屋の大金持の息子がクラスメートに沢山いる。おやつの時間になって、そのひとりが見たこともないようなチョコレートを一口食べ、残りを湖へポイと捨てる。湖の底へゆらゆら沈んでいく破片を水の中に入って拾いたいのを、じっと我慢しながら見ている口惜しさ。

成人して、選挙のたびに入れる党がないとぼやきながら、やはり革新政党に入れていたのも、その当時の記憶と分ちがたく結びついているのではないだろうか。しかし、夫くらいの苦労は当時の日本なら珍しくなかった。私もぶかぶかの靴をはいて、兄のシャツをお下がりにもらっていた。しかし、私は夫のように強く口惜しさを抱きつづけていない。それは、ひとつに個性の差だろうし、ひとつは芦屋という町の特質だったかもしれない。

小さい頃から文章がうまかった。小学校を卒業するとき答辞を読んだ。それを聞いて父兄はほとんどすすり泣いたらしい。その文章は自分で書いたものだった。

「昔から、泣かせの文章は得意だったんだ」

そう言っていた。

大学は、早稲田の第二政経を選んだ。昼は真空ポンプの会社でアルバイトしながら、学校に通った。大学生活は決して楽しいものではなかったようだ。コッペパンと野菜炒《いた》めが食べられれば充分という、暗い大学生活だった。

子供には殆ど干渉しない夫が、娘たちにピアノだけは続けさせようとしたことと、三歳にもならない息子にラグビーボールを与え、

「お前は早稲田のラグビー部に入れ」

といっていたことから、逆に夫の大学生活を察することができる。

二十一歳の時、雑誌『世界』の8・15特集に応募し、「子から見た母」が入選した。これが直接の契機かどうかわからないが、大学を卒業するとマスコミ関係にすすむことを決意した。しかし、岩波書店、毎日新聞社、NHK、文藝春秋……みんな落とされてしまう。そして、しばらくアルバイトをしてた関係で、光文社の試験を受けた。

神吉さんが、ウチは二部学生を採った例がない、というと、夫が反論して、

「神吉さんの書いたどの文章を読んでも、その科白はでてこない」

と言った。それが神吉さんに気に入られて入社できたときいている。

夫は『女性自身』の仕事を嬉々としてやっていた。

夫と私が出会ったのは、『女性自身』の「職場のドレッサー」という記事が機縁だった。

その頃、私は帝人の社長秘書をしていた。たぶんあの子は口が固そうだとかいう理由でひっぱられたのだと思う。実践女子学園を出たあと、受付と経理へ回ったあとのことだ。自分は平凡で、平凡な人生を送るものと思い込んでいた。ところが社長秘書をしばらくして

いるうちに、少しは人間を見る眼ができてきた。

出会ってすぐ、取材先へ向う青函《せいかん》連絡船の中で手紙を書いて送ってくれた。それが素敵な文章だった。さり気ない叙景の中に僅かに感情が盛られている。夫の文章の中でもっとも好きなものは、手紙かもしれない。

そして会って間もない頃、『世界』の論文を読まされた。寂しい人なんだなと思い込んでしまった。まだお金もない頃で、会うときはいつも一丁羅の背広、暑くなってもそれを着てくる。しかもとても黴《かび》臭かった。でもその臭いはなつかしく、今でも思い出せるような気がする。私は冗談にいつも「同情結婚よ」と言いつづけていた。

結婚する時に、多少無理して小さな家を買った。場所は奥狭山《おくさやま》の角栄団地だった。やっと落ち着ける巣を見つけた鳥のように喜んだ。それ以後、わずかずつだが順調に生活の基盤を作りつつあったのだ……。

これまでに二度の涙

ガンと知らされた例の夜、私は泣くだけ泣くとさっぱりした。夫は、それを結婚して以来見る三度目の涙だと言った。「ガン病棟の九十九日」の冒頭にそう書いてある。

私はそれ以上泣いている。ただ、夫の眼には心から涙を流している私を見たのが三度目と思えたのだろう。

しかし、それが三度目だとしたら、その前の二度とはいつのことだろう。読んで以来、それが気になって仕方がなかった。

一度は、夫が『女性自身』の記者時代、「サリドマイド児」の特集を写真入りで精魂こめて作りあげたにもかかわらず世間から激しい批難を浴びた時、もう一度は義母《はは》が亡くなった時とある程度の見当はつくが、はっきりしない。何度も訊いてみようと思いながら、妙にためらいがあり、今度こそと思っているうちに、突然、夫は逝《い》ってしまった。

「サリドマイド児」の件ではひどいことになった。子供を見せ物にしてるとかで、朝、毎、読の三紙には叩かれるし、評論家のみなさんからも攻撃され、夫はたとえば秋山ちえ子さんなどには、読みもしないで、と腹を立てていたようだ。

その時、三島由紀夫さんが、

「『文藝春秋』とか『世界』とかの固い雑誌で同じことをやれば、英雄になれたのにな」

といってくださったときいている。

義母は、女手ひとつで戦争直後の荒波を子供二人を抱えて泳ぎ切った苦労人だった。夫の高校時代の恩師であるO先生が、「善なる人としかいいようのない人」とおっしゃる通り、人なつっこい無垢《むく》な優しい人だった。それは理解できたが、私とは微妙に生活感覚が合わないような気がした。今になれば、どうということもないのだが、私も若かった。

子供をひとり生んでから、夫が義母を呼びよせた。単純に関西人と関東人のちがいだったのか、嫁と姑《しゅうとめ》の宿命なのか、どうしてもしっくりいかなかった。どちらも懸命につくしているのだが、表面的なものはとりつくろえても、深い所ではうまくいかなかった。越してきた翌日にもう隣近所に知り合いをつくりあがりこんでいる。それがいやだったり、また、息子が自分のことを書いてくれた『世界』の論文を一度ぽっきりの客にまで見せるのがたまらなかった。今思えば何でもないことなのに。むしろよく理解できる。

奥狭山から今の家に移る時も、義母は悲しがった。私たちは便利で広い家に移れるのが嬉しかったが、義母には義母の世界があることを考慮してあげられなかった。家は狭くとも、そこには慣れない東京に来てやっと作った老人のお友達がいた。義母は寂しがった。そんなことから少し情緒が不安定になってしまった。

夫がフリーになった時も、義母には内緒だった。会社をやめたときくだけで、心配で夜も眠れないような人だったからだ。

三年前に亡くなるまで努力してつくしてきたつもりだが、それは努力であって、心からのものかと問いつめられればどう答えてよいかわからない。夫もフリーになってからはゆっくり義母の話し相手にもなってあげられなかった。そんな中を義母は逝った。

死なれてみて、二人に悔いが残った。とりわけ私には、年々、申し訳ない思いが募ってきていた。

夫がガンだとわかった時、「来た！」と思ったのは、義母に悲しい思いをさせた当然の酬《むく》いなんだ、私は今その罰を受けているんだという思いもあった。

関西に住む夫の姉が、自分の信仰している会の先生と話してみないか、といわれたときも、義母だけでなく夫にも義姉にもすまなかったと思っていたので、素直に出かけた。

その方に「病気になったのも、夫婦の心がひとつになっていなかったからだ、これからは心をひとつに素直な気持で生きていけば病気は治る」といわれた。

それがすべてとは思わなかったが、私が我を張りすぎたのがいけないのだろうから、これからは、人がいいとすすめるものはなりふりかまわず、どんなことでもしてみよう。そう決心した。

内心は千々に乱れた

毎日、夫の病室に通った。大変だから一日おきでいいといわれたが、日に日に悪くなるような気がして居ても立ってもいられなかった。それに、毎日通うことでつぐないをしようとしていたのかもしれない。

私の友人に、やはり喉頭《こうとう》ガンで御主人を亡くされた人がいる。彼女は夫がガンだということを誰にもしらせなかった。ひとりにでも喋《しゃべ》れば、必ず気配でわかってしまうというので、自分の胸の裡《うち》にしまい、二年間看病しつづけ、死の直前にやっと親と会社の社長さんにだけに話した。すごい精神力の人だった。

その彼女が夫のことを知ると、治るからなどという慰めのかわりに、

「一日一日大切に生きるのね」

と言った。

やがて、この言葉が、毎日夫のところへ通い、ジュースをしぼり、夕飯をつくる支えになった。

私は、毎日の電車の中で、民間療法の本を何十冊も読みまくった。懸命になっていると不安を忘れることができた。

がんセンターではじめて夫を診察したT先生は、夫が亡くなってから、

「児玉さんには三度びっくりさせられました」

とおっしゃっている。

最初はガンのひどさ、最後は事態の急変だったが、その中間に治療効果があまりに順調にあがったことを挙げている。

効果が出はじめたのは一月中旬。まず肩の痛みがなくなった。薬の副作用で下痢をしたり、痛みのぶり返しがあったものの、レントゲンに写る影が半分になっていた。リンパの腫《は》れが引いてきて、小さく三つの部分にわかれた。

下旬に外科に移りＢＡＩ（栄養動脈から薬剤を注入して患部に薬を分布する治療法）を施される。その時は、薬を注入している最中に、ガラスの向うで見ているはずの先生が飛んで

来て、

「児玉さん、とても期待がもてそうですよ」

と言って下さったらしい。夫は、その日一日、機嫌がよかった。

その翌日、突然、電話がかかってきて、外泊できるからすぐ迎えに来いという声が、とてもシッカリしていたので驚いたほどだ。直観的にこれは、経過がいいなと思えた。

その夜は、久し振りにテレビを見て、家族全員が笑った記憶がある。実に、久し振りの笑いだった。

そして、さらにＢＡＩが効いた。二月上旬には放射線治療がはじまった。

不安でないことはなかった。先生に訊《き》いても、「治療効果があがっています、治療方針どおりに運んでます」というばかりで、もしかしたら気休めで言ってるのではないだろうか、もう手の施しようがなくて見棄てられてるのではないだろうかと思いもした。

見舞い客へはガンらしいとわりに淡々と言っていたが、内心、千々に乱れていた。ところが、眼に見えてよくなったことと、抗ガン剤のＰＳＫを出されるようになって、

「俺は血統書つきのガンだ」

と言えるようになった。はじめて耳にした時はドキッとしたが、半面、覚悟が決まってよかったとも思えた。この頃から一段と効果があがったらしい。

二度目のＢＡＩが終ったあとで先生の部屋に行って、思い切って訊いてみた。手術がで

きなかったことが、ひっかかって仕方がなかったのだ。

「とにかくはかはいってます」

冷たいようだが、そして奥さんが訊きたいことはよくわかるが、今はそれしか言えないと突き放された。

「ただ、この病気には二通りの治療がある、ひとつは、もうダメで、命を少しでも伸ばす治療。もうひとつは、治すための治療。ご主人の場合は、ともかく治すための治療をしているんです」

ただ、夫の躰《からだ》を具体的に見ていると〝ハカ〟という意味がよく飲み込めた。

心理的にもいくらか落ち着いてきた。一番心配していた仕事のことも、『君はヒットラーを見たか』の手法を応用したインタヴューを中心にまとめた天皇論『君は天皇を見たか』（潮出版）や、ひとつの町の無名の兵士とその留守家族を写真を頼りに訪ね歩いた『一銭五厘たちの横丁』（晶文社）がうまいタイミングででて、しかも、色々な形で書評に取り上げられたりした。名前が忘れられるという不安もいくらか軽くなった。

馬鹿にならないお金

ＢＡＩ、リンパ摘出とすべてが順調に行き、気がつくと退院ということになっていた。

ただ、退院の意味がよくつかめなくて困惑した。全快とではなく、するべき治療はすべて終ったからというのでは不安になる。

その時、こう思った。あるいは思おうとした。

もう物ごとを深く、先の先まで考えるのはよそう。いつまで生きられるだの、どうだのと考えたところで仕方ない。誰にもわかりはしないんだ、お医者さんにしてもわからないからああいう言い方しかできないのだろう。病院でなければできない治療はしてもらったのだから、あとは通院と私の努力で頑張ればいいのだ。

ガンの退院は「おめでとうございます」の退院ではないから、その意味では妙に不安定な感じのものだ。それを、夫は〝仮釈放〟と呼んでいた。

ガンはお金がかかるときいていた。多少の貯えもアッという間に消えてしまうように思っていたが、実際はさほどでもなかった。医療費は一月三万円以上かからなかった。

少し細かく説明すると次のようになる。

保険の種類は国民健康保険、三割が自己負担だ。大部屋に入院して治療を受けて約二十五万円。請求されるのはその三割の七万五千円。しかし、「高額医療制度」のおかげで、一カ月一病院に入院して三万円を超える部分は、国庫が負担してくれることになっている。だから、地方公共団体に申請すると、その差額、例えば四万五千円は返還される。

しかし夫の場合がその三万円だけで済んだのには、いくつかの幸運があった。まず、部屋も薬も保険がきくものだったこと。次に、病状が悪化でなく良化したこと。悪化すれば、個人部屋に移り、看護の人をやとわなくてはならない、特別な薬を投与されるかもしれない。これはみな保険がきかない。保険がきかないものに対しては「高額医療制度」も適用されない。即座に数十万円はオーバーする。

ただ、医療費は三万で済んだが、それ以外のところで馬鹿にならないお金が出るのが、ガンという病気なのだろう。

医学でも治らないという頭があるので、よいキノコがあるといわれればお金の問題ではないと糸目をつけず買い、よい治療器があるといえば十万単位のお金も出してしまう。ガンという病気の魔性かもしれない。

すべて取材の対象

退院した翌日、何を思ったのか急に書斎の整理をはじめた。一日中、整理をしながら、これは貰ったもの、これは借りたものだから返さなくてはならない、などとさりげなく私に言い残しているふうだった。不吉に思って、よほどやめてほしいと言おうと思ったが、私の先走りだとかえって困るので、黙って手伝った。

後に夫が遺したノートの走り書きには、自分が最も死を間近に感じてならなかったのは、父母の墓参りをこのお彼岸にした時と、この本を整理した一日だった、と書かれている。

闘病記を書こうと決心したのも、この頃だった。病気が好転する兆があったので書いてもいいなと思った。もし下降する一方だったら夫の性格では書けなかった。よく、一日一日の状態を克明に日記体で記録してある闘病記があるが、そういう人はよほど精神力の強い人だ、自分はそういうことはできない、と言っていた。

闘病記を書く段になって、改めて夫は私から取材しようとした。以前から、物書きの女房は大変だ、可哀そうだ、と言っていた。

「お前が何をしていても取材の対象になってしまう。料理をしていても、子供の相手をしていても、書くための素材になってしまう。可哀そうだな」

それは妻である私に限ったことではなかったと思う。夫にとっては子供も友人も、旅もテレビも、趣味さえも素材だった。いや、だから趣味といえるものを持っていなかったのかもしれない。そして今度は自分自身さえ素材となった。

私に取材の矛先《ほこさき》を向けて来た時、はじめはいい加減な答え方をしていた。うっかり余計なことを喋っては大変だったからだ。しかし、そのうち夫の熱心さを見るに従って、私がつまらぬ嘘をついたおかげで、夫の闘病記そのものが陳腐になってはすまないと思い返し、いくつかのどうしても黙っていなければいけないこと以外、率直に話すことにした。その闘病記「ガン病棟の九十九日」は『文藝春秋』昭和五十年六月号に掲載された。

夫は、この雑誌が売れるようにと、マスコミのあらゆる知人に電話をして働きかけたらしい。もちろん、自分の書いたものを読んでもらいたかったのだろうが、それだけのスペースを割《さ》いてくれた雑誌が売れなくてはこまるという気持もあったのかもしれない。

「売れればいいが」

夫がそういっていたと聞いてあの時、嘘をつき通さなくてよかったと思った。それでもどうしても隠しおおさなければいけない嘘もあるにはあった。

夫に伝えられなかった言葉

夫の容体が好転しつつある頃、二軒の開業医に電話した。税金の申告に医療控除のための領収証が必要だったのだ。二軒とは、がんセンターに行くまでかかっていた医院だ。家の近くの先生にまず電話すると、奥様が出てきた。用件を伝えると、

「大変ね、私も早く治るようにと、神様にお祈りしています」

と励ましてくれた。誤診をしてすまなかったという気持が感じられて、クリスチャンの奥様の言葉から暖かいものを受け取ることができた。

次にK先生に電話した。

半年もの長い間誤診をつづけられたという腹立たしさもあったが、

「結核なんかじゃない、大変な病気だったんですよ」

とだけ言った。すると、

「そうでしょう」

と相槌《あいづち》を打った。そんな言い方があるだろうか。それでも、ガンにいい治療法をアドバイスしてくれるかもしれないから、と思って訊《たず》ねると、

「現代の医学では、あれほどひどい影のものを治すことはできない」

ガックリするやら腹が立つやらで、口惜しかった。

「奥さんだから言いますけど、一年です。一年もちこたえれば、それはガンじゃないですよ。でもがんセンターというのは日本一です。そこで結果がでてるなら、もう絶対間違いない」

そんな言葉を、いくら闘病紀のためとはいえ夫に伝えるわけにはいかなかった。はじめ、私は「ガン病棟の九十九日」を書くのに反対だった。反対というより不安だったといった方がよい。このような形で一区切りつけることで、ガックリしてしまわないか、それが遺書になってしまわないか心配だったのだ。

希望と絶望と

毎日、少しずつ距離を伸ばす散歩を続けながら、構想を練っていたらしい。なかなか書き出せないで苦しんでいたようだったが、〆切の三日前からペンが流れ出した。

徹夜が何より躰をこわすもとだということは、夫自身がよく知っていた。しかし、その三日間は、徹夜とまではいかなかったが、かなりの時間、机に向いつづけた。

「絶対に徹夜はしないから、少し遅くまで仕事をしてもいいだろ」

私に気兼ねするようにそう言っていた。いつもなら、机の周りを資料だらけにして書くのだが、この時は一冊のノートと一冊の黒い手帳だけを傍に置くだけだった。心覚えの単語がひとつあるだけで、その挿話《そうわ》は完全に再現できるらしかった。

それも当然かもしれない。九十九日間というもの、夜も日もなく、身をもって体験し、取材しつづけたのだから。それだけに、発表してからの讃辞《さんじ》の一言一言がとても嬉しかったようだ。

「ガン病棟の九十九日」は、私も含めて、読者には快方へ向う、希望の書と受け取られた。しかし、何人かの人には、絶望の中の透明な諦念《ていねん》と感じ取られたらしい。夫のお友達のお医者様は、肉体的に危ないと感じ、恩師のO先生には、まるで特攻隊員の遺書のようだ、と思えた。

とにかく絶望のあとで、少しずつ、本当に少しずつ希望が見え始めていた。

最後の食事らしい食事

「ガン病棟の九十九日」を書き終えた四月下旬のある日、買物に誘われた。

「お前にも苦労をかけたから、何でも好きなものを買うといい」

久し振りに明るい気分になり、新宿の高層ビルのショッピング街で、洋服でも買ってもらうことにした。お昼になり、食事をその最上階のレストランですることになった。夫はメニューを見て、何にしたらいいのかなと途方に暮れたように呟《つぶや》いた。その頃、私は夫に対して徹底的な食餌《しょくじ》療法を施していた。自分ができることといえばそれくらいのことしかないという思いもあったが、またかなり効果があるような気もしていた。療法といっても、要するに血をアルカリに保っておくということに注意するだけだ。そのためのメニューを必死で考えた。肉類はよくない。肉好きの夫には辛かっただろうが、よく我慢してくれた。はじめから素直にというわけにはいかなかったが、大喧嘩《おおげんか》をした揚句、夫が折れてくれた。いさかいをして夫が書斎にこもってしまったが、夜になって出てきてボソッと言った。

「お前の言うことをハイハイと聴いていれば、家は円く治まるんだから……」

半分は照れ隠しだった。本当のところは、こんなに躰のことを思って考えているのに、と私には珍しく強硬に主張したので驚いたのかもしれない。ともかく、食事だけは私の信じる通りにした。そのレストランに入った時、夫が迷ったのもそれが理由だった。一応〝婦長さん〟に御機嫌うかがいをしてくれたのだ。せめて外に出た時くらい好きなものを食べさせてあげたくなって、

「食べたいものを食べましょう」

そう言うと嬉しそうにステーキを頼んだ。食べ終って、「ああ、久し振りに食事らしい

食事をした」と笑った。

「月に一度くらいはこんな風に食べてもいいかなあ」

「たまにはいいわね」

私が答えると、気を兼ねるように、

「肉を食べる時は野菜をうんと食べるようにするからな」

と言った。

それが私たちとの、最後の〝食事らしい食事〟になってしまった。

夫に〝また〟はない

五月に入って、少し疲れが出たような気配があった。病み上がりというのに、あちらの出版社に挨拶したから、こちらの人にもという調子で人に会い続けた。私にも律儀すぎると思えた程だ。しかし、夫の几帳面《きちょうめん》さは、性格の主柱のようなものだから、はたでいくら言ってもどうしようもない。取材費の清算をするときも、あまりの几帳面さに雑誌社の方が驚くくらいだった。

「ふつうの人はかなり雑にやるけど、児玉さんは一枚一枚、きちんと領収書を持ってくる。そればかりではなく、喫茶店やレストランなら、マッチのラベルをはがして添付してくるんですからね」

間もなく、肋骨《ろっこつ》の下の部分が、腹筋運動をしたあとのように突っ張る、と訴えるようになった。転移の不安や再発の恐れは常に抱いていたから、木曜日の定期診療の時に先生に相談した。するとと先生はかなり怒ったそうだ。

「児玉さんは自分の躰を見つめすぎる。転移に対しては私が心配する。あなたはもっと眼を外に向けなさい」

翌週、やはり『週刊朝日』の「さるのこしかけ」の仕事で、少し無理をした。

その週の金曜日には、それでも二人で亀を放しに行った。散歩の途中で拾った亀を、その甲羅に願いを書いて逃がすと、その願いがかなうときいていたので、ガンという災いをその亀にしょっていってもらうことにしたのだ。

雨が上がった昼下り、近くの平林寺《へいりんじ》というお寺に行った。そこには放生池というのがあり、お酒（のかわりにワイン）を飲ませて、亀を放してあげた。それはとても小さな池で真中に弁天様があるというだけ。夫は池の端の泥に置いて、亀を放してあげたのだが、亀は首をこちらに向けてじっと動こうとしない。私達がいるから気になるのだろうと思って、離れたのだが、やはり、首をこちらに向けてやさしい眼でじっと見ている。

困ってしまい、夫が手で、静かに水の上に浮べると、やっと泳いでくれた。災いを背負って向う岸に向ってくれた。

ホッとして帰ろうとすると、お寺の出入口にお年寄りが二人いた。亀を放して来たことを話すと、よくそういう人がいるんだ、と言う。

「でもね、亀さん、あそこには放しても住みつかなくてね。よく死んで浮いてますよ」

いやなことを聞いてしまった。あの亀も浮いてしまうのだろうかと思うと、内心、暗い気持になるのを防げなかった。

行きも帰りも、夫がいつも散歩する辺りを通った。途中に道祖神がある。そこでしばらく休んで、夫が説明してくれるのに耳を傾けた。五月のやわらかな緑の上に雨上がりで、とても気持がよかった。近くには桐の花が咲いていた。

夫がいつも散歩するコースには、どこかに大きな桐の木があって、もっといっぱい花をつけているという。

「そこに行ってみないか」

夫に誘われたのだが、子供を置いてきているし、少しは桐の花を見られたから、またでいいわと断わってしまった。

今から思えば、夫に〝また〟はなかったのだ。何をするにも、何を見ても、これが最後かもしれないという気持を持っていたにちがいない。どうしてあの時私は断わってしまったのだろう。

事実がない限り書けない

最後の日曜日、夫は吉行淳之介さんのお宅にうかがって、楽しく過したらしい。帰って来てからも軽い昂奮《こうふん》状態にあった。どんな話をしたのか詳しく訊かなかったが、夜遅くまで書斎にこもって考えごとをしていた。これから先、どんな仕事をしていくべきか、思いめぐらせていたのかもしれない。

「小説」という言葉が、頭にあったのかもしれない。

元気だったある日、私は何気なく訊いたことがある。

「いつか小説を書くようになるの」

無知な私は、物書きはいつか小説を書くものらしい、と思い込んでいたのだ。夫は少し困ったように、しかし真面目な顔をして、俺は小説が書けそうもない人間だ、と答えた。

「俺は、眼の前に事実がないかぎり、書けないんだ」

そういえば、と私にも思い当ることがあった。夫は、絵が巧みだった。中・高校時代に、何度も兵庫県下の賞をもらっている。天皇訪欧の取材の際も、パリの下街を上手にデッサンして帰って来た。だから、子供たちが私のところに絵を描いてくれとせがみにくると、みんな夫に押しつけようとする。ところが、夫は紙とクレヨンを手に考え込んでしまい、どうしても描けない、と言う。仕方がないので、私が、汽車とかリンゴとかお嫁さんとか

言われるままに、下手な絵を描いていると、

「お前はよくそんな絵が描けるな」

と驚く。夫は眼の前の風景や静物は実に見事に描くのだけれど、子供達の頭の中にある気まぐれなイメージはうまく描けないようだった。長女が全く同じなのだ。先生が驚くような静物画を描いたかと思うと、空想の世界に遊ぶポスターなどはまるで駄目だったりする。

そんな夫が、退院してきてから熱心に見ていたテレビ番組がある。食事中はテレビを点《つ》けない習慣なのだが、それを破ってまで見ていた。その時は何とも思わなかったが、次の週も熱心に見ていたので、もしかしたらと思うようになった。テレビの内容が「小説作法」といったような番組だったからだ。

これからは躰を苛《いじ》めてする取材ができなくなる。少しずつ書くものを変えていかなくてはならない。さて、どうするか……。

吉行さんのお宅から帰った夜も、そんなことを考えていたのかもしれない。

その日のうちに逝《ゆ》くとは

翌朝、突然、夫に起こされた。トイレで二度も倒れたという。驚いて飛び起きた。聞けば、その夜はついに一睡もできず、眠り薬にとウィスキーを二口飲んだとたん、気持が悪

くなりトイレに駆け込んだ。そこで意識を失ってしまった。しばらくして気がつき、吐こうとしたとたん、再び倒れてしまった。気がついたのは便器の水に手を浸していた、その冷たさからだった。

ほんとうに驚いた。倒れる時にすりむいたのか顔に傷を作ってしまった。打ち所が悪ければと思うと恐ろしかった。O先生に連絡すると、一時的な貧血でしょうということだった。

私も、四日前に診てもらったばかりなので、それほど大事に到るとは思えなかった。肝臓が疲れているのかな、という程度にしか考えていなかった。夫は次第に弱ってきた。起きていられないまでになってしまった。しかも睡眠はとれない。

木曜日、一週間早いが診てみましょうということで、がんセンターに二人で行った。容体を診てとにかく入院させようということになったが、ベッドが空いてない。そこで古川橋病院に仮入院させることになった。

その時にも、病院から車へは自分で歩いたし、その日のうちに逝ってしまう人だとはどうしても思えなかった。でも、さすがに古川橋病院に着いたときはフラフラしていた。

夫の容体を診た先生は、とにかく眠らせることが第一で、食べ物を全く採っていないので点滴でもして、一週間もすれば収まるでしょう、とのことだった。

死ぬのかな……

夫も、眠れさえすればよくなると信じていたようで、注射を打ってもらいたがった。眠らせて下さい、泥のように眠らせて下さいと言った。あとになってその言葉がいつまでも耳に残った。しかし最初の一本は三十分、次は十五分しか保《も》たなかった。

「俺は何時間くらい眠った？」

十分と答えると意外そうな顔をした。ここにも後悔がある。あの時、嘘でもよいから何時間と答えてあげればよかった。そうすれば安心して、もう少し眠れたかもしれない。十分という意外さに、眠ることに焦らせてしまった。

点滴をされると苦しいらしく、もっと早くとか遅くとか注文をつけすぎた。先生も看護婦さんも、それにあきれてあまり来てくれなくなってしまった。

四時頃、トイレに行くと言い出した。便器でするのはいやだ、トイレに行くと無理を言った。意識もなにもはっきりしていた。

そのうちに、私は家のことが心配になり始めた。今日明日という重病人でもないという判断もあって、長い看護婦の経験がある兄嫁が来てくれたので、ひとまず家に戻ることにした。枕を欲しがっているので取ってくるというつもりもあった。

子供を母に預け、昼から食事もしないのを思い出し軽い食事をし、母と少しおしゃべりをして、古川橋病院に着いた……その直前に夫は息を引きとっていた。

シャーベットが食べたいというので買ってくると、おいしいおいしいと言って食べたらしい。私がいないので、何処《どこ》に行ったとさかんに気にし、

「死ぬのかな」

と心細気に呟いた。

苦しさのあまり、起き上がり、背中をさすってくれと頼んだ。その時来ていた私の弟に背を向けて、壁の方を向いた途端、コトンと息が切れ、弟の方に倒れかかった。慌《あわ》てて先生が心臓のマッサージをしたが、すでに瞳孔《どうこう》は開いてしまった。私が病室に入ったのは、そのときだった。

今となっては

夫の死顔は穏やかだった。

苦しみの表情もなく、ふつうに寝ているようだった。顔に手を触れると暖かい。どうしても信じられなかった。しかしともかく死んじゃったんだわ、死んじゃったんだわと自分を納得させようとした。

部屋に夫と私だけが残された。なにか叫べば聞こえるのではないか、眼を醒《さ》ましてくれるのではないか。私は夫の耳元で叫んだ。どうして、こんなに早く死んじゃったの。あな

た。あなた！

しかし、夜中だから隣の人の迷惑になる、あまり取り乱してもとへんに冷静になってしまった。そうすると、今度は恐くなってきた。だんだん冷たくなってくる。冷たくなってからはさわるのが怖ろしかった。

無我夢中で、義姉にもらったお経を二回も繰り返し唱えた。そのうちに少し落ち着いてきた。

夫の直接の死因は心タンポナーデ。それまで一度も聞いたことのない病名だった。心膜に転移したところから出血し心臓を圧迫したために、心臓の動きに異常をきたすことになった。そういうことだったらしい。タンポナーデが〝詰る状態〟のことを指す言葉だということは、あとで週刊誌で知ったほどだ。

後に、心タンポナーデは、応急措置を敏速にすれば、助かったかもしれないという話をきくが、今となってはこれでよかったと思っている。一時の急場をしのいでも転移が始まった以上、これからまた何年も悲惨な闘いをしなくてはならなかったろう。夫のことだから、きっと自分の状態を突きとめようとするだろう。あるいは突きとめてしまうかもしれない。その時のように心身ともにズタズタになることもなく、数日間のアッというような戦闘で逝くことができたのは、むしろ幸せだったかもしれない。

夫の死後、かつてがんセンターの、いわゆる戦友の奥様から親切な電話をいただいた。

その中で印象的だったのは、その戦友の方が奥様にいつも口ぐせのように言っているという言葉だった。

「俺も児玉さんのように死にたい……」

夫の遺したものを

いったいそれがどんな折だったか忘れてしまったのだが、

「俺が死んだら、棺の中には自分の本を入れてもらえば充分だ」と夫は言っていた。もちろんガンになる前である。

言葉通り、『市のある町の旅』（サンケイ出版）『人間を生きている』（いんなあとりっぷ社）『君は天皇を見たか』『一銭五厘たちの横丁』と何冊かの『文藝春秋』を棺の中に入れた。死の旅に出て黄泉《よみ》の世界でも暮せるように、夏と冬の一番好きだった服を一揃《そろ》いずつ、花札とウィスキー、煙草も入れた。

煙草は退院してからも吸いたかったのだろうが、一生断ったと我慢してくれた。「ガン病棟の九十九日」を書いている時も、勝手がちがうらしく、手持ちぶさたで、あれほど甘い物の嫌いだった人が、子供たちのお菓子を机の上に持ち込んだりして苦労していた。煙草は本当に好きだった。

これもまるで元気な時、もしも自分が死んだらどうすると訊かれたことがある。まだ若いから再婚するわと冗談まじりに答えると、そういう冗談をいやがっておこったものだった。

「死んだあとは、まあ、どうしようといいが墓だけは守ってくれよな」

「也一という後継ぎもいることだしいいじゃない」

しかし、何気ない、元気なときのそんなやりとりが、不意に思い出されていま胸を刺す。発病当時は、もし逝かれてしまったら、この家と土地を残してくれたのだし、本人も蔵書を売るだけでしばらく暮せると言っていたし、よほど苦しければ何もかも売り払っても……とタカをくくっていたが、いざ実際に残されてみると、そんなことが精神的に許容できることではないことに気がついた。夫の遺したものを、少くとも今の私には散逸させることはできない。

それにつけても、退院してから二カ月もしないうちに亡くなるとは、私も、夫も夢にも思わなかった。何かを言い遺すという暇もなかった。

あと五年生きればと念じたが

あと五年、もう五年、と二人して密《ひそ》かに念じていた。これは願望にすぎなかったが、いつしか不可能ではないと思えるようになっていた。あと五年は生きてくれそうな気がしていた。五年間再発しなければ、治ったと見なされる。五年間生き切れば……。そして五年過ぎれば、末子の一人息子である也一が八歳になる。也一が八歳になるまで俺は生きてもいいはずだという思いが、夫の心の底にはあったようだ。ふつう八歳という年齢に何の意味もない。しかし、夫には〝八歳までは〟と思う充分な理由があった。夫もまた八歳で父親を亡くしていたのだ。自分が幼くして父を亡くしたために、どれほど苦労しなければならなかったか、自分が死ねば也一にも同じ苦労をかけてしまう。あるいは也一も自分と同じ道を歩まねばならない宿命なのかもしれない。しかし、自分と也一に奇妙な運命の符合があるとすれば、あと五年は生きられるはずであった。也一は今年やっと三歳になるのだから。なんの合理性もない理由だったが、夫も私もそう思っていたいや、思おうとしていたのかもしれない。

しかし、也一が三歳の誕生日を迎える前に、夫は逝ってしまった。

十一歳と八歳になる上の娘たちは、あと十年もすれば一人前になるだろう。しかし、也一が一人立ちするまでには二十年はかかるだろう。十年という年月にはどうにか立ち向えそうだが、二十年という長さに私は耐えられるだろうか。

弔問に来て下さる誰かれに、遺影を指さしながら、

「あれ、おとうさん、しんじゃったんだって」

と言っている也一を見るたびに、その二十年の長さを思って絶望的になることもないではない。

家の柱がいなくなっても、生活自体はさほど変わらないものだということに気がついた。夕方になれば帰宅し、日曜になれば子供と遊ぶという父親ではなかったから、子供たちもさほど寂しくないのかもしれない。

しかし外見的な生活では変化がないようでも、子供たちの心の中では変わったものもあるようだ。

長女の裕子は〝父〟という言葉のアレルギーになってしまった。父という言葉やそれに関《かか》わりそうなことから無意識に逃げようとする。だから父兄参観日に、わざわざ「お父さんが来てもいいんですか」と質問したクラスメートが、どうしても許せないらしい。「わざと意地悪してる」と言ってきかないのだ。

也一は電話ごっこで必ず「也一クンのおとうさん死んじゃったんだって」と言うようになった。

思い出だけでなく、その日その日の出来事の中に、思いもかけぬ角度から胸を刺されることがある。昨日、紫陽花《あじさい》が咲いたかと思うと今日は主のない座卓が届くといった具合なのだ。

紫陽花は、庭に植えたもののなかなか花が咲かなかった。夫は、どんな色の花が咲くか毎年愉しみにしていたが、紫陽花の季節の前に亡くなってしまった。死のその直後に、初めて庭の紫陽花は紫色の花を咲かせた。

長い間、書斎に置く座卓を欲しがっていた。何か賞をもらったらなどといっていたが、退院に際して気分を新たにしたかったのだろう、注文した。知人のお父様に隠居仕事の気まぐれに、気が向いたものだけ作るという方がいて、欅《けやき》の座卓を頼んでいた。それもまた、夫は見ることができなかった。

夫の死に対して、まったく悔いがないわけではない。丸山ワクチンも使ってみたかった。枇杷《びわ》の葉のこともあったので、なかなか先生に切り出せなかった。丸山ワクチンは肺ガンによいなどときいていたので、どうしても夫に使ってほしかった。それに、生のコンフリーの葉も飲ませたかった。一所懸命それを育てたが、到頭間に合わなかった。

悔いといえば、フリーのライターとなった三年間に、どうして全力疾走をするように仕事をしてしまったのだろうということがある。私たち妻子がいたからかもしれない。ぶらりと外国に飛び出す年少の人たちを見て、俺も一人だったらとよく言っていたそうだ。私たちがいるから、好まぬ仕事もしなくてはならなかったかもしれない。

しかし、「家庭があったからこそ、いい仕事ができた」という同業のライターの方の言葉を、今は信じよう。

あのように走って、登りつめるより、あの人の生き方はなかったのだ。

先日、次女の晴子が学校の遠足で平林寺に行った。平林寺は夫と二人で亀を放した放生池がある所だ。亀は住みつかず、死んだ亀がよく浮いているときいて、不吉な感じを持った。晴子が遠足から帰って話してくれたところによれば、池には亀がいたという。

それをきいて明るい気分になった。私たちが放した亀ではないだろうが、嬉しかった。子供たちに石でもぶつけられなかったかと心配すると、そんなことはなかったという。しかも、

「晴子の眼の前で、水の中をクルクル三回まわったよ」

というのだ。私は感動した。そして子供たちに言った。

「きっとその亀さん、お父さんの病気を治せないでごめんなさいって、あやまってたのかもしれないわね」

半分はこじつけだったが、残りの半分は私もそう信じたいような気がしたのだった。


（『文藝春秋』一九七五年八月号）

児玉隆也との最後の日曜日――『ガン病棟の九十九日』について

吉行淳之介

ほかの病気の「闘病記」とガンのそれと大きく違う点は、「はたして自分はガンなのか」という疑惑とのたたかいが続いてゆくことである。がんセンターに入院して治療を受けていた時期の児玉隆也は、さりげなく医師や婦長にカマをかけて、そのことを探ろうとする。結局、「なあーんだ、ここは癌病院だった。癌病院だから癌患者」という考え方にたどりつく。「心の底から」そうおもった、と彼は書くが、その一瞬はたしかにそうだったのだろう。しかし逆にいえば、癌病院の入院患者でも百パーセント癌とはかぎらないわけで、その僅かなパーセントが患者を悩ませつづける。児玉隆也がその考え方に辿りつくまでには、医師や看護婦との微妙なヤリトリが必要で、読んでいておもわず息が詰まる。それに、どんな読者も安全地帯にいるわけではなく、いつ自分の身に振りかかってくるか分からない事柄である。

自分をガンときめても、今度は「生き延びる可能性のあるものなのか」という疑惑とのたたかいがはじまる。児玉隆也はそういう九十九日間を、冷静な筆致で（自分の心の動揺も冷静に）描き出し、病院に棲みついている肥った猫や、自分の手足の指の先が蛇の鎌首のように肥大して濃いセピア色に変色した、というショッキングなディテールを混えて書き綴ってゆく。こういうディテールには、私のようなタイプの小説家はとくに強く感応するが、しかしこの文章が小説風であるわけではなく、またその必要もない。事実の強さを、こういう角度からも捉えた児玉隆也の眼に、感銘を受けた。

この作品を私は「文芸春秋」で読み、『ガン病棟の九十九日』で再読したが、この書物の中の「闘病ノート」5月11日（日）の項に、『宮城まり子さんからＴＥＬ』『吉行淳之介氏の文春読後感　今までのガンを書いたものの中でいちばん秀れている。高見順は病いを出ていない。児玉の方がいい』という文字があるが、それは正確ではない。

五月十八日の日曜日に、彼が私の家に訪れてきたとき、私はこの作品を褒めた。その気持は本心だが読後感をあまり具体的に言いすぎるとそのときの彼の状態に差し障りのある言葉が出てきそうなので、激励するほうに重点がかかった。ただし、「直木賞に価する」と私が言ったという噂があるが、これは誤りで、大宅壮一賞になってもいい、と言った。いまでもそうおもっているが、児玉隆也はそのとき「文春に掲載された作品は候補作から除外することになっている」と言っていた。そういう会話のときに、彼がたずねた。

「高見さんの作品と比べてどうでしょうか」

私の考えでは、ガンの闘病記にはもう一種類あって、それは自分がガンであり生還の望みがないという断念の上に立っているものである。この場合には、死へ向って確実に進んでゆく自分の心の在り方についての記述が主になってくる。高見順の作品がこれに当っていて、児玉隆也のものと同じ平面のものとして優劣を論じることはできない。しかし、そのことを当人の前で言うのは具合が悪いとおもったので、私は困った。

「高見さんのは個室に閉じこもったままの想念だが、君のは部屋から出ていろいろの患者との接触も書いてあって、そこもずいぶん面白かった」

というような返事をした、とおもう。

児玉隆也はもともと私の同居人の宮城まり子の友人であって、昭和四十四年に私は彼から教えてもらいたい知識があったので、初めて会った。まだ、「女性自身」で働いていたころである。以来、直接会ったのは、五回くらいか。電話で話したことも一、二度に過ぎないが、彼のものの見方、心の在り方、神経の具合に親近感を覚えていた。

夢想もしなかったのに、その児玉隆也がガンになった。同居人は何度もがんセンターに見舞いに行ったが、病気見舞いについては、私は一つの考えをもっている。それは省略するが、私は一度も行かなかった。

退院してしばらくして、「仕事についての相談があるから、一度訪ねたい」と同居人を通じて話があった。当時私は健康がすぐれず、とくにがんセンターから退院してきたばかりの人物に会うことはツライ気分だったが、断れることではない。五月十六日の昼過ぎが都合がよいと彼がいうので、その日にきめた。半月ほど経って、「文芸春秋」に作品が出たので、その日までに読んでおかなくては、とおもっていたがなかなか果せない。

そのうち、またアクシデントが起った。梶山季之の急死である。児玉隆也との約束の日が、梶山の葬式の日に当ってしまった。児玉はたぶんそのことを知っているだろうが、この際「葬式だから日を替えてくれ」というのは、禁句である。適当な理由をつくって、同居人に電話をかけさせ、十八日の日曜日に変更することになった。

そのときは、まだ「ガン病棟の九十九日」を読んでいなかった。したがって、「闘病ノート」にあるように、五月十一日に私はその作品の感想を述べている筈がない。同居人も「梶山さんが急死した日に、児玉さんに電話などコワくてかけられない」と言う。調べてもらうと、ノートの左頁が日記になっており、右頁に感想がときどき記してあったそうで、べつの日の感想の文章が紛れこむことがあるということが分った。

約束の日の二、三日前に、夜中からこの作品を読みはじめた。立止まって、さまざまな考えがひろがってしまう部分が多かったので、読み終ったときには戸外は明るくなっていた。

この作品で、児玉隆也は自分がガンであることを知っている、と分った。数日後に彼と会うことを考え、「これでいくらか気がラクだな」と、私はおもった。

ただ、がんセンターの退院を、彼自身は、「五年は生存できる仮釈放である」と解釈しているが（そのことにも、彼自身が疑惑をもっていなかったという証拠はない）、それは果して事実だろうか、と私は疑った。死後発表された児玉夫人の「手記」によると、彼のガンは四期であったそうで、その退院の意味をどう解釈したらよいだろうか。

当時は、退院後も散歩したり、清瀬の自宅から築地まで通院していると聞いたので、五年間の生命を保証されたのか、と私は希望をもった。それにしても、百枚を越す原稿用紙に文字を並べるのは、莫大なエネルギーを要する作業であり、その作品は静かな緊張感で貫かれていたので、「よく書けた」とおもった。ただ、読み終ったあとで、いまの作者は自分の病気以外の関心は一切持てなくなっているだろうし、またそれは当然だ、という感想をもった（ただ、この感想は、彼に会ったとき口に出せることではない）。

五月十八日の午後〇時三十分ころ、「いま児玉さんがみえたけど、門のところで車が動きが取れなくなっているから、手伝ってほしい」と、同居人が言ってきた。彼が車を自分で運転してくるとは、考えもしなかった。戸外へ出てみると、彼は車の傍に立って笑っていた。おっとりした苦笑にみえ、予想したより、はるかに元気そうだった。キイを受取ると、すぐに家に入ってもらった。門を入ったところに、野ざらしにしてある私の車があり、その車と塀との狭い間隙を抜けることができなかったわけである。免許を取って二年というが、抜けられない幅ではない。不安を感じながら、帰るときに便利なように彼の車の向きを変えておいた。それにしても、なぜ彼は運転してきたのだろう。ガン末期の苦痛をやわらげるために、副腎皮質ホルモンを投与されていたのではあるまいか、とも考えた。この薬を嚥むと、一時的に大層元気になり、昂揚した気分になって、食慾も増進する。

朝飯がまだだったので、一緒に食べないか、と誘った。パンと紅茶と野菜ジュースくらいの簡単なものだが、同居人がキャベツと肉を炒めたものとサラダの皿をもってきた。彼は、旨そうに全部平げた。家の中であらためて眺めると、皮膚の色が悪く、病状は楽観できないのではあるまいか、とおもった。

児玉隆也の死後、私にとって二つの不快な噂が流れた。この際、正確な事実を述べておきたい。

一つは、「ガン病棟の九十九日」を私が褒め（これは事実である）、ご馳走するからと呼び寄せた、ということ。

もう一つは、その際、酒を飲ませたので、それが児玉隆也の死期をはやめた、ということ。

この二つについては、これまで書いてきたことで十分である。

私たちは食堂から応接間に移って話をしたのだが、「仕事についての相談」はほとんどなく、なんとなく会いたくなったのだろう、散歩の延長くらいの気持だろう、と解釈した。

その日、私はかなり疲れていて、一時間くらい経つとソファに横になり、彼にも同じようにすることをすすめた。しかし、彼には疲労の気配はなく元気に話をしているので、あとを同居人にまかせて中座して部屋に入り、しばらく横臥していた。

一時間ほどして応接間に戻り、ラジオで巨人・阪神戦を一緒に聞いているうちに、また耐えがたい疲れが襲ってきたので、もう一度中座して眠った。暗くなって目を覚ますと、同居人が児玉隆也のメモを渡した。阪神が×対×で勝った、という程度の簡単な文字が並んでいたが、その五日後に彼が死ぬとは考えていなかったので、そのメモは残っていない。

（『波』一九七五年九月号）

中公文庫版あとがき——ルポルタージュが生まれる場所

児玉也一

父、児玉隆也の死後、母は勤めに出ることになった。年の離れた姉たちも学業が忙しくなる齢になり、各々が〝しなければならない〟ことに追われるような日常を一応は取り戻した。

私はというと、まだ陽が高い時刻に帰宅しランドセルに結ばれた鍵を取り出して玄関をくぐったあとは、あまり表へ出ることなく留守をする、それが務めになっていた。

主を失くした家は殊《こと》のほか静寂が濃い。午後の陽が差す台所や居間でひとり決められた家事をこなしていく。いま振り返ると子どもらしい時間は幾分短かったように思うが、それでも〝仕事〟を終えれば、家族が帰るまでの家の中で幼い好奇心を満たすことはできた。

父の書斎は、居間を出た廊下の先、隧道《ずいどう》のように暗い階段の上にあった。

部屋の一方の壁には重々しい木枠のガラス扉を設《しつら》えた棚が一面に据《す》えつけられていた。そこに立つと背すじが伸びるのは、ぶ厚い書物が放つ厳かな気のようなものが部屋に満ちていたからだろう。ただ、棚の隅の方に青や橙といった人工的な色のバインダーや大判のスクラップブックが並ぶ一角があり、そこだけは触れても許される気がした。私はそれらを引き出し、床に広げ遊ぶことがしばしばあった。

バインダーには児玉が雑誌に著したルポルタージュが綴《と》じられていた。スクラップブックはというと、児玉の作品について新聞・雑誌に書かれた論評や上梓した単行本の新聞広告、あるいは親交のある人から届いた感想の書かれた手紙などが几帳面に貼られていた。めくるたびにメリメリと音を立てるスクラップブックは、記事がどのように読まれたのか、それが糊となっていて、点数こそ振られてはいないがフリーのルポライターとして活動した三年間を自ら採点した通信簿のようだった。

私はその後、記者、編集者として週刊誌や単行本作りに関わることになった。職に就いて三十年ほどになる。

仕事を通して得た感覚がある。記事や作品は、誰かの目に留まり読まれたところから〝一生〟が始まり、読後の熱量がその〝寿命〟を定めるのではないだろうか――。それは記憶の根の先の、あの書斎での手ざわりと交錯した意識がそう思わせたのかもしれない。

本書には児玉隆也のルポが八作収録されている。発表から五十年あまりが経ち、眠りに入ろうとしていた作品がふたたび読者の目に触れる機会をいただけたことは、新たないのちが焼《く》べられるような、そんな思いでいる。

これらの作品は、昭和四十七年（一九七二）から昭和五十年（一九七五）の間に発表された二百八十本ほどの中で、主に〝時代〟を主人公に書かれたものである。児玉にとって〝時代〟とは、あの戦争を生き抜いた日本人の、その後の三十年、であろう。「戦後」を驀進する者には映らない、戦争と、その後の復興・成長期に影さす場所で生きた人びとを児玉は訪ね歩き、その声を聴き取った。そして匂いや湿度も書斎に持ち帰り、机に向かった。

インターネットやデジタルが〝便利〟を轟かせてなにもかも呑み込む令和の地から眺めると、時間と靴底をひたすらに費やすルポルタージュは時代錯誤の産物とされてしまうかもしれない。しかし書き手の身体を介して生み出されたものは、昭和が一〇〇年を数えてもなお消えない、熾火《おきび》のように静かな熱を放つのではないか、そのように思う。

（こだま・やいち　著者長男）

児玉隆也略年譜

年	年齢	事項
一九三七（昭和十二）年		父・隆男、母・なみゑの次男として、兵庫県芦屋市に生まれる（五月七日）
一九五三（昭和二十八）年	十六歳	兵庫県立芦屋高等学校入学（四月）
一九五六（昭和三十一）年	十九歳	兵庫県立芦屋高等学校卒業（三月） 日空工業（東京出張所）入社。早稲田大学第二政治経済学部入学（四月）
一九五八（昭和三十三）年	二十一歳	『世界』（岩波書店）八月号の論文募集「八月十五日　それは私にとってどんな意味をもつか」に応募。「子から見た母」が入選（七月）
一九五九（昭和三十四）年	二十二歳	日空工業退社（七月）、『女性自身』（光文社）に契約取材記者として勤める（八月）
一九六〇（昭和三十五）年	二十三歳	早稲田大学第二政治経済学部卒業（三月）

		光文社入社、カッパブックス編集部に配属（四月） 『女性自身』編集部に異動（七月）
一九六二（昭和三十七）年	二十五歳	三島由紀夫担当になる（十一月）
一九六三（昭和三十八）年	二十六歳	「ああ、わが子には手があった」（『女性自身』八月五日号）が、サリドマイド人体実験だとして新聞各紙に糾弾される
一九六五（昭和四十）年	二十八歳	共同通信社会部記者・橋本明の「皇室論」を『女性自身』八月九日号に掲載。以後論争が起こる
一九六六（昭和四十一）年	二十九歳	『女性自身』の取材・記事執筆を手掛けた草柳大蔵グループの担当になる（一月）
一九六七（昭和四十二）年	三十歳	「デヴィ夫人　関西秘密旅行同行記」を『女性自身』五月二十九日号に掲載。のちの「シリーズ人間」となる 編集長代理兼室次長（五月）
一九七〇（昭和四十五）年	三十三歳	光文社闘争が始まり、『女性自身』四月十一日号を最後に休刊（三月）

		『女性自身』復刊第一号（九月五日号）発売、実売八十四万部（八月） 九月より進めていた女性関係の取材をめぐり田中角栄自民党幹事長と会談（十一月二十五日）
一九七一（昭和四十六）年	三十四歳	天皇訪欧に随行して取材（九月二十二日～十月十一日）
一九七二（昭和四十七）年	三十五歳	光文社退社（二月） 「三島由紀夫が瑶子夫人に遺した一冊の本」（『主婦と生活』三月号） 「現地ルポ　明日香村てんやわんや」（『現代』六月号） 「角栄、天下平定後の武将地図」（『現代』九月号） 「〝財界の今太閤〟小佐野賢治を裸にする」（『現代』十月号） 「少年たちは〝脱走〟する」（『望星』十一月号）
一九七三（昭和四十八）年	三十六歳	「『鐘の鳴る丘』戦災孤児25年後の人間模様」（『サンデー毎日』四月二十九日号）

初の著書『市のある町の旅』刊行（サンケイ新聞出版局、五月）
「『若き哲学徒』はなぜ救命ボートを拒んだか」（『文藝春秋』六月号）
「中年皇太子殿下の憂鬱」（『現代』九月号）
『人間を生きている』刊行（いんなあとりっぷ社、十月）
「徹底追跡 チッソだけがなぜ？」（『文藝春秋』十月号）
「学徒出陣・三〇年目の群像」（『文藝春秋』十二月号）

一九七四（昭和四十九）年

三十七歳

「『同期の桜』は詠み人知らずか！」（『週刊小説』二月二十二日号）
「君は天皇を見たか」（『潮』五月号）
「天皇の『自由』と『不自由』について」（『諸君！』六月号）
「遺族の村から靖国みれば」（『潮』七月号）
「元祖〝ふるさと〟人間 宮田輝」（『文藝春秋』八月号）

「追跡ルポ 茶色いアルバム『一銭五厘と留守家族たち』の長い戦後」（『週刊朝日』八月二十三日号）
「淋しき越山会の女王〈もう一つの田中角栄論〉」（『文藝春秋』十一月号）
「〝司〟王国——飢餓時代のメルヘン」（『諸君！』十二月号）
体調不良を訴え、国立療養所東京病院で検査（十二月七日）
「淋しき越山会の女王」が文藝春秋読者賞受賞（十二月十一日）
築地・がんセンター入院（十二月十六日）

一九七五（昭和五十）年　三十八歳

「イタイイタイ病は幻の公害病か」（『文藝春秋』二月号）
『君は天皇を見たか』刊行（潮出版社、二月）、『一銭五厘たちの横丁』刊行（晶文社、二月）

		「さるのこしかけ　ガン病棟からただいま〝仮釈放中〟」（『週刊朝日』五月二十三日号〜六月六日号） 築地・がんセンター退院（三月二十六日） 「ガン病棟の九十九日」（『文藝春秋』六月号） 「イシャとキシャの払いもどし」（『諸君！』六月号） 体調が悪化し、古川橋病院に入院するも、午後十一時十五分死去（五月二十二日） 『この三十年の日本人』刊行（新潮社、七月） 『テレビ見世物小屋』刊行（いんなあとりっぷ社、八月） 『ガン病棟の九十九日』刊行（新潮社、九月）
一九七六（昭和五十一）年		『現代を歩く』刊行（新潮社、二月）
一九七七（昭和五十二）年		『みんな、やさしかったよ』刊行（サイマル出版会、五月）

（註）編集部作成。雑誌に発表した記事は初出タイトル。

編集付記

一、本書は、著者が一九七二年から七五年に発表したルポルタージュの中から独自に選んで編集したものである。中公文庫オリジナル。
一、各篇の初出は、それぞれの末尾に記した。編集にあたり、収録作は『ガン病棟の九十九日』（新潮文庫、一九八〇）、『この三十年の日本人』（新潮文庫、一九八三）、『淋しき越山会の女王』（二〇〇一、岩波現代文庫）を底本とした。
一、明らかに誤植と思われる語句は訂正し、ルビを適宜施した。
一、本文中、今日の人権意識に照らして不適切な表現が見られるが、著者が故人であること、執筆当時の時代背景や作品の歴史的意義を考慮し、原文のままとした。

本書は中公文庫オリジナルです。

中公文庫

淋《さび》しき越山会《えつざんかい》の女王《じょおう》
——精選《せいせん》ルポルタージュ集《しゅう》

2025年1月25日　初版発行

著　者　児　玉《こだま》　隆《たか》也《や》

発行者　安 部 順 一

発行所　中央公論新社
〒100-8152　東京都千代田区大手町1-7-1
電話　販売 03-5299-1730　編集 03-5299-1890
URL https://www.chuko.co.jp/

DTP　ハンズ・ミケ
印　刷　三晃印刷
製　本　小泉製本

Published by CHUOKORON-SHINSHA, INC.
Printed in Japan　ISBN978-4-12-207602-0 C1136

中公文庫既刊より

各書目の下段の数字はISBNコードです。978-4-12が省略してあります。

あ-1-1
アーロン収容所　会田雄次
ビルマ英軍収容所に強制労働の日々を送った歴史家の鋭利な観察と筆。西欧観を一変させ、今日の日本人論ブームを誘発させた名著。〈解説〉村上兵衛
200046-9

い-41-5
ある昭和史 自分史の試み　色川大吉
十五年戦争を主軸に個人史とともに昭和の五十年を描く。「自分史」を提唱した先駆的な著作に「昭和の終焉」を増補。毎日出版文化賞受賞。〈解説〉成田龍一
207556-6

S-2-21
日本の歴史21 近代国家の出発　色川大吉
明治とともに一大躍進がはじまる。この偉大な建設の時代を全力で生きた先人たちの苦悩と行動を、中央・地方を問わず民衆の最基底部から見つめる。〈解説〉江井秀雄
204692-4

い-103-1
ぼくもいくさに征くのだけれど 竹内浩三の詩と死　稲泉連
映画監督を夢見つつ23歳で戦死した若者が残した詩は、戦後に蘇り、人々の胸を打った。25歳の著者が、戦場で死ぬことの意味を見つめた大宅壮一ノンフィクション賞受賞作。
204886-7

い-123-1
獄中手記　磯部浅一
「陛下何という御失政でありますか」。貧富の格差に憤り国家改造を目指して蹶起した二・二六事件の主謀者が綴った叫び。未刊行史料収録。〈解説〉筒井清忠
206230-6

い-130-1
幽囚回顧録　今村均
部下と命運を共にしたいと南方の刑務所に戻った「聖将」が、理不尽な裁判に抵抗しながら、太平洋戦争を顧みる。巻末に伊藤正徳によるエッセイを収録。
206690-8

う-9-7
東京焼盡《しょうじん》　内田百閒
空襲に明け暮れる太平洋戦争末期の日々を、文学の目と現実の目をないまぜつつ綴る日録。詩精神あふれる稀有の東京空襲体験記。
204340-4

う-9-12
百鬼園戦後日記Ⅰ
内田百閒
『東京焼盡』の翌日、昭和二十年八月二十二日から二十一年十二月三十一日までを収録。掘立て小屋の暮しを飄然と綴る。〈巻末エッセイ〉谷中安規（全三巻）
206677-9

う-9-13
百鬼園戦後日記Ⅱ
内田百閒
念願の新居完成。焼き出されて以来、三年にわたる小屋暮しは終わる。昭和二十二年一月一日から二十三年五月三十一日までを収録。〈巻末エッセイ〉高原四郎
206691-5

う-9-14
百鬼園戦後日記Ⅲ
内田百閒
自宅へ客を招き九晩かけて還暦を祝う。昭和二十三年六月一日から二十四年十二月三十一日まで。索引付〈巻末エッセイ〉平山三郎・中村武志〈解説〉佐伯泰英
206704-2

う-39-1
天皇陛下萬歳　爆弾三勇士序説
上野英信
一九三二年の上海事変に際し、自らの身を散らせた爆弾三勇士。彼らはいかにして神に仕立て上げられたか。天皇をめぐる民衆の心性に迫った記録文学の白眉。
207580-1

え-3-2
戦後と私・神話の克服
江藤淳
癒えることのない敗戦による喪失感を綴った表題作ほか「小林秀雄と私」など一連の「私」随想と代表的な文学論を収めるオリジナル作品集。〈解説〉平山周吉
206732-5

お-2-11
ミンドロ島ふたたび
大岡昇平
自らの生と死との彷徨の跡。亡き戦友への追慕と鎮魂の情をこめて、詩情ゆたかに戦場の島を描く。『俘虜記』の舞台、ミンドロ、レイテへの旅。〈解説〉湯川豊
206272-6

お-2-12
大岡昇平　歴史小説集成
大岡昇平
「挙兵」「吉村虎太郎」など長篇『天誅組』に連なる作品群ほか、「高杉晋作」「竜馬殺し」「将門記」など戦争小説としての歴史小説全10編。〈解説〉川村湊
206352-5

お-2-13
レイテ戦記（一）
大岡昇平
太平洋戦争の天王山・レイテ島での死闘を再現した戦記文学の金字塔。巻末に講演「『レイテ戦記』の意図」を付す。毎日芸術賞受賞。〈解説〉大江健三郎
206576-5

各書目の下段の数字はISBNコードです。978-4-12が省略してあります。

お-2-14
レイテ戦記（二）
大岡昇平
リモン峠で戦った第一師団の歩兵は、日本の歴史自身と戦っていたのである――インタビュー「『レイテ戦記』を語る」を収録。〈解説〉加賀乙彦
206580-2

お-2-15
レイテ戦記（三）
大岡昇平
マッカーサー大将がレイテ戦終結を宣言後も、徹底抗戦を続ける日本軍。大西巨人との対談「戦争・文学・人間」を巻末に新収録。〈解説〉菅野昭正
206595-6

お-2-16
レイテ戦記（四）
大岡昇平
太平洋戦争最悪の戦場を鎮魂の祈りを込め描く著者渾身の巨篇。巻末に「連載後記」、エッセイ「『レイテ戦記』を直す」を新たに付す。〈解説〉加藤陽子
206610-6

お-2-17
小林秀雄
大岡昇平
親交五十五年、評論から追悼文まで「人生の教師」であった批評家の詩と真実を綴った全文集。巻末に小林との対談収録。文庫オリジナル。〈解説〉山城むつみ
206656-4

さ-4-2
回顧七十年
斎藤隆夫
陸軍を中心とする革新派が台頭する昭和十年代、「粛軍演説」「現状維持」等で「現状維持」を訴え、除名されても信念を曲げなかった議会政治家の自伝。〈解説〉伊藤隆
206013-5

さ-27-3
妻たちの二・二六事件 新装版
澤地久枝
〝至誠〟に殉じた二・二六事件の若き将校たち。彼らへの愛を秘めて激動の昭和を生きた妻たちの三十五年をたどる、感動のドキュメント。〈解説〉中田整一
206499-7

さ-27-4
完本 昭和史のおんな（上）
澤地久枝
情死、亡命、堕胎、不倫……昭和のメディアを「騒がせた」女たちに寄り添い、その知られざる苦闘を追ったノンフィクション。文藝春秋読者賞受賞。
207569-6

さ-27-5
完本 昭和史のおんな（下）
澤地久枝
有名無名の女たちの生が、昭和の姿を鮮やかに蘇らせる。二・二六事件の遺族を追う「雪の日のテロルの残映」を増補した完本を文庫化。〈解説〉酒井順子
207570-2

し-10-5
新編 特攻体験と戦後
島尾敏雄
吉田満
戦艦大和からの生還、震洋特攻隊隊長という極限の実体験とそれぞれの思いを二人の作家が語り合う。関連するエッセイを加えた新編増補版。〈解説〉加藤典洋
205984-9

し-10-6
妻への祈り 島尾敏雄作品集
島尾敏雄
梯久美子 編
加計呂麻島での運命の出会いから、二人はどのようにして『死の棘』に至ったのか。島尾敏雄の諸作品から妻ミホの姿を浮かび上がらせる、文庫オリジナル編集。
206303-7

し-45-1
外交回想録
重光葵
駐ソ・駐英大使等として第二次大戦への日本参戦を阻止するべく心血を注ぐが果たせず。日米開戦直前まで約三十年の貴重な日本外交の記録。〈解説〉筒井清忠
205515-5

し-45-2
昭和の動乱（上）
重光葵
重光葵元外相が巣鴨獄中で書いた、貴重な昭和の外交記録である。上巻は満州事変から宇垣内閣が流産するまでの経緯を世界的視野に立って描く。
203918-6

し-45-3
昭和の動乱（下）
重光葵
重光葵元外相は巣鴨に於いて新たに取材をし、この記録を書いた。下巻は終戦工作からポツダム宣言受諾、降伏文書調印に至るまでを描く。〈解説〉牛村圭
203919-3

た-7-2
敗戦日記
高見順
〝最後の文士〟として昭和という時代を見つめ続けた著者の戦時中の記録。日記文学の最高峰であり昭和史の一級資料。昭和二十年の元日から大晦日までを収録。
204560-6

と-18-2
失敗の本質 日本軍の組織論的研究
戸部良一／寺本義也／鎌田伸一／杉之尾孝生／村井友秀／野中郁次郎
ノモンハン事件から沖縄戦まで、六作戦における敗北を社会科学的分析を用い検証。日本的組織の病理に迫る。「文庫版あとがき（二〇二四年）」を新収録。
207593-1

S-25-1
シリーズ日本の近代 逆説の軍隊
戸部良一
近代国家においてもっとも合理的・機能的な組織であるはずの軍隊が、日本ではなぜ〈反近代の権化〉となったのか。その変容過程を解明する。
205672-5

各書目の下段の数字はＩＳＢＮコードです。978 - 4 - 12が省略してあります。

と-31-1
大本営発表の真相史　元報道部員の証言
冨永謙吾
「虚報」の代名詞として使われ、非難と嘲笑を受け続ける大本営発表。その舞台裏を、当事者だった著者が関係資料を駆使して分析する。〈解説〉辻田真佐憲
206410-2

の-3-13
戦争童話集
野坂昭如
戦後を放浪しつづける著者が、戦争の悲惨な極限に生まれえた非現実の愛とその終わりを「八月十五日」に集約して描く、万人のための、鎮魂の童話集。
204165-3

の-3-15
新編「終戦日記」を読む
野坂昭如
空襲、原爆、玉音放送……あの夏の日、日本人は何を思ったか。文人・政治家の日記を渉猟し、自らの体験を綴る。戦争随筆十三篇を増補。〈解説〉村上玄一
206910-7

ほ-1-1
陸軍省軍務局と日米開戦
保阪正康
選択は一つ——大陸撤兵か対米英戦争か。東条内閣成立から開戦に至る二カ月間を、陸軍の政治的中枢である軍務局首脳の動向を通して克明に追求する。
201625-5

ほ-1-18
昭和史の大河を往く5　最強師団の宿命
保阪正康
屯田兵を母体とし、日露戦争から太平洋戦争まで、常に危険な地域へ派兵されてきた旭川第七師団の歴史を俯瞰し、大本営参謀本部の戦略の欠如を明らかにする。
205994-8

ほ-1-19
昭和史の大河を往く6　華族たちの昭和史
保阪正康
明治初頭に誕生し、日本国憲法施行とともに廃止された特権階級は、どのような存在だったのか？　華族たちの苦悩と軌跡を追い、昭和史の空白部分をさぐる。
206064-7

ま-58-1
私兵特攻　宇垣纒長官と最後の隊員たち
松下竜一
玉音放送の後、艦上爆撃機「彗星」11機を率いて沖縄へ出撃した第五航空艦隊司令長官・宇垣纒。その知られざる「最後の特攻隊」を追跡する。〈解説〉野村　進
207595-5

わ-19-3
戦後日本の宰相たち
渡邉昭夫 編
戦後の占領期から五五年体制の崩壊前夜まで、指導者たちの思想と行動を追い、戦後日本の「国のかたち」を浮き彫りにする。歴代首相列伝。〈解説〉宮城大蔵
207587-0